Tina Wolf

Friesentorte für Fortgeschrittene

Roman

WILHELM HEYNE VERLAG
MÜNCHEN

MIX
Papier aus verantwortungsvollen Quellen
FSC® C014496

Penguin Random House Verlagsgruppe FSC® N001967

Originalausgabe 04/2022

Redaktion: Steffi Korda,
Büro für Kinder- & Erwachsenenliteratur, Hamburg
Printed in Germany
Umschlaggestaltung: zero-media.net
unter Verwendung von Mauritius Images
(Marc James / Travel Collection), FinePic®, München
Satz: Uhl + Massopust, Aalen
Druck und Bindung: GGP Media GmbH, Pößneck
ISBN: 978-3-453-42613-9

www.heyne.de

Für dich, Tobias

1.

Die Möwe hatte ihr Attentat mit einem hysterisch lauten Schreien angekündigt, als wäre sie hier das Opfer. Dabei handelte es sich, so viel stand fest, bei ihr nachweislich um den Täter. Oder die Täterin.

Mo hatte das Schreien über sich ignoriert. Vielleicht auch besser so. Hätte sie in diesem Moment ihren Kopf in den Nacken gelegt, ihre Sonnenbrille abgenommen und in den hellblauen, wolkenfreien Himmel am Fähranleger im Hafen von Dagebüll geschaut, hätte das Unheil sie direkt ins Gesicht getroffen. Irgendwo zwischen ihre blassen Sommersprossen, die so ganz und gar nicht zu ihren braunen Haaren passen wollten und die noch nicht mitbekommen hatten, dass Sommer war. Was nicht an dem Wetter in Berlin lag, sondern an ihrer Work-Work-Balance. An ihrer Selbstständigkeit, die sie liebte und die sich ausschließlich in Meetingräumen abspielte. Mo war Coachin mit Leib und Seele. Und auch, wenn sie mit ihren knapp 1,68 Meter nicht unbedingt eine große Frau war, so war sie es doch, die Vorständen und Firmenchefinnen sagte, wo es langging.

»Alles Gute kommt von oben, Moira!«, meinte ihre Mutter, die vor ihr auf einer Bank saß, und lachte so laut auf, dass Liebling, Hildes Hund, vor Schreck von ihrem Schoß sprang und sich sicherheitshalber lieber zu ihren Füßen legte. Moira – so nannten sie nur ihre Hippie-Mutter und hin und wieder der Paketbote. Sonst niemand. Alle anderen sagten einfach Mo. Und tatsächlich wusste auch kaum jemand, dass es hinter dem O noch weiterging.

Hilde strich sich eine der gelockten, hennaroten Strähnen aus dem Gesicht und wühlte in ihrer gehäkelten Umhängetasche. Vermutlich suchte sie nach einem Taschentuch, dachte Mo, während sie ihren Kopf so weit, wie es ging, zur linken Seite drehte und auf den grüngrauen, nassen Klecks hinter ihrer Schulter schielte, der sich langsam, sehr langsam, auf den Weg machte, den Rest des Rückens zu erkunden.

Hilde hatte gefunden, was sie suchte. Ihren Tabak. Sie öffnete die Dose, griff nach dem Zigarettenpapier, schlug die Beine in der gebatikten Leggings, über der sie heute eine selbst gehäkelte grüne Weste trug, übereinander, zog eines der dünnen Blättchen raus und begann sich – weiter lachend, wenn auch nicht mehr ganz so laut – in aller Seelenruhe eine Zigarette zu drehen. Über den – wenn man es denn überhaupt so nennen konnte – Modegeschmack ihrer Mutter konnte man sich streiten. Über andere Dinge noch mehr.

»Hallo? Kannst du mir bitte mal helfen?!«, protestierte Mo, die damit die Blicke der umstehenden Urlauberinnen und Urlauber, die auch auf die Fähre warteten, auf sich zog. Sie deutete, als bedürfe es einer weiteren Erklärung, auf die Stelle auf ihrer weißen, kurzärmligen Bluse, die bis vor wenigen Sekunden noch nach Reinigung gerochen hatte. Und nach Chanel. Sie hatte wirklich nicht viel mit Hilde gemeinsam. Mos Haare waren glatt und Hildes gelockt, außerdem war ihre Mutter sehr viel runder und weiblicher gebaut und steckte zudem in unmöglichen Klamotten.

Am liebsten hätte Mo die Bluse ausgezogen, in eine Plastiktüte gestopft, in den Koffer gepackt und sich hier an Ort und Stelle umgezogen. Sie bildete sich ein zu spüren, wie der Möwenschiss ihren Rücken runterlief. Im Nacktschneckentempo. Apropos Tempo. Die Zeit reichte leider nicht, um jetzt noch schnell ein frisch gebügeltes T-Shirt aus ihrem schwarzen Rollkoffer zu ziehen, auf die öffentliche Toilette hier am Anleger zu laufen und sich umzuziehen. Eigentlich hatte sie sich direkt nach dem letzten Coaching für die Vorstände ihres aktuellen Kunden umziehen wollen, denn der Tag war lang und die Berliner Sommerluft an diesem Junitag besonders stickig gewesen. Aber dafür war keine Zeit geblieben. Jetzt stand sie hier in der Abendsonne zwischen lauter gut gelaunten und aufgeregten, kleinen und großen Sandalenträgern wie ein Paradiesvogel in ihrem Business-Look und hatte das Gefühl, völlig fehl am Platze zu sein. Vermutlich machte sie den Eindruck, als hätte sie auf der Insel einen wichtigen Termin. War ja im Grunde auch so. Ein Termin, der sich über eine

Woche hinzog und von dem sie schon eine vage Ahnung hatte, wie er ablaufen würde. Mit ihrer Mutter an ihrer Seite, die vermutlich jeden Morgen um kurz nach sieben Uhr an ihre Hotelzimmertür klopfen und sie fragen würde, wann sie zum Frühstück käme, denn die Wattwanderung würde doch gleich starten. Oder der Krabbenpulkurs. Oder was auch immer.

Das größere Problem war in diesem Moment allerdings: Warum waren ihre feuchten Hygienetücher ausgerechnet jetzt alle? So ein Mist! Sonst hatte sie doch immer mehr als genug griffbereit in ihrer Tasche.

Mo schob ihre Sonnenbrille hoch, um besser sehen zu können, und warf noch einmal einen verzweifelten Blick in ihre Tasche. Aber da war nichts. Zumindest nicht das, was sie jetzt dringend brauchte.

Die Fähre hatte inzwischen angelegt und entließ über die lange Gangway alle, die bereits erholt waren oder auch nicht und trotzdem zurückfahren mussten in den Alltag: junge Pärchen mit kleinen Kindern, vollgepackt mit Dingen, die vermuten ließen, dass sie ein Überlebenstraining auf der Insel absolviert hatten. Ältere Damen, die sich offenbar vor ihrem Urlaub an der Nordsee abgesprochen und gemeinsam beschlossen hatten, dass sie alle hellrosa T-Shirts zu einer passenden Haartönung tragen wollten. Ein ziemlich attraktiver, braun gebrannter Mann Mitte dreißig mit Hund an der Leine und leider einer Frau an der Hand drängelte sich an Mo genauso vorbei wie unzählige Väter und Mütter, die aussahen, als bräuchten sie – nach der gemeinsamen Zeit – erst mal Urlaub.

»Erde an Hilde! Kannst du mir bitte mal ein Taschentuch geben?«, forderte Mo ihre Mutter erneut auf, woraufhin sich gefühlt wieder die gesamte Warteschlange zu ihr umdrehte. Nur nicht Hilde. Die steckte sich die selbst gedrehte Zigarette zwischen ihre roten Lippen, zündete sie an, zog daran und produzierte einen Rauch, als wäre sie eine stinkende Dampflok. Normalerweise kümmern Mütter sich um ihre Kinder, ärgerte Mo sich. Okay, sie war vierunddreißig Jahre alt, ja. Aber konnte man nicht trotzdem etwas tun? Kopfschüttelnd, da Hilde den Ernst der Lage offensichtlich mal wieder nicht erkannte, sah sie zu Liebling runter, der entspannt vor den Füßen ihrer Mutter lag. Nicht, dass sie von ihm irgendetwas erwartet hätte, aber irgendwen musste man in so einer Situation schließlich ansehen.

Hildes Hund, der einen so starken Unterbiss hatte, dass man ihm die Leckerlis problemlos in das Maul stecken konnte, ohne dass er den Kiefer auch nur einen Zentimeter öffnete, blickte vorwurfsvoll zurück. Mo hatte keine Ahnung, warum. Sie war schließlich diejenige, die angekackt worden war. Nicht er. Überhaupt hatte er sowieso keinen Grund, so zu gucken. Eigentlich sollte er zutiefst dankbar und zufrieden aussehen und samt seiner kleinen, schiefen Stummelzähnchen glücklich grinsen, selbst in den tiefsten Tiefschlafphasen. Hilde hatte ihm schließlich das Leben gerettet, wie sie ständig betonte, sobald sich ihr die Gelegenheit bot.

Man hatte ihn irgendwo in Südeuropa im Straßengraben gefunden. Voller Läuse und fast verhungert. Das war vor drei Jahren gewesen. Danach hatte die Promenadenmischung, die vermutlich mehr als dreihundert Hunderassen vereinte, bei einer Pflegefamilie gelebt und auf ein neues Zuhause gewartet. In diesen drei Jahren, da war sich Mo sehr sicher, hatte er ein gutes Leben. Trotzdem betonte Hilde immer, was für ein schweres Schicksal er gehabt hatte, bis er endlich von ihr gerettet worden war.

In Wahrheit war sein einziges schweres Schicksal sein Aussehen. Mo liebte Hunde, aber dieser hier war … anders. Sein Foto war das am wenigsten angeklickte auf der Seite des Tierschutzvereins gewesen. Er war schwer zu vermitteln gewesen. Nicht nur wegen des Unterbisses. Das Problem: Er sah auch nach dem Einweichen in Hundeshampoo, dem guten Essen, der Wurmkur und Entlausung noch so aus wie davor. Da half auch jede Tierliebe nichts. So ein Gesicht konnte nur eine Mutter lieben. Davon abgesehen, hatte er Mundgeruch und schnarchte, sobald er einschlief. Im wachen Zustand war er auch nicht besser zu ertragen. Er pupste. Und er war bockig.

Er liebte sein neues Zuhause. Und zwar so sehr, dass er es nur gegen seinen Willen verließ. Drei Mal am Tag musste Hilde ihn vom Sofa zerren und wie einen

Wischmopp durch die Wohnung und das Treppenhaus bis nach unten vor die Haustür schieben. Sowieso war er ein eher untypischer Hund, der weder spielte noch sonst etwas freiwillig tat.

»Ich habe keins«, erklärte ihre Mutter nun trocken, zog noch einmal an der Zigarette, paffte den ganzen Qualm in der nächsten Sekunde wieder aus, warf den Zigarettenstummel auf den Boden und trat mit ihrem schwarzen Flip-Flop darauf, woraufhin sie von einer jungen Urlauberin mit drei kleinen Kindern einen vorwurfsvollen Blick erntete.

»Das trocknet gleich ganz schnell, und dann kannst du es einfach abkratzen«, schlug sie vor.

»Du hast ja grünen Nagellack!«, stellte Mo in dem Moment völlig entsetzt fest, während einer der letzten Ex-Urlauber sich samt pinkem XXL-Rollkoffer an ihr vorbeischob.

»Durch und durch grün. Weißt du doch«, witzelte Hilde und spielte damit auf ihre Einstellung zu Essen, Politik und überhaupt allem an – vielleicht außer ihrer Angewohnheit, Zigarettenkippen einfach so auf die Straße zu werfen. Wenn es nach ihr gegangen wäre, wären sie die Strecke von Berlin hierher mit ihrem alten Tandem oder besser noch mit dem Lastenfahrrad gefahren. Und nicht mit Mos neuem Mini, der jetzt auf dem Parkplatz hinterm Deich stand und noch kein E-Wagen war. Auch kein Hybrid.

Die Ex-Urlauber-Karawane war abgezogen, und der

Weg für die Neu-Urlauber, die es alle kaum abwarten konnten, endlich auf die Insel zu kommen, war frei.

»Dann wollen wir mal«, murmelte Hilde, als die Fußgängerampel für die Fähre auf Grün umgeschaltet hatte. Sie nahm die Leine, die sie neben sich gelegt hatte, weil Liebling sich sowieso nicht freiwillig wegbewegt hätte, und griff nach ihrer Tasche, die nach Mos Auffassung viel zu klein war für eine ganze Woche Föhr, und marschierte los.

Mo strich sich eine Strähne ihres frisch nachgeschnittenen kinnlangen Bobs aus dem Gesicht, zog ihren Koffer hinter sich her und hoffte innerlich, dass Hilde nicht extra wenig eingepackt hatte, weil sie dachte, sie könne sich ja alles bei ihr borgen und müsse dann zu Hause nicht so viel waschen. Fakt war: Das reichte niemals! Außerdem klapperte es aus der Tasche, als hätte ihre Mutter lauter Tabakdosen eingepackt.

Zusammen mit allen anderen Zwei- und Vierbeinern liefen sie den Weg zur Fähre hoch. Vermutlich war Mo die Einzige, die nicht ganz freiwillig hier war. Sie war hin- und hergerissen zwischen der Vorfreude über die Zeit am Meer auf *ihrer* Insel, die sie so lange nicht gesehen hatte, und der Tatsache, dass sie diese ausgerechnet mit Hilde verbringen würde. Denn es war im Grunde genommen Erpressung. Wenn auch gut gemeinte Erpressung. Falls es so etwas gab.

Hilde hatte die Chance ergriffen und ihr zu ihrem letzten Geburtstag vor zehn Monaten einen *Gutschein für Frei-Zeit* geschenkt. Da ihr nächster Geburtstag also quasi bereits vor der Tür stand und der Gutschein noch nicht eingelöst war, hatte Hilde sie gedrängt, endlich mit ihr nach Föhr zu fahren. Nicht ein Wochenende, auch kein verlängertes. Nein, eine ganze Woche. Das hieß für Mo: nur das Meer, Mutti und sehr viel Crémant. Ohne war es nicht möglich. Vom Whirlpool, den Saunagängen und der Massage ganz zu schweigen. Man musste es sich ja irgendwie schönreden. Jedenfalls die ein, zwei Tage, die sie das Spielchen mitspielen würde. Das hatte sie sich fest vorgenommen. Und dann würde – huch! – eine Mail, nein, besser ein Anruf sie aus dieser wundervollen Zweisamkeit reißen, und sie müsste leider, leider zurück nach Berlin. Wie ärgerlich! So hatte sie es sich bereits vor Wochen bis ins kleinste Detail überlegt.

Natürlich war sie neugierig auf das, was sie erwartete. Sie hatte schließlich seit der Einschulung ihre kompletten Ferien auf der Insel verbracht, kannte Föhr wie ihre Westentasche. Aber sie war mit fünfzehn das letzte Mal hier gewesen. Sie platzte vor Neugierde, was sich wohl alles verändert hatte. Oder ob alles noch so aussah wie damals?

Und natürlich liebte sie Hilde, die Frage stellte sich ja gar nicht. Es war schließlich ihre Mutter, auch wenn Mo sich in regelmäßigen Abständen eine andere wünschte oder zumindest eine mit ein paar anderen Eigenschaften. Allerdings beschäftigte sie einfach die

Frage, wie sie es schaffen sollte, zwischen Saunagängen und Strandspaziergängen die zehntausend Mails zu beantworten, die sich in ihrem Postfach vermutlich sekündlich verdoppelten. Natürlich gingen die alle auch an ihre Assistentin, aber bei ihren hochkarätigen Kundinnen und Kunden aus Politik, Wirtschaft oder den Medien warf sie doch lieber selbst einen Blick darauf. Mo war selbstständig, und das hieß: selbst und ständig. Und, Hand aufs Herz, sie selbst war ihre beste Mitarbeiterin. Zuverlässig, motiviert, zielorientiert.

Der Fleck auf ihrem linken Schulterblatt ging ihr nicht aus dem Kopf. Es war ihr abgrundtief peinlich. Von wegen trocknen lassen und abkratzen! Auf so eine absurde Idee konnte auch nur Hilde kommen. Der Fleck war definitiv noch feucht und würde es, so groß und dick, wie er war, vermutlich bis heute Abend bleiben. Seeluft hin oder her.

Egal, gleich hatte sie ja genug Zeit, um sich umzuziehen. Die Fähre brauchte eine knappe Stunde bis Wyk.

Mo spürte, wie sich bei diesem Gedanken ein Lächeln auf ihrem Gesicht ausbreitete. Sie erinnerte sich, wie sich, wenn sie als Kind mit ihren Eltern auf die Insel gefahren war, diese eine Stunde immer wie eine Ewigkeit angefühlt hatte. Genau wie die Ferien. Es war eine unendlich lange, wunderschöne Zeit gewesen. Wenn das Wetter gut gewesen war, hatte sie mit ihrem Vater oben an Deck gestanden und sich über jede Welle, jeden Meter, den sie sich ihrem Paradies näherten, gefreut. Sie hatten die Arme ausgebreitet und gespielt, sie würden fliegen. Bei schlechtem Wetter hatten sie unten an einem der Tische hinter den nassen Scheiben gesessen und Karten gespielt. Das war so lange her, überlegte Mo, und fühlte sich doch so an, als wäre es gerade erst gewesen. Anders als das Gefühl, das sie hatte, wenn sie sonst an ihren Vater, an Hans dachte. Sie hatte ihn schon lange nicht mehr gesehen. Seit er vor zehn Jahren Deutschland verlassen hatte und in seiner Wohnung auf Gran Canaria lebte, kamen die üblichen Grüße zum Geburtstag und zu Weihnachten. Mehr nicht. Während sie durch die vom Salzwasser leicht trüben Scheiben der Fußgängerbrücke, über die sie auf die Fähre gingen, aufs Meer sah, versuchte sie sich daran zu erinnern, wann sie ihn das letzte Mal gesehen hatte. Aber sie kam nicht drauf. Die Trennung, die Stille, die nicht ausgesprochenen Worte, die den Raum gefüllt hatten, als sie sich noch alle paar Wochen mal getroffen hatten, das bedrückende Gefühl – all das war präsent. Nicht aber der Moment, in dem er Tschüss gesagt hatte und sie kurze Zeit später erfuhr, dass er ein neues Leben angefangen hatte, wie er in der WhatsApp schrieb. Es musste bei irgendeinem Italiener in Berlin gewesen sein, zu dem sie gegangen waren.

Die Fähre war nicht mehr die, mit der sie damals immer gefahren waren. Diese war größer und viel moderner. Durch eine bodentiefe Glasfront konnte man das Meer sowohl am Heck als auch am Bug beobachten. Kein Holz, keine kleinen Fenster, die vom Salzwasser getrübt waren, keine engen Gänge zwischen den Tischen.

Mo, Hilde und Liebling gingen weiter in den Bistro-Bereich, der sich im Grunde über den gesamten mittleren Teil erstreckte, und wählten einen Tisch an der rechten Seite mit Blick auf die Nordsee, die in Wellen gegen die Seite des Schiffes schwappte. Mo sah durch das Fenster zur Sonne über dem Meer, erinnerte sich an einen Moment, der lange her war und in dem sie eine Robbe zwischen den Wellen entdeckt hatte, und versuchte, etwas in der Ferne am Horizont zu erkennen. Sie überlegte, welche Hallig wo lag, und gab schließlich auf. Sie würde es eh nicht mehr zusammenbekommen. Auf alle Fälle würde sie einen traumhaften Sonnenuntergang sehen, dachte sie, und spürte plötzlich doch einen Funken Freude in sich aufkommen. Ihr letzter Urlaub war schon so lange her, dass sie gar nicht mehr wusste, wann genau er gewesen war. Sie sah sich selbst auf dem Balkon ihres Hotelzimmers sitzen mit einem schönen, trockenen Weißwein, dazu ein paar Oliven und dem Sonnenuntergang. Perfekt! So würde sie die Zeit, die sie eigentlich gar nicht hatte, verbringen. Vielleicht sollte sie die ganzen wichtigen Menschen und ihre Mitarbeiterinnen und Mitarbeiter einfach mal für eine Woche zum Team Building auf einer Hallig absetzen. Schafe, Wiesen und Wasser. Mehr nicht. Bei der Vorstellung huschte ein Lächeln über ihr Gesicht. Gar keine so schlechte Idee. Selbstversorger für eine Woche. Danach würde es in manch einer Firma sicher glatter laufen.

Noch bevor sie sich gesetzt hatten, stand ein Kellner in weißem Hemd und schwarzer Weste vor ihnen und fragte nach ihren Wünschen.

»Können Sie mir ein Stück Friesentorte einpacken?«, wollte Hilde zu Mos großer Verwunderung wissen, während sie schon wieder in ihrer Tasche wühlte, die sie auf den Tisch gestellt hatte. Klar, Friesentorte gehörte zu Föhr wie der Sand am Strand, aber doch nicht abends! Die würden sie morgen spätestens am Nachmittag eh essen. Und warum überhaupt einpacken?

»Willst du die nachher unter der Decke naschen?«, wollte Mo wissen.

»Ähm, ne, ich dachte, ich nehme es mit und … Ach, egal«, stammelte ihre Mutter und kramte weiter in ihrer Tasche herum.

»Nein, gute Frau, haben wir nicht. Aber«, der Kellner wies zum Tresen, der sich in der Mitte des Raumes befand, »vom warmen Apfelstrudel mit Sahne haben wir noch etwas übrig. Den hatten wir heute im Angebot.«

»Ne, danke, das ist lieb, dann nicht«, murmelte Hilde leicht abwesend, was Mo sehr unangenehm war, da ihre Mutter ihn nicht einmal ansah. Schließlich stand der Mann hier und wollte eine Bestellung aufnehmen.

»Ich hätte gerne einen Cappuccino mit Sojamilch, wenn Sie haben«, sagte Mo, obwohl sie ahnte, dass sie später davon schlecht würde einschlafen können. Es musste schließlich schon zwanzig Uhr sein. Sie sollte vielleicht lieber ein Wasser trinken. Im Hotel würde sie sich einen schönen großen Salat mit gegrillten Knoblauch-Chili-Garnelen bestellen. Sofern die so etwas hatten. Darauf freute sie sich schon jetzt. Bis dahin musste der Cappuccino reichen.

»Nein, sorry, wir haben …«

»Hafermilch?«

»Auch nicht, aber …«

»Mandelmilch?«, hoffte Mo.

»Nein. Lactosefreie Milch, wenn Sie mögen.«

»Ja, gerne. Und den Cappuccino bitte entkoffeiniert.«

»Wird gemacht«, sagte der Mann, tippte alles in seinen Orderman und ging einen Tisch weiter, ohne noch einmal den Kopf zu heben.

Liebling hatte es sich neben Hilde auf der Bank gemütlich gemacht und sah Mo an, als erwarte er sekündlich Serviette und Besteck. Sein Blick hatte, vielleicht auch durch den Unterbiss, etwas Forderndes.

»Ich muss mal eben verschwinden«, erklärte Mo, öffnete einen Spalt ihres Koffers, zog ein T-Shirt raus und vorsichtshalber eine Strickjacke, dann sah sie sich nach dem Hinweisschild für das WC um. Vermutlich eine Etage tiefer, tippte sie, und ging Richtung Treppe, die sich hinter einer Glasschiebetür befand.

»Ich wünsche dir viel Spaß! Das wird klasse«, hörte sie Hilde hinter sich, drehte sich kurz um, sah die beiden Unikate auf der Bank sitzen und konnte sich ein Lachen nicht verkneifen. Irgendwie passten die beiden einfach zusammen. Mo ging weiter. *Viel Spaß*, hallten die Worte von Hilde in ihr nach. Was bitte schön sollte daran Spaß machen, auf eine Toilette an Bord einer Fähre gehen zu müssen, weil man es leider nicht bis zum Wellness-Hotel auf Föhr aushielt? *Das wird klasse*?! Humor hatte ihre Mutter ja, das musste man ihr lassen.

2.

Als Mo kurze Zeit später in frischem T-Shirt und Strickjacke erleichtert die Toilette verließ und aus einem der vielen Fenster sah, hatte sie das Gefühl, als würden sie gerade ablegen. In der nächsten Sekunde bemerkte sie jedoch, dass sich nicht die Fähre, sondern die Fußgängerbrücke bewegte, die gerade eingezogen wurde. Sie erinnerte sich an ein altes, längst vergessenes Gefühl: das Kribbeln im Bauch, wenn die Fähre ablegte. Die leichte Aufregung, die sie als Kind gespürt hatte, wenn es endlich losging, und sie den Hafen verließen, um auf die Nordsee und zu ihrer Insel rauszufahren. Es war nur eine kurze Strecke über das Wasser, und doch war es für Mo immer ein Abenteuer gewesen.

Mo schlenderte weiter an Tischen und Taschen vorbei zu ihrem Platz, den sie schneller erkannte, als ihr lieb war: Liebling stand auf der Tischplatte neben Salz- und Pfefferstreuer und leckte an etwas, an das er ganz sicher nicht lecken sollte. Mo beschleunigte ihren Gang, blieb schließlich abrupt vor dem Tisch stehen, griff nach Liebling wie nach einem Paket und setzte ihn auf den Boden. »Hallo? Was machst du denn da? Wer hat das erlaubt?!«, schimpfte sie mit ihm, schämte sich in Grund und Boden und setzte sich schnell, um nicht noch länger von allen angestarrt zu werden. »Wo ist denn dein Frauchen?«, zischte sie in einem Ton unter die Tischplatte, als wäre ihre Mutter eine Fremde. Sie wollte dem näheren Umfeld von mindestens drei bis sechs Tischen signalisieren, dass dies nicht ihr Hund war, und sie daher auch nicht für die nicht vorhandene Erziehung verantwortlich war.

Und überhaupt: Wo war Hilde? Warum war sie nicht hier und passte auf die Taschen und diesen frechen Hund auf? War sie auch auf der Toilette? Konnte ja eigentlich nicht sein. Dann hätte sie ihr ja auf dem Weg begegnen müssen. Ihre Mutter konnte sicher nicht weit sein, sonst hätte sie die Taschen und vor allem Mos Handtasche, in der sich alles befand, was für ihren Job existenziell war, hier nicht allein stehen lassen. Obwohl? Mo sah sich um. War sie vielleicht am Tresen? Doch noch ein Stück Kuchen zum Abendbrot bestellen? Oder war sie etwa schon wieder rauchen? Bei all ihrem Grün-und-Gesund-leben-Wahn war das etwas, das absolut nicht ins Konzept passte.

Mo sah sich um. Keine Hilde weit und breit. Nun denn. Sie griff in ihre nagelneue, cognacfarbene Ledertasche, um ihr Handy herauszuholen. Sie wühlte und wühlte, während sie sich weiter nach Hilde umsah, bis sie schließlich etwas aus der Tasche zog.

Es war ein Umschlag. Und es stand ihr Name darauf. Handschriftlich von ihrer Mutter, mit einem Kugelschreiber ins Papier gedrückt. Ein mulmiges Gefühl breitete sich in Mo aus, das sekündlich an Tempo zunahm. Sie riss den grau-beigen Umschlag auf und zog ein DIN-A4-Umweltpapier raus, das sie sofort auseinanderfaltete.

Mo überflog den Text in Windeseile, während sie ihre Tasche auf ihren Schoß stellte, parallel hektisch darin kramte und immer wieder kurz hineinsah, um ihr Handy rauszuziehen. Wieder hoch zum Text, wieder runter. Irgendwo musste ihr Handy doch sein! Kalender, Stifte, Schminktasche, Buch, Stift, noch ein Stift, Parktickets, die sie unbedingt im Steuerordner abheften musste, lauter andere Dinge. Aber kein Handy. So ein Mist!

Mo holte tief Luft und überflog noch einmal hastig den Brief.

> Mein Schatz,
> du weißt ja, wie es ist. Seien wir ehrlich. Mit mir erholst du dich nicht. Deshalb fahre ich zurück und hole euch in einer Woche wieder ab.

Euch? Was?!

Mo schaute unter den Tisch, wo Liebling mit schrägem Kopf und einem Blick, als hätte er den Brief höchstpersönlich geschrieben, genau da saß, wo sie ihn gerade hingesetzt hatte. Das durfte doch nicht wahr sein! War ihre Mutter jetzt wirklich von allen guten Geistern verlassen?

Mo sah wieder hoch und las weiter.

Liebling ist deine Frischluftgarantie auf vier Pfoten. Er wird dafür sorgen, dass du regelmäßig rauskommst und dich erholst!

Klar. Ausgerechnet dieser komische Hund, für den jede Bewegung lästiger war als veganes Hundefutter.

Mo ließ alles stehen und liegen, stand von der Bank auf, sah sich hektisch um und realisierte in der gleichen Sekunde, dass sie bereits fuhren. Sie lief den Gang zwischen den Tischen entlang, an Kellnern mit vollen Tabletts und spielenden Kindern vorbei, bis zum gläsernen Heck und sah, was sie sowieso schon gewusst hatte: dass die Türen natürlich längst geschlossen waren und sie sich langsam auf das offene Meer hinausbewegten.

Sie lief, so schnell es zwischen all den kleinen und großen Zweibeinern ging, weiter bis zu der großen Glasscheibe im Heck der Fähre und sah hektisch hinaus. Lange musste ihr Blick nicht suchen. Ihre Mutter stand dort als schnell kleiner werdender Punkt am Anleger, von dem sie gerade erst abgelegt hatten, und wedelte mit einem triumphierenden Lächeln, das sicherlich ihr ganzes Sommersprossengesicht einnahm und das Mo bis hierher meinte erkennen zu können, mit etwas, das vermutlich Mos Handy war.

»Scheiße!«, schimpfte sie voller Inbrunst und stampfte

wie ein bockiges Kleinkind mit dem Fuß auf den Boden. »Scheiße, Scheiße, Scheiße! So eine verdammte …!«

»Das sagt man nicht«, stellte eine circa Fünfjährige mit runder Brille neben ihr fest und sah streng zu ihr hoch.

»Doch. Das sagt man. Vor allem, wenn einem die eigene Mutter das Handy geklaut hat!«, erwiderte Mo genervt.

»Deine Mutter klaut?!«, hakte die Kleine entsetzt nach.

»Ja!«

»Oh! Das gibt bestimmt Ärger.«

»Nicht nur das! Ich bringe sie um!«, murmelte Mo und spürte, wie ihr Herz vor Wut pochte.

»Das ist aber auch verboten«, gab das Mädchen zu bedenken.

»Ja, leider«, stöhnte Mo, drehte sich um und ging zurück, vorbei an all den tiefenentspannten Menschen, die sich auf ihre schöne, freie Zeit auf Föhr freuten.

Was hatte sich Hilde nur dabei gedacht? Glaubte sie wirklich, sie würde sich auf Föhr erholen, wenn sie nicht an ihre Mails, ihr Handy, ihren Rechner, ihr Büro kam? So ein Schwachsinn! Sie würde sofort die nächste Fähre zurück nehmen. So viel stand fest.

Wusste ihre Mutter eigentlich auch nur im Ansatz, was es hieß, selbstständig zu sein? Selbstständig und nicht erreichbar?

»Ich glaube das echt nicht. Sag mir, dass es nicht wahr ist«, meinte Mo kopfschüttelnd zu dem Cappuccino, der inzwischen auf dem Tisch stand.

»Das Handy nimmt sie mir weg, und *dich* lässt sie hier sitzen?! Na prima«, sagte sie mit Blick auf Liebling, der nach wie vor unter dem Tisch saß und sie immer noch ansah, als hätte er ein schlechtes Gewissen. Dieser Hund bewegte sich niemals ohne Grund. Und selbst dann nur gegen seinen Willen. Was also sollte sie mit ihm auf Föhr? Man konnte ihn genauso gut zum Pinkeln über die Balkonbrüstung halten.

»Das kann ja was werden. Vermutlich muss ich dich raustragen«, schimpfte sie und spürte förmlich die Blicke der anderen Reisenden, die auf ihr lasteten. »Aber das kannst du knicken. Das kann dein Frauchen übernehmen. Wir fahren sofort wieder zurück!«

Mo nahm einen Schluck aus der bauchigen Tasse und sah sich nach einem der Kellner um, die hier unentwegt hin und her wuselten. Ihre Mutter hatte ja schon immer lustige Einfälle, aber das hier sprengte komplett den Rahmen. Es war definitiv die neue Nummer eins auf der Liste der schlimmsten Einfälle von Hilde. Bis gerade eben war das noch die peinliche Rikschafahrt quer durch die Hamburger Innenstadt gewesen, die sie Mo zu ihrem dreißigsten Geburtstag anlässlich eines gemeinsamen Wochenend-Trips geschenkt hatte. Nichts gegen den armen Rikschafahrer und sein buntes Rad. Es war nur leider kein E-Bike gewesen und daher viel zu anstrengend für den armen Mann. Und für Mo. Zumindest für ihre Psyche. Sie wäre am liebsten tausend Tode gestorben. Das Verkehrschaos, das sie mit ihrer Fahrt auf einer der meistbefahrenen Straßen Hamburgs verursacht hatten, würde Mo ihr Lebtag nicht vergessen.

Sie griff erneut nach der Tasse, nahm einen Schluck, stellte sie etwas unsanft wieder ab, stand auf und ging zu dem Tresen in der Mitte des Raumes. »Entschuldigung, wäre es vielleicht möglich, dass ich Ihr Telefon mal benutze?«, fragte sie den Mitarbeiter dahinter. »Ich zahle natürlich auch. Mein Handy ist leider gerade weg. Und ich muss sehr dringend meine Mutter anrufen. Es ist echt ein Notfall!«, erklärte Mo laut und holte dann tief Luft, in der Hoffnung, Atmung und Puls wieder unter Kontrolle zu bekommen.

»Soll ich einen Arzt rufen? Ist etwas mit Ihrem Vater?«, wollte der Mann, der gerade ein Glas abgetrocknet hatte und in der Bewegung innegehalten hatte, mit weit aufgerissenen Augen wissen. Er stellte das Glas samt Handtuch darin auf die Arbeitsfläche vor sich und griff nach dem Telefon, jede Sekunde bereit, den Notruf abzusetzen.

»Nein, nein«, beeilte Mo sich zu sagen. »Danke. Mit meinem Vater ist nichts. Er ist wahrscheinlich der Einzige, dem es gerade so richtig gut geht auf Gran Canaria«, überlegte Mo laut. »Ein Arzt hilft da nicht. Es sei denn, er weist meine Mutter irgendwo ein … Ich muss sie wirklich sehr dringend anrufen. Sie hat nur leider mein Handy bei sich und ist«, sie sah kurz über ihre Schulter wehmütig Richtung Festland, »nicht an Bord.«

»O nein! Hat sie die Fähre verpasst?«

»Nicht wirklich. Sie war drauf und ist dann wieder runter … lange Geschichte. Kann ich kurz telefonieren? Bitte. Es ist wirklich wichtig!«

»Natürlich«, sagte der Mann und reichte ihr das schnurlose Telefon.

Mo bedankte sich und wählte Hildes Handynummer, die sie, dem Himmel sei Dank, auswendig kannte. Es klingelte. Und klingelte. Schließlich hörte sie die Stimme ihrer Mutter auf der Mailbox.

»Mama! Ruf mich bitte zurück!«, forderte sie und erinnerte sich im gleichen Moment, dass das im Grunde gar nicht möglich war. »Mist, das geht ja gar nicht. Dann bleib da, wo du bist! Bitte! Ich nehme die nächste Fähre zurück! Warte auf mich!«

Dann drückte sie auf das Symbol mit dem kleinen roten Hörer und gab das Telefon dem Mann zurück, der inzwischen weiter die Gläser polierte.

Er sah sie quasi um Entschuldigung bittend an. »Ich mag es Ihnen ja gar nicht sagen, aber das hier ist die letzte Fähre.«

»Wie? Die letzte?«

»Sie können die Runde von Föhr weiter nach Amrum und dann wieder zurück mitfahren, aber dann würden Sie so oder so auf Föhr bleiben. Nach dieser Fähre legt keine mehr ab. Erst morgen früh«, erklärte er kleinlaut.

Zum Festland, dachte Mo, wo ihre Mutter bis dahin schon lange nicht mehr war.

»Haben Sie Sekt?«

»Ähm, ja.«

»Eine Flasche, bitte!«

Mo ließ den irritiert wirkenden Mann stehen und marschierte zurück zu ihrem Tisch. Sie fühlte sich, als hätte sie ein One-Way-Ticket ins All gekauft. Dabei war ihr Ziel nachweislich eine Nordseeinsel. Nicht mal eine Hochseeinsel. Nein, es war eine ganz stinknormale Insel in der Nordsee.

Als sie sich setzte, fiel ihr Blick auf die viel zu kleine Reisetasche ihrer Mutter. Natürlich brauchte sie keine Sachen, schoss es ihr durch den Kopf. Sie hatte ja von vornherein gewusst, dass sie nicht bleiben würde. Aber was war dann in der Tasche und hatte so merkwürdig geklappert?

Mo öffnete mit einem Handgriff die Tasche und blickte auf eine bunte Mischung Hundefutterdosen. Na prima. Was sollte sie denn jetzt machen? Auf Föhr bleiben? Ohne Handy, was einem Besuch im Schweigekloster gleichkam? Oder zurückfahren aufs Festland, wo ihre Mutter hundertprozentig nicht mehr war und auf sie wartete?

Mo sprang auf, ging auf die andere Seite des Tisches, zog ihre Tasche an sich und suchte vergeblich nach ihrem Autoschlüssel. Das konnte doch alles nicht wahr sein!

Es blieb dabei, egal, wie lange sie suchte. Er war nicht da. Jetzt hatte Hilde auch noch ihren Mini-Schlüssel entwendet. Was wäre eigentlich gewesen, wenn diese blöde Möwe sie nicht angeschissen und sie sich nicht auf der Toilette umgezogen hätte? War das alles geplant? Steckten die Möwe und ihre Mutter unter einer Decke? Was hätte Hilde denn gemacht, wenn Mo es sich hier einfach auf der Bank gemütlich gemacht hätte? Dann hätte sie vermutlich gesagt, sie müsse mal eine rauchen gehen, und wäre verschwunden. Irgendetwas wäre ihr sicherlich eingefallen.

Der Kellner kam mit einer kleinen Piccolo-Flasche Sekt auf einem Tablett an ihren Tisch und stellte sie zusammen mit einem Glas, das größer war als die Flasche, vor ihr ab.

Normalerweise griff Mo in Momenten, in denen sie einfach nicht weiterwusste, nach ihrem Handy, sah sich kurz ein paar neue Einträge bei Twitter an, überflog die aktuellen Schlagzeilen, checkte die Mails und legte es wieder weg. Besser als jede Meditation. Aber jetzt?

Sie nahm das Glas, das der Kellner inzwischen gefüllt hatte, dankte ihm kurz und trank einen großen Schluck. Dann stellte sie das leere Glas zurück auf den Tisch. Langsam lehnte sie sich zurück und versuchte sich zu konzentrieren, während ihr Blick aufs Meer hinausschweifte. Wie wäre es, wenn sie sich in Wyk einfach ein neues Handy kaufen würde? Dann einfach einloggen in ihren Mail-Account, und ihre Mutter konnte sie mal! Falls es auf Föhr Handys gab, aber davon ging sie einfach mal aus. Es war ja keine Hallig. Oder sie setzte sich in die Hotellobby, da gab es doch sicher auch öffentlich zugängliche Computer für Gäste. Mo verschränkte die Arme vor der Brust und schob die Unterlippe vor. Hotellobby statt Doppelbett. So etwas Bescheuertes.

Da kam ihr ein Gedanke: Sie hatte ja noch ihren Laptop! Sie stand abrupt auf, nahm sich den schwarzen Trolley, legte ihn vor sich auf den Boden, öffnete den Reißverschluss und wühlte entgegen ihrer Gewohnheit alles fein säuberlich Gefaltete durch. Unter den T-Shirts, Blusen, Shorts, ihrer Kulturtasche und allem anderen fand sie etwas, das definitiv nicht ihr Laptop war und das sie nicht eingepackt hatte, aber sofort wiedererkannte.

Das alte rote Fotoalbum ihrer Mutter, in dem sich ihre gesamte Kindheit befand. Festgehalten auf leicht vergilbten, matten, quadratischen und rechteckigen Fotos.

Von ihrem Rechner keine Spur. Wäre ja auch zu schön gewesen.

Schnaufend setzte sie sich wieder auf die Bank. Normalerweise befanden sich Handy, Laptop oder alternativ auch mal das iPad immer, Tag und Nacht, innerhalb eines Radius von maximal zwei Metern, egal, wo sie war: Toilette oder Meeting. Alles andere verursachte körperliche Entzugserscheinungen bei ihr. Dori, ihre beste Freundin, zog sie regelmäßig damit auf. Mo verteidigte sich mit ihrer Position als Geschäftsführerin und der Tatsache, dass Kunden nun einmal ungern auf Antworten warteten. Dass sie ihre Firma nicht allein führte und es noch zwei andere in ihrem Team gab, die in der Lage waren, Mails zu beantworten, überhörte sie. Selbst dann, wenn Dori sie in der Sauna mal wieder darauf hinwies, dass das Mitbringen von elektronischen Geräten erstens verboten, zweitens schlecht fürs Handy und drittens schlecht für sie war. Sie müsse mal abschalten. Sich und das Ding in der wasserfesten Hülle neben sich auf dem Handtuch.

Dori war das Gegenteil von ihr. Abschalten und Loslassen waren ihre Königsdisziplinen. Seit ihrer Scheidung vor drei Jahren war sie im Dauer-Abschalt-Modus. Jetzt, genau in diesem Moment, wäre sie eine große Hilfe gewesen, und am liebsten hätte Mo sie sofort angerufen. Dori wäre sofort gekommen und hätte ihr welche von ihren Bachblüten-Rescue-Tropfen verabreicht. Eventuell die ganze Flasche.

Mo schloss für einen Moment die Augen und versuchte sich auf ihre Atmung zu konzentrieren. Einatmen, ausatmen und unauffällig weiterleben.

Es ging nicht. Sie riss die Augen wieder auf und dachte angestrengt an diese eine spezielle Atmung, die Dori ihr für Notfälle gezeigt hatte. Diese Atmung, die dafür sorgen konnte, dass sich der Herzschlag normalisierte und alles wieder gut werden würde. Aber ihr fiel diese bescheuerte Übung einfach nicht ein! Wie gerne hätte sie jetzt danach gegoogelt. Es war zum Verzweifeln.

Sie nahm den Brief, der vor ihr auf dem Tisch lag, und las weiter.

Ich wünsche dir eine Reise zu dir selbst.
Zu der Mo, die du einmal warst …

Kopfschüttelnd sah Mo aus dem Fenster, bis zum Horizont, der Wasser und Himmel trennte. Die Mo, die sie einmal war. Mein Gott! Wie das klang. So pathetisch. Als wenn sie nicht mehr sie selbst war. Hilde hatte aber auch immer einen Hang zum Übertreiben, ärgerte sie sich. Wer sagte denn, dass Veränderung etwas Schlechtes war?

Mo dachte nach. Sie ließ die letzten Jahre Revue passieren, überflog in Gedanken ihre Stationen; das Studium, ihre erste Festanstellung, die Entscheidung, sich selbstständig zu machen, ihre ersten Aufträge als Coachin kleinerer Firmen und ihrer aktuellen Kundinnen und Kunden, die zur ersten Liga der Wirtschaft zählten. Ihre Laufbahn, ihre Ziele und Erfolge. Sie sah sich selbst vor einem der Flipcharts stehen, an denen sie während ihrer Coachings gerne mit dicken Edding-Stiften festhielt und unterstrich, was sie sagte. Sie stellte sich vor, eine Pro- und Kontra-Liste darauf zu erstellen, eine dialektische Argumentation. Und kam nur zu einem Ergebnis: Sie hatte sich zu einer erfolgreichen Karrierefrau entwickelt. Und daran war schließlich nichts falsch.

Sie sah wieder runter auf den Brief.

Diese Reise habe ich ein wenig vorbereitet.
Zum Schluss, wenn du allen Hinweisen nachgegangen bist, bekommst du dein Handy und alles andere wieder.

Hinweise? Das meinte Hilde nicht ernst! Sollte sie etwa Aufgaben erledigen, um ihr Handy zurückzubekommen? Wo waren wir denn jetzt gelandet, ärgerte sie sich. Hatte ihre Mutter versehentlich die falschen Pilze im Wald gepflückt und gegessen? Oder war das eine pädagogische Erziehungsmaßnahme? Für eine Vierunddreißigjährige?! Hilde benahm sich, als hätte Mo ihre Medienzeit in den letzten Wochen überzogen und würde zur Strafe auf eine Nordseeinsel verbannt.

Was hatte ihre Mutter sich noch alles für sie überlegt? Mit Unbehagen las sie hastig weiter.

Du wirst Briefe von mir finden und Hinweise.
Gehe ihnen nach. Wir sehen uns am Ende dieser Reise wieder. Genieß die Zeit. Sie gehört dir. Hilde

»Genieß die Zeit. Ts! Sie ist verrückt geworden! Anders lässt es sich nicht erklären. Komplett verrückt«, regte Mo sich auf und stellte fest, dass sie es nicht gedacht, sondern laut und deutlich gesagt hatte. Die Dame am Nebentisch in einem blau-weiß geringelten Langarmshirt und mit blondem Zopf drehte sich irritiert zu ihr um.

Schnell sah sie unter den Tisch, als hätte sie mit Liebling gesprochen, den es offensichtlich nicht kümmerte, was hier gerade passierte oder wo seine Lebensretterin war. Er war inzwischen eingeschlafen und schnarchte.

Mo sah wieder aus dem Fenster.

Eigentlich war es ja ganz schön hier. Das Meer, die Insel, Urlaub ohne ihre Mutter. Aber warum ohne jegliche Verbindung in die Welt? Sie kam sich vor wie ein kleines Kind, das gegen seinen Willen auf Kur an die See geschickt wurde und das sein Lieblingsspielzeug nicht mitnehmen durfte.

Früher hatte sie immer ihren dicken braunen Brummbären, jede Menge Bücher und manchmal auch ihr kleines Zelt mitgenommen. Das hatte sie dann bei Frau Witt im Garten aufgeschlagen, darin gespielt, und manchmal hatte sie sogar darin geschlafen. Ihre gesamten Ferienerinnerungen, die an den Sommer, an den stürmischen Herbst und auch an den nassen Frühling, spielten auf Föhr. Wenn sie an die Ferien ihrer Kindheit dachte, dann dachte sie an diese Nordseeinsel, an der für sie alles schön war. An die kleine Wohnung unter dem Dach von Frau Witt. An die schrägen, holzvertäfelten Wände. An die stickige Luft im Sommer und an ihren Vater, der immer als Erstes, nachdem sie angekommen waren, die schrägen Dachfenster geöffnet hatte. Ihre Mutter, die die Betten bezogen hatte und dann mit dem Rad einkaufen gefahren war. Es war eine heile Welt gewesen, damals auf Föhr. Bis sich ihre Eltern getrennt hatten und sie nicht mehr hinfuhren.

Mo fragte sich, was sich verändert hatte und ob sie die Wege, die Häuser, ihre alten Verstecke in den Knicken zwischen den Feldern noch wiederfinden würde. Und was das mit ihr machen würde. Mit ihr und ihrer Erinnerung. Sie spürte, dass sie tatsächlich ein wenig aufgeregt war.

Sie faltete den Brief zusammen und steckte ihn zurück in den Umschlag, was nicht funktionieren wollte. Irgendetwas passte nicht. Sie sah in den Umschlag und entdeckte ein altes, quadratisches und vergilbtes Foto.

Sie musste ungefähr fünf Jahre alt gewesen sein. Das Haar noch hellblond. Mit den Jahren war es dunkelblond geworden, bis sie beschlossen hatte, es nussbraun zu färben. Sie saß am Strand von Wyk, was sie an der Seebrücke erkannte. Einen roten Sonnenhut auf dem Kopf, die Schaufel in der Hand, das sommersprossengeflutete, ovale Gesicht leicht schräg gelegt, blinzelte sie mit schmalen Augen in die Kamera, hinter der ihr Vater stand, der immer alles festgehalten hatte: ihre ganze Kindheit, jeden Urlaubstag, jeden Moment, jeden Stein am Strand. So war es ihr damals vorgekommen. Wenn sie an ihren Vater dachte, an sein Gesicht, dann sah sie nicht den braunen Vollbart und das volle

Haar, die grünen Augen. Dieses entspannte, smarte, stille Gesicht sah sie nicht. Sie sah in ihrer Erinnerung in ein Objektiv. In ein dunkles, rundes Loch. Dahinter jemand, der ihr keine Antworten hatte geben wollen auf ihre Fragen.

Intuitiv drehte sie das Bild um und entdeckte die Handschrift ihrer Mutter.

Meine erste Frage an dich lautet:
Auf wen hast du dich immer am meisten gefreut, wenn wir nach Föhr gefahren sind? Fahre hin, und du wirst schon sehen ...

Frau Witt, schoss es ihr durch den Kopf. Frau Witt war jahrelang wie eine Ersatzoma für sie gewesen. Eine Oma, die sie nicht wirklich gehabt hatte. Hildes Mutter hatte zu weit weg gelebt, und Mo hatte sie meist nur Weihnachten gesehen. Die Mutter ihres Vaters war schon vor Mos Geburt gestorben.

Frau Witt würde sich vor Freude wahrscheinlich gar nicht mehr einkriegen, wenn Mo plötzlich vor der Tür ihres Friesenhäuschens stünde, in dem sie ihre Ferien verbracht hatten. Oben, in einer der Ferienwohnungen. Warum hatte sie nicht schon vorher an diese entzückende, liebe und inzwischen sicher auch sehr alte Dame gedacht? Wenn Mo die Augen schloss, sah sie Frau Witt in einer ihrer geblümten Küchenschürzen am Herd stehen und etwas einkochen. Der Duft in ihrer Küche, im Haus, im Garten, wenn der Flieder blühte, die Rosen, der Lavendel, die Waffeln, die warme Kirschsoße. Diese Gerüche waren mit ihrer Erinnerung verbunden und kamen jetzt Stück für Stück zurück. Und der Duft nach dem allerbesten Pflaumenmus weit und breit. Nie wieder hatte sie solch ein Pflaumenmus gegessen. Sie musste unbedingt zu Frau Witt und fragen, ob sie eines ihrer Gläser entbehren konnte. Und vielleicht hatte sie ja auch ein Stück Friesentorte für Mo. Die beste Friesentorte der Welt.

Während Mo an diese unbekümmerte Zeit dachte, wurde die Fähre merklich langsamer. Mo drehte sich um und erkannte durch die gegenüberliegende Fensterfront den Hafen von Wyk, an dem sie ein paar Taxen, Menschen, Busse und zu ihrer Verwunderung auch einen roten Trecker sah.

Sie wusste, sie würde aussteigen. Ihre Mutter war eh über alle Berge, und ein Ersatzhandy oder irgendeinen Rechner würde sie im Hotel schon finden. Außerdem hatte sie ja sowieso alles für ihre Abwesenheit im Vorfeld durchorganisiert. Und trotzdem machte es sie nervös, die Kontrolle abgeben zu müssen. Beziehungsweise aus der Hand gerissen zu bekommen.

Langsam stand sie auf und begann, ihre Sachen zusammenzupacken. Trolley, Umhängetasche, die Tasche ihrer Mutter. Ach, und der Hund! Herrje.

3.

Liebling war nicht sonderlich begeistert von Mos Hektik und der Tatsache, dass sein Schlafmodus ohne seine Einwilligung unterbrochen und auf Wachzustand umgestellt wurde. Er ließ sich wie zu erwarten träge hinterherziehen. Wenn man ihn nicht kannte, konnte durchaus der Eindruck entstehen, er leide ganz schrecklich an einer angeborenen Lähmung. Tat er aber nicht. Wenn überhaupt, war der Teil seines Hirns gelähmt, der für Motivation und Antrieb zuständig war. Man konnte ihn also nur ziehen oder tragen.

Kaum hatten sie die Fähre verlassen, pustete eine ordentliche Böe Mos akkurat geschnittenen Bob komplett durcheinander. Die braunen, dünnen Strähnen hingen ihr nahezu waagerecht ins Gesicht und gaben die exakte Windrichtung an. Das Problem war nur, dass sie weder eine Hand frei hatte, um das zu ändern, noch etwas sehen konnte. Sie versuchte es mit dem Handgelenk, die Hände waren schließlich mit Leine, Taschen und Rollkoffer beschäftigt, zumal auch hier nicht alles in die gleiche Richtung wollte. Aber das war nur mittelmäßig erfolgreich. Die Haare klebten förmlich in ihrem Gesicht, was vermutlich an der Sonnencreme lag, von der sie etwas zu viel in ihr Gesicht einmassiert hatte, um jeder denkbaren Faltenbildung entgegenzuwirken. Dabei war es neun Uhr, und die Abendstimmung legte sich merklich über die Insel.

Nach ein paar Metern gab sie auf. Brachte ja eh nichts. Sie hatte sich nicht eine Sekunde auf diese Reise vorbereitet und sich komplett auf ihre Mutter verlassen.

Und das rächte sich nun.

Sie hatte keinen blassen Schimmer, wo sie hinmusste.

»Und da sind Sie ganz sicher?«, wollte der Taxifahrer wissen. Er stand mit verschränkten Armen an seinen Wagen gelehnt und starrte sie ungläubig an.

»Ja, ziemlich sicher. Ich habe den Gutschein meiner Mutter mit der Anschrift des Hotels irgendwo im Koffer, glaube ich. Oder in der Tasche?« Sie hob die Hände und machte einen komplett hilflosen Gesichtsausdruck.

Natürlich hatte sie den selbst gebastelten Gutschein für die *Frei-Zeit* überhaupt gar nicht eingepackt. Wozu auch? Sie hatte ihn sich einmal angesehen, bei dem Gedanken an eine Woche mit ihrer Mutter, am besten noch in einem Doppelzimmer, sofort Bluthochdruck bekommen und ihn irgendwo hingelegt, aber ganz sicher nicht in ihr Gepäck. Allerdings hatte sie sich den lustigen Straßennamen gemerkt. Und in dieser Straße würde es ja wohl nicht ausgerechnet ein Hotel neben dem anderen geben, hoffte sie. Notfalls musste Mo sie halt alle abklappern und nachfragen, ob es eine Reservierung auf ihren Namen gab. Bei ihrer Mutter anrufen und nachfragen war wirklich das Letzte, worauf sie gerade Lust hatte. Zumal sie ja offensichtlich nicht rangehen wollte. Und Mo sich dann wieder erst mal ein Telefon organisieren musste. Der Taxifahrer sah nicht so aus, als würde er ihr gerne sein Handy leihen.

Mo zuckte mit den Schultern, während der Taxifahrer sie ansah, als hätte sie gesagt, sie wolle ins Dschungelcamp. »Na, dann wollen wir mal«, erklärte er in einer Tonlage, die Mo nicht zu interpretieren wusste, schnappte sich ihren Koffer und öffnete den Kofferraum. Nun bekam Mo ein bisschen Angst. Ihre Mutter war doch wohl nicht auf die verrückte Idee gekommen, eine Reservierung auf einem Zeltplatz zu buchen? Bei dem Gedanken, mit Hilde in einem Zwei-Mann- beziehungsweise Zwei-Frau-Zelt zu schlafen, mit Liebling in der Mitte, konnte sie sich ein Lachen nicht verkneifen. Das wäre ja echt der Kracher gewesen!

Der Mann schloss mit Schwung den Kofferraum und stieg in sein Taxi. Mit Leine in der einen und Tasche in der anderen Hand, versuchte Mo umständlich, die hintere Beifahrertür zu öffnen. Sie war einfach nicht darin geübt, mit vollen Händen durchs Leben zu laufen.

Unzählige Urlauber strömten an ihnen vorbei in Richtung Fußgängerzone, Busse oder Taxen. Ein Geheimtipp war das hier auf alle Fälle nicht mehr. Ein paar ganz Sportliche, die an hochmotivierte Umweltaktivisten erinnerten, liefen zu Fuß los. Vermutlich hatten sie andere Pläne als Mo:

Schampus, Strand, Spa, Bett. Herrlich. Dazwischen gab es selbstverständlich noch ein schönes, leichtes Menü, wenn möglich einen Salat im Hotelrestaurant, vielleicht sogar auf der Terrasse, Sonnenuntergang inklusive. Trennkost, versteht sich. Nach achtzehn Uhr aß sie grundsätzlich keine Kohlenhydrate mehr.

Sobald sie an irgendeinen Rechner kam, würde sie nach »Föhr + Hundesitter« oder »Hundetrainer« googeln. Vielleicht reichte auch schon ein Gassi-Service. Oder ein Hundefriseur. So oder so, sie würde sich der Sache annehmen müssen.

Ihr Magen knurrte während der Fahrt so laut, dass der Taxifahrer sich kurz zu ihr umdrehte und sie so mitleidig ansah, als wolle er sie fragen, ob sie mal von seiner Käsestulle abbeißen wollte, die er gerade in der Hand hielt. Tilsiter, tippte Mo und sah kurz zu Liebling, der auf dem Rücksitz neben ihr schnarchte. Dann hob sie wieder den Kopf, weil sie immer noch vom Fahrer fixiert wurde, und zuckte mit den Schultern, als könne sie sich die verschiedenen Geräusche auch nicht erklären.

Mo ließ ihren Blick aus dem Fenster über die Felder schweifen, die Höfe, die Radfahrer und Trecker, die sie überholten, den inzwischen leicht orange-magentafarbenen wolkenfreien Himmel, die Weite, die Möwen, die ihr nichts antun konnten, da sie nicht in einem Cabrio saß. Warum war sie so lange nicht mehr hier gewesen?

Eine Viertelstunde später hielt das Taxi. Mo beugte

sich leicht vor und suchte nach der Auffahrt zu dem weißen Hotel, dem Strand, dem, was sie sich vorgestellt hatte – und fand es nicht.

Sie standen auf einem Feldweg. Keine Straße aus Teer, sondern ein Kiesweg mit etlichen Schlaglöchern. Das hatte sie nicht gesehen, sondern während der letzten Meter gespürt. Mo blickte rechts aus dem Fenster. Felder, so weit das Auge reichte. Dann Blick nach links. Hier deutete einiges auf Zivilisation hin. Mo entdeckte mehrere Gebäude, die alles Mögliche sein konnten, aber sicher nicht ihr Hotel.

»Können Sie mir vielleicht kurz Ihr Handy leihen?«, fragte sie nun doch. »Ich würde sehr gerne meine Mutter anrufen und sie nach der genauen Adresse fragen«, erklärte sie, während sie sich suchend umsah. »Das hier ist es jedenfalls ganz sicher nicht.«

»Das kann ich gerne tun, aber das hier ist das einzige Haus in dieser Straße«, brummte der Fahrer und schob hinterher, »und das einzige Hotel.«

»*Das* ist ein Hotel?!«

Der Mann fing an zu lachen und hielt sich seinen kugelrunden Bauch. »Nun ja, irgendwie schon. Meine Mutter würde ich hier nicht einquartieren, aber bei jungen Familien ist es durchaus sehr beliebt!«

Irgendwie – das Wort klang bei Mo lange nach.

»Dann sind wir richtig«, dachte sie laut. Dann zuckte sie die Schultern. »*Meine* Mutter ist … anders«, sagte sie trocken.

Der Mann hielt sich an seinem Lenkrad fest, drehte sich zu ihr nach hinten und sah sie fragend an. »Anders als meine Mutter?«, fragte er.

»Anders als alle Mütter«, murmelte sie, schnallte sich ab, zahlte und stieg aus.

Während sie Handtasche und Lieblings Dosentasche über die Schultern hängte und Hund und Koffer hinter sich herzog, betrachtete sie die Gebäude, auf die sie zuging. Es waren alte rote Backsteinbauten, die an einen landwirtschaftlichen Betrieb erinnerten. Vielleicht eine Scheune? Ein Kuhstall? Auf der linken Seite lag ein sehr großes Gebäude. Rechts befand sich ein etwas kleineres. In der Mitte, zwischen den Gebäuden, stand eine große, alte Eiche, um deren Stamm mit Feldsteinen ein runder Platz mit einem kleinen Weg angelegt war. Von einem der sehr hohen Äste hingen die langen Taue einer Schaukel, die sich leicht im Wind bewegte. Weiter geradeaus standen Gartenstühle und Tische aus schwerem Holz, an denen mehrere Leute saßen und sich unterhielten. Vermutlich aßen sie zu Abend, dachte Mo und spürte, dass sie dringend selbst Nahrung brauchte. Langsam war sie wirklich unterzuckert. Kohlenhydrate hin oder her. Aber erst mal musste sie wissen, was das hier war und ob sie wirklich richtig war.

Die Luft war ein Traum. Sie blieb kurz stehen und atmete ein paarmal tief ein. *Alles wird gut*, versuchte sie sich selbst zu beruhigen. *Es wird sicher ein gemütliches*

Zimmer im Landhausstil sein, mit weißer Holzvertäfelung an den Wänden und einem rustikalen Holzbett mit rot-weiß karierter Bettwäsche. Der Strand ist zwar nicht in Sichtweite, und statt Champagner wird es wohl eher ein Bier, aber das macht ja nichts. Ich kann ja mit dem Rad fahren … beziehungsweise wir, überlegte sie und sah zu Liebling runter, der offenbar irgendeine Fährte aufgenommen hatte und an der Leine zerrte. So kannte sie ihn gar nicht. Er ging freiwillig vorwärts, die Nase am Boden, und hatte es plötzlich eilig. Mo schüttelte etwas belustigt den Kopf. Immerhin ging es mal voran. Vielleicht hatte er die Schafe, die sie in diesem Augenblick auf einer Wiese hinter dem Haus entdeckte, gewittert.

Liebling lotste sie, bevor sie darüber nachdenken konnte, wo sie eigentlich hinmusste, oder ob es die richtige Richtung war, über das alte Kopfsteinpflaster durch eine offen stehende Scheunentür in das große Gebäude. Hier war es merklich frischer als draußen, wo es sicher immer noch um die zwanzig Grad waren. Sie stoppte abrupt vor einem Holztresen, der sich gegenüber dem Eingang befand. Dahinter standen einfache Holzregale mit Unterlagen, Ordnern, selbst gestrickten Strümpfen, Honig- und Marmeladengläsern, die sicher aus Eigenproduktion stammten oder zumindest von der Insel waren. Das Ambiente erinnerte sie ein wenig an den Bioladen bei ihr in Berlin, bei dem sie sich hin und wieder etwas Obst holte, wenn sie sich mal mittags kurz vom Schreibtisch losreißen konnte, aber ganz sicher nicht an die Rezeption eines Hotels. Zumindest nicht an die eines der Hotels, in denen sie sonst so unterkam. Aber ihre Mutter war ja immer schon sehr naturverbunden gewesen. Sie hatte allerdings leider eben auch diesen Hang zu extravaganten, völlig unpassenden Überraschungen, die – wie sich in den meisten Fällen rausstellte – nur Hilde selbst wirklich lustig fand.

Das Einzige, was Mo gerade beruhigte, war die Tatsache, dass das hier alles andere als extravagant und sie entweder völlig falsch war oder einfach ein sehr schlichtes Zimmer bekam.

Sie stellte Taschen und Koffer ab und sah sich um.

Hinter dem Tresen befand sich ein Schreibtisch aus hellem Kiefernholz mit einem alten Rechner und einem Haufen Papierkram. Ein ziemliches Chaos, stellte Mo fest und sah sich nach jemandem um, den sie hätte fragen können, wo sie hier war, ob es auf ihren Namen eine Reservierung gab und überhaupt.

Gerade als sie nach ihrem Rollkoffer greifen und mit Sack, Pack und Hund wieder rausgehen wollte, um dort nach Mitarbeitern zu suchen, hörte sie hinter sich ein fröhliches, fast schon überschwängliches »Moin! Wie schön, dass ihr da seid!« Eine große, schlanke Frau kam auf sie zu. Sie hatte ihr kupferrotes, leicht gewelltes Haar zu einem dicken Zopf geflochten und viele Sommersprossen in einem freundlichen, ovalen Gesicht. Mo schätzte sie auf Anfang vierzig.

Die Frau lächelte sie an und reichte ihr die Hand. »Ich bin Inga, ich leite hier das Hotel. Und du bist Moira, richtig?« Sie sah runter auf den Boden, wo Liebling zwischen ihnen saß und mit dem Schwanz wedelte, als würde er endlich, nach unzähligen Jahren, seine alte Busenfreundin Inga wiedersehen. Diese wiederum tat nicht weniger begeistert, bückte sich zu ihm runter und sagte, während sie ihn streichelte: »Na, da bist du ja, du süßer Kerl. Ich habe mich schon richtig auf dich gefreut. Und Johanna erst!«

Wer auch immer Johanna war, fest stand: *Ich bin richtig*, dachte Mo leicht enttäuscht. Kein Whirlpool mit Strandblick.

Inga richtete sich wieder auf, betrachtete Mos Gepäck etwas skeptisch, als suche sie etwas, ging schließlich um den Tresen herum, holte ein DIN-A4-Papier aus einem Fach und legte es zusammen mit einem Holzkugelschreiber vor sie hin. »Erst mal herzlich willkommen! Fühl dich wie zu Hause!«

Nein danke, dachte Mo und sagte: »Das ist lieb. Ich habe nur kurz eine Frage, bevor wir gleich zu den Formalitäten übergehen. Gibt es bei euch auch Massagen?«

Freudestrahlend huschte ein freundliches »Nein« über Ingas Lippen, als wäre es etwas ganz besonders Schönes, dass sie natürlich keine Massagen anboten. Sie sagte es so voller Inbrunst, als wären Massagen mit Atomkraftwerken gleichzustellen. Oder mit Mikroplastik im Meer.

»Ah, okay«, sagte Mo. »Dann habt ihr vermutlich auch keine … anderen Behandlungen, oder?«

Inga schüttelte lächelnd den Kopf. Dieses Mal schwang aber schon ein *Langsam verstehst du, wo du gelandet bist, oder?* mit.

»Wenn du mir das kurz ausfüllen magst, dann hole ich schon mal den Schlüssel für die Kajüte«, sagte sie freundlich. »Hast du einen eigenen Schlafsack mit, oder möchtest du einen Leihschlafsack? Dafür bräuchte ich dann Pfand.«

Vielleicht war es die Müdigkeit, vielleicht der Piccolo an Bord der Fähre oder die Anspannung, die von ihr abfiel, weil spätestens jetzt feststand, was sie die ganze Zeit geahnt hatte: Dass ihre Mutter sich von Bord geschlichen hatte, Handy, Laptop und Autoschlüssel inklusive, war noch lange nicht alles gewesen. Mo hätte es wissen müssen.

Sie fing – völlig unpassend – an zu glucksen und prusten. Daraus entwickelte sich binnen Sekunden ein unbändiges Lachen.

In diesem Satz sind mindestens zwei Fehler. Bitte finden Sie diese, dachte sie, während sie versuchte, ihr mit Sicherheit befremdlich wirkendes Lachen wieder in den Griff zu bekommen. Erstens wollte sie keinen Schlafsack, und zweitens ganz sicher nicht dessen Steigerung: einen Leihschlafsack. Denn dieser Begriff beinhaltete die Tatsache, dass vor ihr andere Menschen in genau diesem Ding geschlafen, geschnarcht, ge… was auch immer hatten. Lieber würde sie sich direkt ins Feld gegenüber auf der anderen Straßenseite legen und Hase und Igel persönlich gute Nacht sagen, als in einen benutzten Leihschlafsack zu schlüpfen.

Mo holte lange tief Luft, atmete ein und anschließend sehr langsam vollständig wieder aus. Sie versuchte, den Lachanfall zu unterdrücken, um nicht völlig respektlos zu wirken. *Pfand*, dachte sie. Was für eine lustige Vorstellung, dass sie einen *gebrauchten Schlafsack* mitgehen lassen würde. Zum Schießen.

»Sorry, aber ganz ehrlich: weder noch«, erklärte sie, nachdem sie sich wieder einigermaßen unter Kontrolle hatte und versuchte, dabei möglichst nett zu lächeln. »Eine Bettdecke ist völlig ausreichend.«

Inga sah sie mit großen Augen an. »Ach, hat deine Mutter dir nichts gesagt?«

Mo spürte, wie sich nun langsam hektische rote Flecken in ihrem Gesicht, an ihrem Hals und auf ihrem Dekolleté ausbreiteten.

Sie musste nicht antworten. Ihr Gesichtsausdruck war offensichtlich aussagekräftig genug. »Wir haben keine Decken«, flötete Inga in einer Tonlage, die man aus dem Servicebereich kannte. Man konnte damit viele Sätze sagen. Sie hätte zum Beispiel genauso gut »Frühstück gibt es zwischen acht und zehn Uhr« sagen können. Oder »Die Wattwanderung startet um neun«. Aber nicht *diesen* Satz! Für diesen Satz brauchte man erst mal einen Stuhl. Mo zumindest hatte das Gefühl, sich ganz dringend setzen zu müssen. Oder zu telefonieren. Und zwar mit ihrer Mutter.

»Sie haben keine Decken?«, fragte sie, obwohl Inga eine wirklich deutliche Aussprache hatte.

»Ne«, sagte Inga knapp. Und dann folgte der schlimmste Satz des bisherigen Tages. Der Höhepunkt, sozusagen. »Wir sind ja ein Heuhotel. Mit einer Decke würde das eine sehr pieksige, schlaflose Angelegenheit. Da würdest du vermutlich kein Auge zumachen.«

Es vergingen ein paar lange Sekunden, dann murmelte Mo kleinlaut: »Mach ich auch so nicht.«

Liebling jaulte, als hätte sie gesagt, dass sie morgen vor Sonnenaufgang gemeinsam zum Fastenwandern aufbrechen würden.

Mo lächelte die sympathische Frau an. »Verstehen Sie mich bitte nicht falsch, ich bin grundsätzlich ein sehr offener Mensch, und natürlich habe ich auch nichts gegen Heuhotels, ganz im Gegenteil. Das ist bestimmt ein ganz tolles Abenteuer für …«, sie überlegte kurz, »Kinder. Aber ich glaube, hier liegt wirklich ein Missverständnis vor. Meine Mutter hat offensichtlich hier gebucht, sonst hätten Sie ja nicht gewusst, wie ich heiße, und uns auch nicht so freundlich empfangen. Aber meine Mutter wollte mit Sicherheit nicht die Heu-Etage. Ich bin eine große Liebhaberin der Natur, aber … Vielleicht könnten Sie so gut sein und noch mal kurz in die Reservierung schauen. Meine Mutter kennt mich ja schon ein paar Jahre und hat ganz bestimmt ein Zimmer mit Bett gebucht. Da bin ich mir sehr sicher.«

Inga schüttelte den Kopf, und Mo überlegte angestrengt, worauf es sich bezog, bis die Lösung kam: »Das kann nicht sein, weil wir gar keine Zimmer mit Betten haben. Aber es gibt auch eine gute Nachricht«, sagte Inga. »Das Schlafen im Heu ist eine der ältesten und wirkungsvollsten Naturheilmethoden! Es wurde durch Zufall von den Bauern in Südtirol entdeckt, die sich nachts ins frische Heu legten und am nächsten Morgen ausgeruht und gestärkt aufwachten.« Die Herrin des Heus strahlte sie an, als hätte sie gesagt, sie habe Mo nur auf den Arm nehmen wollen. Selbstverständlich habe sie noch eine Suite frei, mit Blick auf die umliegenden Felder und Wiesen, frei stehender Wanne und offenem Kamin mit Lammfell davor. »Das liegt an den heilenden Stoffen«, schob Inga nach und riss Mo damit aus ihren Gedanken.

»Prima«, murmelte Mo. »Ich bräuchte dann bitte mal kurz das Telefon. Meins ist nämlich gerade … woanders.«

Inga sah sie überrascht an. »Ähm, ja, klar. Bitte schön.« Sie hob das Festnetztelefon an, zog etwas an der Schnur und stellte es vor Mo neben dem Gästebogen, den sie ausfüllen sollte, ab. Aber das hatte sich ja jetzt eh erledigt. Ganz sicher würde sie nicht in einem Leihschlafsack im Heu schlafen. Eher würde sie zurück ans Festland schwimmen. Oder auf die Ebbe warten.

4.

»Nichts für ungut, aber mir war leider nicht klar, dass meine *Frei-Zeit* auch frei von Betten und Bettdecken ist. Dieses kleine Detail hat meine Mutter vergessen zu erwähnen.« Mo merkte selbst, wie schrill ihre Stimme klang.

»Sollte wohl eine Überraschung sein«, versuchte Inga sie zu besänftigen.

»Ja, eine von vielen. Meine Mutter ist Profi in Überraschungen. Ich könnte Bücher darüber schreiben«, erklärte sie, während sie Hildes Nummer wählte.

Natürlich nahm niemand ab. Warum auch? Vermutlich hatte Hilde es in ihrer Tasche und hörte während der Fahrt zurück nach Berlin einen ihrer Karma-Kurse von diesem Tantrameister aus dem Allgäu.

Googeln wäre jetzt eine schöne Sache, schoss es Mo erneut durch den Kopf. Nur wie?

Sie blickte Inga an. »Ich möchte wirklich nicht unhöflich erscheinen, es ist mir so oder so schon total unangenehm, das können Sie mir glauben, aber ich … Wenn es ginge, würde ich sehr gerne nach einem anderen Hotel suchen. Sorry. Das ist mir wirklich mehr als peinlich, dass meine Mutter mich in diese Situation gebracht hat. Ich übernehme natürlich die Kosten.«

»Das ist kein Problem, du kannst es gerne versuchen«, duzte die Frau Mo weiter, als wären sie alte Schulfreundinnen. »Ich denke nur, es wird schwierig werden, da ja nicht nur Hochsaison ist. Wir haben dieses Wochenende auch noch die Comedy-Show, zu der immer Gäste aus ganz Deutschland anreisen.«

»Comedy?«, echote Mo und fragte sich im gleichen Moment, ob das hier vielleicht ein Teil der Show war.

»Ja, genau. Das findet einmal im Jahr statt, und da sind die Zimmer meist schon Wochen vorher alle ausgebucht. Aber wer weiß? Du kannst ja mal hier reinschauen«, sagte Inga und legte einen Prospekt neben das Telefon. »Positiv denken«, schob sie mit einem Augenzwinkern hinterher.

Karibik der Nordsee stand in hellblauen Buchstaben, die offenbar ans Meer erinnern sollten, auf dem Deckblatt. Mo nahm den Prospekt in die Hand und blätterte ihn wie ein Daumenkino durch. Darin waren etliche Hotels und Pensionen. Und sie wäre gerne in jedem, jetzt. Wo sollte sie anfangen? Am besten vorn, dachte sie, schlug die erste Seite auf, nahm den Hörer in die Hand und wählte die Nummer. In dem Moment knurrte ihr Magen so laut, dass Inga sie mit großen Augen ansah.

»Magst du etwas essen? Ich könnte dir noch etwas machen, bevor ich die Küche schließe«, bot sie an und sah dabei auf ihre Armbanduhr. »Vielleicht einen Bauernsalat mit Brot und Käseplatte? Das Brot kommt gerade frisch aus unserem Holzbackofen.«

»Gerne, danke«, flüsterte Mo und nickte, da genau in dem Moment jemand am anderen Ende dranging und sich meldete.

»Ich bin gleich wieder da«, hörte sie Inga noch sagen und folgte ihr mit dem Blick durch das Scheunentor nach draußen, wo langsam die Sonne unterging, während sie sich meldete und ihr Anliegen möglichst diplomatisch vorzubringen versuchte: ein Zimmer. Egal, welches. Kein Strandblick, kein Pool, Hauptsache ein Bett. Gerne mit Matratze, Laken und Decke, und wenn es den Rahmen nicht völlig sprengte, auch ein Kissen. War aber kein Muss.

»Es tut mir leid, aber wir sind die nächsten drei Wochen komplett ausgebucht. Danach wird es dann langsam etwas besser«, hörte Mo den Mann sagen.

Bei mir wird es langsam etwas schlechter, dachte Mo und erklärte: »Das ist leider zu spät für mich. Ich bin nämlich schon auf Föhr. Obdachlos sozusagen«, stöhnte sie und hoffte auf Erbarmen. Vielleicht gab es ja noch ein Zimmer für solche Notfälle, wie sie einer war.

»Wir haben wirklich nichts mehr frei. Aber vielleicht versuchen Sie es in der Jugendherberge.«

Mega Tipp, dachte Mo. Sechserzimmer mit Hochbetten und Gruppendusche. Bevor das passierte, vielleicht doch ins Heu? Sie verabschiedete sich und legte auf, während sie innerlich abwägte, was das schlimmere Schicksal war.

Zehn Minuten und sieben Absagen später hatte ihre

Stimmung einen neuen Tiefpunkt erreicht. Sowohl die Hotels, die sie angerufen hatte, als auch die Touristeninformation, die durch Zufall noch besetzt war, und die Jugendherberge hatten ihr nicht weiterhelfen können. Gedankenverloren stand sie vor dem Telefon. Entschleunigung, auf die sie auf der Insel gehofft hatte, fühlte sich anders an. Das hier war eher eine Beschleunigung.

»Na, wie sieht es aus?«, wollte Inga wissen, die plötzlich wieder neben ihr stand.

Mo hatte sie gar nicht kommen hören, so sehr war sie in Gedanken gewesen. Sie holte tief Luft. »Tja, nichts zu machen«, antwortete sie geknickt und zuckte mit den Schultern. »Obwohl! Mir fällt gerade noch etwas ein, beziehungsweise jemand. Aber da fehlt mir die Telefonnummer. Könnten Sie vielleicht mal kurz für mich in den Rechner schauen? Frau Witt, das ist die Dame, bei der wir früher immer waren. Sie vermietet Ferienwohnungen bei sich im Haus. Ich weiß natürlich nicht, ob sie das noch macht.« Mo überlegte, wie alt Frau Witt jetzt sein musste. »Aber einen Versuch ist es wert!« *Und ich wollte ja eh zu ihr*, erinnerte sie sich. Das Foto in dem Umschlag. Die Frage auf der Rückseite. Natürlich! Warum war sie da nicht gleich darauf gekommen?

»Witt, sagst du? Meinst du Hermine Witt?«, fragte Inga, ging auf die andere Seite des Tresens, nahm die Maus des Rechners in die Hand, bewegte sie, damit sich der Bildschirm öffnete, und tippte etwas in die Tastatur.

»Ja, genau. Hermine heißt sie! Hab ich völlig vergessen. Ich hab sie immer nur Frau Witt genannt, vielleicht deshalb. Kennen Sie sie?«

»Hermine, ja, die kenne ich gut. Unsere Mütter waren befreundet. Und außerdem kennt hier eh fast jeder jeden«, meinte Inga, nahm einen Zettel und einen Stift und notierte die Nummer. »Bitte schön. Und grüß von mir.« Sie legte den Zettel neben das Telefon.

»Danke!«

Mit klopfendem Herzen wählte Mo die Nummer.

Frau Witt freute sich von Herzen. Und ja, natürlich vermiete sie noch die drei kleinen Ferienwohnungen. Auch mit knapp achtzig. »Aber sie sind alle besetzt, meine Süße!« So gerne sie Mo etwas angeboten hätte – es war nichts zu machen.

Mo ließ den Kopf hängen und murmelte »Schade« in den Hörer. »Aber ich wollte so oder so gerne bei Ihnen vorbeischauen, wenn es passt. Meine Mutter hat offensichtlich eine kleine Schnitzeljagd für mich vorbereitet. Und die führt auch zu Ihnen, zumindest gehe ich gerade davon aus.«

»Wie schön! Dann hast du das erste Foto also schon gefunden?«

Mo traf die Frage wie ein Eimer kaltes Wasser ins Gesicht.

»Sie wissen Bescheid?«

»Na ja. Bescheid ist vielleicht etwas zu viel, aber ja, deine Mutter war vor ein paar Wochen hier.«

Mo hatte das Gefühl, Frau Witts zufriedenes Lächeln durch den Hörer hören zu können. Das kleine, runde, glückliche Gesicht. Die bescheidene, in sich ruhende, liebevolle Frau mit der geblümten Küchenschürze, der besten Friesentorte und dem allerbesten Pflaumenmus der Welt. Mo sah sie ganz genau vor sich.

Ein langgezogenes »Okaaaay« war alles, was Mo von sich gab. Was mochte das bedeuten? *Zum Schluss bekommst du alles wieder*, erinnerte sie sich an die Worte ihrer Mutter. Hatte Frau Witt eventuell auch ihren Rechner und das Handy? Ach nein, das ging gar nicht, schoss es ihr im gleichen Moment durch den Kopf. Dann hätte Hilde ja auch auf der Fähre gewesen sein müssen. Aber sie war vor einer Weile hier gewesen, bei Frau Witt. Warum nur?

»Komm mich mal besuchen, und dann essen wir zusammen deine heißgeliebte Friesentorte«, sagte Frau Witt.

Mo versprach es. Sobald sie das Thema mit dem Zimmer und dem Bett mit der Decke geklärt hätte. Sie wollte schon »Problem« sagen, erinnerte sich dann aber daran, dass sie nicht allein war. Inga stand hinter dem Tresen und sortierte irgendwelche Papiere. Dann verabschiedete sie sich und legte auf.

»Komm, dann iss doch erst mal etwas, und danach zeige ich dir deine Kajüte. So schlimm ist es gar nicht«, schlug Inga augenzwinkernd vor und griff nach Mos Koffer.

»Klingt nach einem Plan«, stimmte sie zu, nahm Taschen und Leine und folgte Inga nach draußen, wo der Himmel sich langsam orange färbte. Auf der Wiese saßen immer noch ein paar junge Familien und Pärchen auf langen Bänken und aßen, während die Kinder um die Tische rannten und Fangen spielten.

»Schau mal, ich habe hier für dich gedeckt«, sagte Inga mit einem sanftmütigen Lächeln, bei dem man eigentlich jeden Ärger vergessen musste, und deutete auf einen kleinen Tisch, der rechts an der Seite zu dem anderen Gebäude stand. Inga strahlte so etwas Entspanntes, Beruhigendes aus, dass Mo das erste Mal ein Gedanke kam. Vielleicht war es ja wirklich alles gar nicht so dramatisch, wie sie dachte.

Auf dem runden Holztisch stand ein Teller bunt gemischter, frischer Salat, daneben ein Korb mit geschnittenem Brot, ein kleines Gefäß mit Butter, grobes Salz und Pfeffer. In der Mitte brannte wie auf allen Tischen eine Kerze in einem Weckglas. Eine kleine getöpferte Vase war gefüllt mit Gräsern und Wildblüten, die sicher von der Wiese stammten.

»Oh, danke. Das sieht aber lecker aus«, stellte Mo fest und setzte sich.

»Was möchtest du denn trinken?«, fragte Inga.

»Ach, ich glaube, mir reicht ein Wasser. Gerne mit etwas Eis«, sagte Mo und überlegte im gleichen Moment, ob sie das mit den Eiswürfeln einfach hätte lassen sollen.

Aber in der Tat war das kein Thema: »Klar! Bring ich dir gleich. Lass es dir schmecken«, sagte Inga und sah zu Liebling runter. »Und du bekommst gleich auch ein Schälchen Wasser und eins für dein Futter, abgemacht?«

Mo bedankte und setzte sich, während Liebling den Radius, den ihm seine Leine bot, mit der Nase am Boden erkundete. So nett war sie wirklich schon lange nicht mehr bedient worden. Ginge es danach, würde sie sofort bleiben. Wenn nur die Sache mit dem Heu nicht wäre…

Und davon gab es reichlich, wie Mo eine halbe Stunde später feststellen durfte.

Sie versuchte, die Contenance zu bewahren, während sie Inga, die ihr den Rollkoffer abgenommen hatte, mit Liebling den breiten Gang folgte. Es roch nach Bauernhof. Nach Kühen. Nach Mist. Nach allem, was sicher hierhergehörte, gesund und gut für was auch immer war, aber definitiv nicht zu dem passte, was Mo sich in diesem Moment wünschte.

»Das hier ist unser ehemaliger Kuhstall«, erklärte Inga überflüssigerweise. »Wir hatten früher Milchkühe. Jetzt haben wir nur noch Ammenkühe, ein paar Ziegen, Hühner, Esel.«

»Und wo sind die Ammenkühe jetzt, wenn das hier der Stall war?«, wollte Mo wissen.

»Die sind hier«, Inga deutete mit der freien Hand

nach rechts, »direkt nebenan. Wenn du bei dir aus dem Fenster schaust, kannst du sie sehen.«

Und riechen, dachte Mo. Vermutlich auch hören. Aber Hauptsache nicht fühlen. Sie seufzte leise.

Die gemauerten Wände waren nicht verputzt, sondern weiß gestrichen, sodass man die Steine und Fugen erkennen konnte. Die breiten Türen zu den einzelnen Kajüten waren aus hellem Holz und erinnerten an Stalltüren. Und das traf es auch ganz gut, stellte Mo geschockt fest, als Inga die letzte Tür öffnete und erklärte: »So, da wären wir.« Sie stellte den Koffer an der Seite ab und legte den Leihschlafsack dahin, wo er hingehörte: ins Heu.

Mo fühlte sich wie eine Landstreicherin, die um Unterschlupf gebeten hat. Oder Maria ohne Joseph. Dafür mit pupsendem Hund.

Der Raum war durch eine kniehohe Holzbarriere halbiert. An der Seite, auf der sie stand, nachdem sie die Tür geöffnet hatte, befand sich ein einfaches Holzregal, ähnlich dem unten an der Rezeption. Auf der anderen Seite: Heu. Kniehoch. Circa zwölf Quadratmeter, gefüllt mit frischem Heu.

»Na ja, da müsst ihr jedenfalls nicht bei jedem Gästewechsel die Betten beziehen. Hat ja auch Vorteile«, meinte Mo und versuchte, locker zu wirken. Was nicht klappte.

»Stimmt. Das ist echt ein Vorteil.« Inga grinste. »Das Heu kommt zu Saisonbeginn rein, im Herbst wieder raus und wird dann ans Vieh verfüttert.«

»Das ist … das ganze Jahr da drin?«, hakte Mo sichtlich irritiert nach und grübelte angestrengt, ob Heu sich selbst reinigte.

»Ja. Das bleibt da drin.«

Mo schluckte. Gebrauchtes Heu. Kein frisches. Mehr ging nicht. Wie gut, dass sie keine Allergie hatte. Diese Koje wäre der sichere Tod gewesen.

Liebling riss sich von der Leine, die ihr aus der Hand glitt, los, sprang über die Holzbretter und verschwand im Heu. Lediglich sein kleiner weißer Schwanz bewegte sich wild wedelnd von rechts nach links wie eine Antenne. Na, zumindest bei ihm zeigte das Heu seine heilsame Wirkung, dachte Mo und stellte ihre Taschen ab.

Vermutlich war er nicht das einzige Tier, das sich gerade durch ihr Bett kämpfte. Mo fragte sich, wie viele Millionen anderer Organismen, Käfer, Insekten und andere Tiere da wohl noch drin waren. Von Liebling abgesehen. Vielleicht sollte sie einfach im Stehen schlafen. Machte vermutlich Sinn, in Anbetracht der Tatsache, dass sie vor einem unbekannten Kosmos stand.

Das Heu bewegte sich, Liebling sprang raus, schüttelte sich und riss sie aus ihren Gedanken. Besser so, dachte sie. Er blieb hechelnd und vor Freude immer noch wie verrückt wedelnd vor ihr stehen, als wollte er sagen: *Es ist unfassbar toll! Ein Paradies! Nun komm schon, du Spielverderberin! Gib dir einen Ruck!*

Doch Mos Begeisterung hielt sich weiterhin in Grenzen. Was hatte Hilde sich nur dabei gedacht? Wie sollte sie sich hier erholen? Ganz sicher würde sie kein Auge zutun. Sie konnte nur einschlafen, wenn sie auf dem Bauch lag und ihr Bein anwinkelte. Wie sollte das hier funktionieren? In einem Schlafsack? Und überhaupt. Allein beim Anblick dieses grünen Heuhaufens bekam sie akute Rückenprobleme. Lieber würde sie die ganze Nacht auf ihrem ergonomischen Sitzball im Büro am Schreibtisch sitzen und durcharbeiten. Mein Gott, was könnte sie alles schaffen, wenn sie jetzt nicht hier wäre! Sie fragte sich, ob Hilde sie ärgern wollte. Oder ob sie das hier wirklich ernst meinte. Wollte sie ihr eins auswischen? Aber wenn ja, warum? Sie wusste genau, was Mo mochte, was sie liebte, wo sie gerne war – und wo nicht. Zumindest sollte sie das inzwischen wissen. Nach vierunddreißig Jahren. Warum tat sie immer noch so, als sei sie ein kleines Kind? Warum nahm sie ihr immer noch Entscheidungen ab? Ja, sie arbeitete viel und, ja, sie könnte auch öfter mal eine Verschnaufpause oder Auszeit gebrauchen. Aber WO, WANN und WIE, das würde Mo sich echt gerne selbst aussuchen. Und nicht gezwungen werden, etwas zu tun, das nicht ihrer Natur entsprach. Apropos Natur.

»Das Gemeinschaftsbad ist hier«, Inga drehte sich um, ging zurück auf den Gang und zeigte den Flur entlang, »am Ende auf der rechten Seite. Keine Angst, du bist hier auch nicht allein.«

»Schade«, murmelte Mo und hoffte, dass Inga es nicht gehört hatte.

»Nebenan ist die nette Familie mit den kleinen Kindern, die eben im Garten am Nebentisch saß«, erklärte Inga in einem Tonfall, der vermutlich beruhigend klingen sollte. War er aber nicht.

Mo sah in das Regal, auf das Inga jetzt deutete.

»Es gibt auch einen Gemeinschaftsraum mit Tisch und Stühlen, wo man sich treffen kann. Und hier sind deine Handtücher und ein paar Filzschuhe für den Weg über den Flur zum Bad. Wenn du Fragen hast, komm einfach rüber, ich bin immer da.«

»Danke, das ist nett«, sagte Mo und sah sich Hilfe suchend um.

»Ja, dann schlaf gut und bis morgen. Frühstück gibt es ab sieben Uhr auf der Terrasse hinterm Hof.«

»Ja, danke. Du auch. Bis morgen.«

Jetzt hatte sie sie auch geduzt, fiel Mo auf. Eigentlich hatte sie es aus Prinzip durchziehen wollen, Inga zu siezen. Einfach, weil sie bockig war. Dabei konnte die Grundgute gar nichts für Mos verzwickte Situation. Sie konnte nichts dafür, dass Mo die erste Nacht ihres Lebens im Stehen verbringen würde.

Sieben Uhr, überlegte sie. Fünf Uhr wäre besser. Oder vier. Sie würde eh nicht schlafen.

Als die Tür hinter ihr geschlossen war, setzte sie sich auf die schmale, harte Holzkante, stützte die Ellenbogen auf den Knien ab, legte ihren Kopf in die Hände und schloss die Augen.

Mediation war eine ihrer Kernkompetenzen. Im

Grunde war sie die Päpstin der Mediation. Mo dachte angestrengt darüber nach, was sie ihren Kundinnen und Kunden in so einer Situation raten würde. Aber egal, was ihr einfiel, es brachte sie nicht weiter. Es half nur Atmen. Einatmen, Ausatmen.

»Na, prima«, sagte sie schließlich zu sich selbst, öffnete die Augen wieder und setzte sich gerade hin. »Wie sieht es aus? Wollen wir beide eine Nachtwanderung machen? Vielleicht bis um sieben Uhr morgen früh?« Sie sah Liebling an, der sich benahm, als wäre das Heu ein Jungbrunnen. Vielleicht war doch was dran an dem Wundergras und seiner Wirkung.

Mo stand auf, griff nach der Leine und verließ ihren Stall. Sie musste dringend noch mal raus, sonst würde sie gleich wortwörtlich vor Wut ins Gras beißen.

5.

Ein grässlicher Geruch, begleitet von einer unangenehmen Feuchtigkeit auf ihren Wangen, riss sie aus ihrem leichten Schlaf. Es fühlte sich an, als würde jemand einen alten rauen Lappen über ihr Gesicht ziehen. *Eine Kuh!*, schoss es ihr durch den Kopf.

Mo riss die Augen auf – und blickte in ein paar kleine, braune Knopfaugen. Liebling stand auf ihr und hechelte sie wedelnd an. Sein Mundgeruch war schlimmer als alles, was sie bisher erlebt hatte. Er überdeckte den Geruch von Kuhstall und Mist komplett.

Sie wollte die Decke zur Seite werfen und sich aufsetzen, um dem Hund zu erklären, dass er bei ihr im Bett definitiv nichts verloren hatte, aber das ging nicht. Da war ja keine Decke. Langsam kam Mo zu sich, erinnerte sich, wo sie war, warum der Hund auf ihr stand und wieso sie kein Bett hatte. Hilde sei Dank.

Kein Wunder, dass sie so einen unfassbaren Blödsinn geträumt hatte! Sie hatte im Traum auf einem Plumpsklo gesessen und war dabei von Kindern beobachtet worden, die sie hysterisch lachend mit dem Handy fotografierten. Wie sollte man unter diesen Umständen auch etwas Schönes träumen? Sie öffnete den Reißverschluss an der Seite des Schlafsacks, kam im

Zeitlupentempo hoch, lehnte sich an die Wand hinter sich und bewegte ihren Kopf langsam in kreisenden Bewegungen erst in die eine, dann in die andere Richtung. Was auch immer mit diesen Bauern in Südtirol los war, erholt und frisch fühlte sie sich nicht. Vielleicht hatten die Herren vorm Schlafen ein paar Maß Bier getrunken. Hopfen sollte ja eine beruhigende Wirkung haben. Aber an dem Heu hatte es bestimmt nicht gelegen, dass sie so verdammt gut erholt waren, tippte Mo, strich sich die Haare aus dem Gesicht und zupfte sich ein paar getrocknete Gräser von Stellen weg, wo sie nachweislich nicht hingehörten. Vermutlich sah sie aus wie eine Vogelscheuche.

Sie sah sich um. Durch den schmalen Spalt der dunkelblauen Vorhänge, die nicht ganz zugezogen waren, schien Sonnenlicht herein und deutete an, dass es weder vier Uhr noch fünf Uhr war. Mo war davon ausgegangen, dass sie nicht länger schlafen würde, wenn überhaupt. Normalerweise würde sie jetzt zu ihrem Handy greifen, auf die Uhr schauen, den Flugmodus ausstellen und die Schlagzeilen der Onlinezeitungen lesen. Dann die Mails, kurz auf die Wetter-App schauen, und falls noch etwas Zeit war, Instagram und Twitter checken. Danach aufstehen und Kaffee kochen. Da aktuell alles ausfiel bis auf den Kaffee, den sie hoffentlich unten beim Frühstücksbüfett bekam, quälte sie sich wie eine verpuppte Raupe aus dem viel zu warmen Schlafsack. Mit dem Unterschied, dass dabei kein schöner Schmetterling herauskam. Ganz im Gegenteil. Sie fühlte sich wie ein gerupftes Huhn. Reckend und streckend blieb sie kurz im Heu sitzen, kämpfte sich dann zum Fenster durch, schob die Vorhänge beiseite und öffnete es. Ein fröhliches Konzert von mindestens fünf verschiedenen Vogelarten strömte zusammen mit wunderbar frischer Luft zu ihr herein, die verriet, dass das Meer in der Nähe war. So ein lautes Gezwitscher hatte Mo noch nie gehört. Zumindest konnte sie sich nicht daran erinnern. Möwen, Krähen, Singvögel ... Es war unglaublich. In Berlin hörte sie höchstens, wenn sie mal das Fenster öffnete, die Taube, die auf ihrem Balkon nistete.

Während Liebling um sie rumhüpfte, als wäre er ein Flummi, schloss sie die Augen und genoss jeden Atemzug. Herrlich! Sie musste unbedingt zum Meer. Vorher brauchte sie allerdings eine warme Dusche, die abschwellende Augencreme, ihre straffende Gesichtscreme und das Wichtigste: einen großen Kaffee. Fast vergessen, ein Telefon. Die Suche nach einem Hotelzimmer hatte sie definitiv noch nicht aufgegeben. Ach ja, der Hund wollte ja auch gefüttert werden! Vielleicht hüpfte er deshalb so an ihr hoch. Oder musste er mal? Oder war es einfach ... Freude? Wenn, dann hatte er bei ihr jetzt echt gepunktet, denn das verriet, dass er keinen Wert auf Äußerlichkeiten legte.

Was auch immer es war, es musste warten. So konnte sie definitiv nicht ihren Stall verlassen. Mo schnappte sich Handtuch und Kulturtasche und huschte – in der Hoffnung, niemandem zu begegnen – durch den Flur ins Bad.

Dreißig Minuten später stand sie in kurzen, blauen Shorts, blauen Sandalen, blau-weiß geringeltem T-Shirt, dunkelbraun geringelten Augenrändern, ihrer Ray-Ban-Sonnenbrille im Gesicht, einen Kaffeebecher in der einen Hand und Liebling an der Leine in der anderen auf dem Landweg, der zum Hof führte, und beobachtete die Ponys und Esel auf der angrenzenden Weide. Zwei ausgewachsene wilde Hasen und ihre drei kleinen flauschigen Hasenkinder ließen sich nicht stören und frühstückten in Ruhe weiter.

Die Abwesenheit einer permanent anwesenden Geräuschkulisse fiel ihr mehr auf als alles andere. In Berlin nahm sie das gar nicht mehr wahr, weil es dazugehörte wie alles andere, was diese Großstadt ausmachte, die sie liebte. Mo konzentrierte sich auf das, was sie hörte, und stellte fest: Es war, neben den Vögeln, nicht viel. Ein paar wenige Stimmen der anderen Gäste, kaum wahrnehmbar, da der leichte Wind sie davontrug. Ein Trecker, irgendwo auf einem Feld, den sie nicht sehen konnte. Möwen, die am hellblauen Himmel umherflogen und in regelmäßigen Abständen auf sich aufmerksam machten. Der Rest war gefüllt von dem, was blieb, wenn alles andere weg war. Stille. Keine Autos, kein Gehupe, keine Bahn, keine Menschen, die sich etwas zuriefen, telefonierten, an ihr vorbeirannten, sie ansahen, ohne sie zu sehen.

Sie schaute zu Liebling, der aufgeregt die »Zeitung« las, wie Hilde immer zu sagen pflegte. Und da gab es offensichtlich einiges zu lesen. Vor allem Richtung Straße. Der Hund, in dessen Fell tatsächlich auch ein paar Gräser aus ihrem gemeinsamen Unterschlupf hingen, war mit dem Betreten der Insel wie von Zauberhand ein anderer geworden. Woran auch immer das lag, Mo war es lieber, er zog sie als sie ihn. Ihr kam der Gedanke, ein Video zu machen und es Hilde zu senden, die ihr sonst vermutlich nicht glauben würde. Als Beweis sozusagen. Aber auch darauf musste sie verzichten. Vorerst.

Während Liebling die Richtung vorgab, die ihn interessierte, stellte Mo fest, dass sie schon so lange nicht mehr bis zum Horizont gesehen hatte.

Sie hatte das Gefühl, ihre Augen waren das überhaupt nicht mehr gewohnt. Sie sah über die Felder hinweg, vorbei an den windschiefen Knicken, durch die Lücke in einer Baumgruppe hindurch, über einen Weg und ein weiteres Feld, bis zu einer schmalen Stelle, hinter der sie das Meer vermutete. Mo fragte sich, wann sie ihren Blick zuletzt so weit hatte schweifen lassen. Meist reichte er ja nur vierzig Zentimeter bis zum Bildschirm ihres Rechners oder, noch weniger, zum Display ihres Handys. Apropos! Sie musste gleich nach dem Frühstück einen Laden suchen, der Telefone verkaufte.

Liebling hatte seine Morgenlektüre beendet und fand, es war Zeit für den Rückweg. Er zog sie über den Sandweg Richtung Heuhotel um die alte Eiche zu den Tischen und Stühlen, an denen die Frühstücker schon in der Sonne saßen.

Dass sie sich so viel Mühe beim Packen und genauem Kombinieren ihrer Outfits gegeben hatte, erschien Mo inzwischen mehr als überflüssig, denn sie fiel hier mehr auf, als ihr lieb war. Sie war total overdressed. Immerhin hatte der Selbstbräuner an den Beinen seine Wirkung erzielt. Allerdings hatte sie vor lauter Stress vergessen, an die Arme zu denken. Nun ja. Es konnte ja auch sein, dass sie die letzten Wochen in einem Langarmshirt und sehr kurzen Shorts in der Sonne verbracht hatte, versuchte sie sich ihr Äußeres schönzureden, während sie an ihren blassen Armen vorbei die anderen Hotelgäste durch ihre dunklen Brillengläser unauffällig beobachtete und auf ihren Platz zusteuerte. Vier Tische waren, abgesehen von ihrem, besetzt. Allesamt mit großen und kleinen, gut gelaunten, entspannten Menschen, die offensichtlich alle besser geschlafen hatten als sie. Drei kleine Kinder liefen zwischen den Tischen Richtung Wiese, auf der Schafe standen und grasten. Wie auf einer Postkarte, dachte Mo, und erinnerte sich an ihre eigenen Ferien. Hier auf ihrem Föhr. Diese langen Wochen voller Leichtigkeit. Die Ponys, auf denen sie damals reiten durfte, das Frühstück im Garten bei Frau Witt, das kleine grün-orangefarbene Zelt, das sie zum

Geburtstag bekommen und unter dem alten Apfelbaum zusammen mit ihrer Freundin aufgeschlagen hatte. Die Radtouren und Strandburgen, Lakritzschnecken und Sonnenbrände. Die Spieleabende bei Regen, die frische, kühle Luft am Tag danach.

»Noch einen?«, fragte Inga, die mit roter Thermoskanne und einem Lächeln an ihren Tisch kam und auf den selbst getöpferten Kaffeebecher deutete.

»Ähm, ja. Vielen Dank. Unbedingt«, nickte Mo und hätte am liebsten gesagt *Lass doch einfach die Kanne hier stehen.*

Während Inga nachschenkte, band Mo Lieblings Leine an das Stuhlbein, um sich das Frühstücksbüfett aus der Nähe ansehen zu können. Ohne ihn. Er hatte schließlich schon sein Döschen, seine kleine WC-Runde und seine Morgenzeitung bekommen. Jetzt war sie dran.

In einem der beiden alten Nebengebäude, die früher sicher auch für den landwirtschaftlichen Betrieb genutzt worden waren, befand sich der Frühstücksraum samt großem Büfett. Hier wurde gegessen, wenn die Sonne nicht so schön wie heute schien, tippte Mo, und ging über den alten Steinboden an den schweren Holztischen und Stühlen vorbei durch den großen Raum. Es fiel nur wenig Licht durch die quadratischen, niedrigen Fenster. Es roch nach altem Hof, ohne dass Mo das hätte näher definieren können.

Das, was sie am Büfett vorfand, sah nicht nur lecker

und frisch aus, es übertraf auch alles, was sie sich erhofft hatte. Während sie die vermutlich selbst gebackenen Brötchen, die Marmeladen aus eigener Herstellung, den Obstsalat aus frischen, regionalen Früchten und die Eier von Hühnern, die hier lebten, wie ein Schild verriet, betrachtete, musste sie feststellen, dass sie wirklich, Strandhotel hin oder her, schon lange nicht mehr so ein liebevoll hergerichtetes Frühstück gesehen hatte. Normalerweise frühstückte sie drei Kaffee mit Mandelmilch. Dann gab es eine große Pause, noch einen Kaffee und dann meistens Mittag. Nicht sonderlich gesund. Aber was sollte man machen, wenn man morgens nun einmal keinen Hunger hatte? Sie erinnerte sich an einen ihrer Einmal-Männer, der mit dem Weckerklingeln wie ferngesteuert aufgestanden, mit halb geschlossenen Augen in die Küche gewankt war, wie in Trance nach Brot und Schokocreme gegriffen und vermutlich schon alles verdaut hatte, bevor sie selbst den Wecker nach dem x-ten Klingeln ausgestellt hatte. So etwas gab es. Und es gab sie. Der Einmal-Mann hatte ihr erklärt, das hinge damit zusammen, dass sie ein Elektroherd sei. Aha, hatte sie gedacht und angefangen, ihre Sachen zu packen. Es gab Gasherd-Typen, die gleich heiß, sofort auf hundert Prozent, hellwach und funktionsbereit waren. Und eben Elektroherd-Typen, die etwas länger brauchten, um heiß zu werden. So wie sie. Diese Erklärung hatte sich übrigens nicht auf das frühe Frühstück bezogen. Und ihre Platte war in der Tat kalt geblieben.

Mo nahm sich etwas Obstsalat, frisch gepressten Saft und ging zurück zu ihrem Platz unter dem Apfelbaum. Liebling benahm sich, als hätten sie sich drei Jahre nicht gesehen, sprang hoch wie ein kleiner weißer, behaarter Flummi und drehte sich im Kreis.

Während sie aß, fragte sie sich, ob sie hier Urlaub machen würde, wenn sie Kinder hätte. Vermutlich nicht. So schön es auch war für die Kleinen. Sie könnte sich hier auf keinen Fall richtig erholen. Föhr ja. Aber dann doch eher eines dieser schönen Reetdach-Ferienhäuser, die sie gestern Abend während der Taxifahrt gesehen hatte. Neu, modern, sauber und sicherlich mit Sauna, Kamin und großer Sonnenterrasse für die Kinder. Vielleicht sogar am Stadtrand von Wyk. Dann wären Geschäfte und Cafés in Laufweite, und sie hätte die Möglichkeit, sich jederzeit abzulenken, wenn sie ihre Arbeit vermisste. Als Fluchtweg sozusagen.

Als die Obstschale leer war, fiel ihr ein, dass sie weder Kinder hatte noch einen Mann, geschweige denn Zeit für so etwas. Warum dachte sie denn auf einmal darüber nach? Das tat sie doch sonst nicht. Schon mit Anfang zwanzig hatte für sie festgestanden, dass sie das Vater-Mutter-Kind-Spiel aussetzen würde. Das konnten die anderen gerne machen. Sie war raus. Vielleicht lag es an ihrer eigenen Erfahrung mit diesem Modell. Heile Welt. Happy Family. Und plötzlich ist alles vorbei. Von heute auf morgen. Wie ein Film, der mitten in der Story plötzlich abrupt endet, und im Kino geht das Licht an.

Und man fragt sich, wie das sein kann. Warum das so ist. Und statt einer Antwort bleibt man fassungslos zurück. Wenn die Ehe ihrer Eltern, diese große Liebe, nicht gehalten hatte, was sollte dann halten?

Mo holte tief Luft, nahm den letzten Schluck Saft, leerte die Kaffeetasse, ließ ihren Blick über die wilde Wiese mit dem Mohn, den Gänseblümchen und Gräsern zu den Schafen schweifen, beobachtete die Kinder, die hochmotiviert Gras sammelten, als hätten die Schafe auf der satten grünen Weide nichts zu fressen, und beschloss, sich auf die Suche nach einem Hotel zu machen. Und nach einem Handy.

»Hat's geschmeckt?«

Mo drehte sich nach links und sah einem sympathisch wirkenden Mann Ende vierzig in die stahlblauen Augen, der mit einem Tablett neben ihrem Tisch stand. Waren das Kontaktlinsen? Er war sonnengebräunt, und seine von Natur aus vermutlich eher dunkleren Haare waren durch Sonne und Salzwasser hellblond ausgeblichen. Schulterlang und leicht gelockt. Und – wie sie sich eingestehen musste – definitiv attraktiv. Entweder surfte oder segelte er. Auf alle Fälle war er regelmäßig auf dem Wasser. Das sah man nicht nur an den Armen, sondern auch am Oberkörper. Vermutlich war das Ingas Mann, tippte Mo. Aber wenn, dann waren sie nicht verheiratet. Zumindest trug er keinen Ring. Was natürlich nichts heißen musste. Was hatte er noch gleich gefragt? Mist.

»Ich war gerade in Gedanken, sorry. Was hatten Sie gefragt?«

»Ob's geschmeckt hat«, wiederholte er und begann, das Geschirr auf das Tablett zu stellen. Schöne Hände, dachte Mo, während sie ihn beobachtete.

»Ja, danke. Das ist, also, es war wirklich ausgesprochen lecker!«

»Meine Schwester hat mir erzählt, dass du dich nach einem anderen Hotel umschauen willst.«

Mo spürte eine Erleichterung, als sie *Schwester* hörte, die sie sich gar nicht erklären konnte. Klar, er war attraktiv, aber es war ja auch nicht so, dass sie in Berlin keine netten Männer traf. Aber er war, das musste sie zugeben, besonders. Es war seine Ausstrahlung, sein Lächeln, seine Art, sich zu bewegen. Die Augen. Die Ruhe, die er ausstrahlte.

»Nun ja. Ehrlich gesagt, hab ich mich auf etwas anderes eingestellt«, sagte sie kleinlaut und kam sich dabei wie eine Verräterin vor.

Er beugte sich, während er das Besteck abräumte, ein Stück zu ihr vor und flüsterte: »Ich kann das nachvollziehen. Wirklich.« Dann kam er wieder hoch, zwinkerte ihr charmant lächelnd zu und ging zum nächsten Tisch.

Mo starrte auf die leere Tischdecke und fragte sich, was das gerade gewesen war. Dieser Mann, der wie aus dem Nichts plötzlich neben ihr gestanden hatte. Das Gefühl der Erleichterung, dass er Ingas Bruder war. Dieses Verständnis für ihre Hotelsuche. Ein Lächeln huschte über ihr Gesicht, während sie aufstand, Lieblings Leine losband und Richtung Rezeption ging.

Wenigstens einer, der sie verstand. Immerhin.

»Hi, da bin ich noch mal«, erklärte Mo Ingas Bruder, den sie zu ihrer Überraschung an der Rezeption antraf. Das klang, wie ihr selbst auffiel, ziemlich schüchtern. Sie machte sich kurz gerade und fuhr fort, während Ingas Bruder sie fragend ansah: »Ich würde sehr gerne noch mal das Telefon benutzen. Das … Hotel-Thema«, murmelte sie.

»Klar«, sagte er und stellte ihr das alte grüne Telefon an die gleiche Stelle wie Inga am Abend zuvor.

»Ich bin übrigens Janne. Hab mich gar nicht vorgestellt. Sorry«, meinte er und streckte seine Hand über den Tresen.

»Mo«, sagte Mo, reichte ihm die Hand und sah an sich runter, wo der Hund ihrer Mutter saß, wedelte und mit dem Unterbiss, den kleinen Stummelzähnen, dem Strubbelfell und schief gelegtem Kopf zu ihr hochsah. »Und das ist Liebling«, fügte sie hinzu und fragte sich parallel, warum sie es tat. Vermutlich, weil ihr nichts Besseres einfiel.

»Na, das ist ja mal ein ausgefallener Hundename«, stellte Janne fest.

»Ja, meine Mutter ist Profi in so etwas. Unter anderem. Sie hat einige spezielle Begabungen«, sagte sie, sah wieder zu Janne hoch und überlegte, ob sie ihn nicht einfach nach den Kontaktlinsen fragen sollte. Diese Augenfarbe konnte doch nicht echt sein!

Er lächelte sie immer noch an, und Mo fragte sich kurz, was sie eigentlich hier wollte. Ach ja! Telefonieren. Himmel! Was war denn mit ihr los? Sie benahm sich, als wäre sie zwanzig Jahre in einem Nonnenkloster gewesen und in diesem Augenblick das erste Mal, nach all den Jahren hinter dicken Mauern, auf das andere Geschlecht getroffen.

»Gibt es hier eigentlich irgendwo einen Laden mit Mobiltelefonen? Rechnern? Irgendetwas, womit man mit dem Rest der Welt kommunizieren kann?«

»Klar! In Wyk, direkt vorn an der Promenade. Aber der hat heute zu.«

»Ach, stimmt. Es ist Sonntag. So ein Mist«, realisierte Mo enttäuscht.

»Ah! Gut, dass du da bist. Ich habe eben schon nach dir geschaut«, hörte sie in dem Moment eine Stimme hinter sich. Mo drehte sich um, sah, wie Inga in das Gebäude kam, sich ein beiges Geschirrhandtuch über ihre Schulter warf, die Ärmel ihres Langarm-Shirts hochstrich und zielstrebig auf den Rezeptionstresen zumarschierte.

Bitte keine Überraschungen mehr, flehte Mo innerlich und spürte, wie sich ihre Hand immer fester um Lieblings Lederleine schloss. Sie drückte das Ding zusammen, als wäre es eine Zitrone, aus welcher sie den letzten Tropfen Saft rauszubekommen versuchte.

»Ich habe noch einen Umschlag für dich. Von …«

»Meiner Mutter«, beendete Mo den Satz und holte wieder Luft. Durch die Nase. Das sollte gut sein, hatte sie mal gehört.

»Ja. Genau. Ich wollte ihn dir eigentlich schon gestern Abend geben, aber irgendwie … Das tut mir echt total leid. Ist komplett untergegangen«, entschuldigte Inga sich, während sie in einer Schublade wühlte.

»Kein Problem. Ich bin nicht wirklich wild auf die nächste Botschaft von ihr.«

»Ach, hier ist er ja«, sagte Inga hörbar erleichtert. Sie streckte Mo den Umschlag entgegen, als wäre es ein Lottogewinn.

»Danke«, murmelte Mo, ohne es zu meinen, und nahm ihn zögerlich an. »Nummer zwei«, stellte sie fest und schob den Brief senkrecht in die hintere Tasche ihrer Shorts.

Inga zuckte mit den Achseln. »Sie hat es sicher nur gut gemeint. Und das zählt doch.« Dann nahm sie das Geschirrhandtuch, ging auf Mo zu, strich ihr mit der Hand aufmunternd über den Oberarm und verschwand wieder.

»Lass mich raten«, meinte Janne, als Inga weg war, »in dem ersten Umschlag war der Hinweis, dass du hier im Heuhotel schläfst!« Er fand das offensichtlich lustig.

Auch Mos Stimmung hellte sich wie von Zauberhand schlagartig auf. »Nein. Nicht ganz richtig. Einen Versuch hast du noch.« Mo sah ihn verschmitzt an. Jetzt war sie es, die den Kopf schief legte.

Janne verschränkte die Arme vor der Brust und dachte einen Moment nach. »Sind Zwischenfragen erlaubt?«

»Sachdienliche Hinweise kann ich leider nicht geben. Sorry! Aber frag ruhig«, erklärte sie vergnügt.

»Wann hast du denn erfahren, wo du schläfst?«

»Gestern Abend, hier.« Sie deutete mit einer ausladenden Handbewegung auf die Stelle, an der sie sich befand, als wäre es ein Tatort.

»Ups«, machte Janne und sah sie mit großen Augen an.

»Ja. Ups«, bestätigte Mo. »Ich hatte mich, ehrlich gesagt, schon in einem Boxspringbett mit Meerblick gesehen. Prosecco trinkend natürlich.«

»Natürlich«, meinte Janne amüsiert und konnte sich ein Lachen nicht verkneifen. »Wenn du magst, ich könnte da was improvisieren. Oben im alten Kornspeicher. Wir haben noch so einen alten Trog, da passt du bestimmt rein, und Prosecco haben wir auch. Nur das mit dem Meerblick, das wird wirklich schwierig. Von da oben schaut man direkt auf die Felder. Ich könnte natürlich ein paar Bäume fällen und den Deich etwas abtragen.«

»Machst du das hauptberuflich?«

»Bäume fällen? Oder den Deich abtragen?«, fragte er und wackelte mit den Augenbrauen.

»Na, hier auf der Insel sind Allroundtalente doch sicher gefragt, oder?«

»Definitiv! Da hast du recht.« Er zuckte die Achseln. »Ich bin allerdings einfach nur Architekt.«

»Und Kellner«, ergänzte Mo.

»Ja, stimmt. Noch lieber allerdings Surfer. Also auch ein bisschen allround.« Er lachte. »Also. Wie sieht's aus? Bäume fällen und Deich abtragen?«

»Sehr lieb, aber ich muss leider dankend ablehnen. Und außerdem ist das überhaupt nicht lustig. Es handelt sich hier um eine todernste Schnitzeljagd.« Mo lächelte ihn an und griff nach der *Karibik der Nordsee.* »Und die wird jetzt beendet. Zumindest der Teil, den meine Mutter sich für mich überlegt hat. Ich brauche nämlich wirklich ein Bett. So gut das Frühstück auch war. Ich brauche zum Schlafen mehr. Und Meer. Obwohl das nicht unbedingt meine erste Priorität ist. Eine Matratze würde reichen. Sorry, dass ich so ehrlich bin.«

»Kein Problem. Ich verstehe das wirklich«, bekräftigte er noch einmal. »Ich könnte dir natürlich auch meinen Camper anbieten, aber ich vermute, das ist auch nicht ganz das, was du dir vorgestellt hast.«

»Campen?«

»Na ja, nicht direkt. Eher Wildcampen. Mit Meerblick. Den hättest du da auf alle Fälle. Dann allerdings ohne Wanne. Einen Tod muss man sterben.«

Wildcampen war wie Leihschlafsack, dachte Mo. Die Steigerung dessen, was sie nicht wollte. Unter keinen Umständen. Romantik hin oder her. Wo ging man da nachts aufs Klo, wenn man mal musste? Oder hatte so ein Bus eine Toilette?

»Das ist wirklich meganett, aber …«

»Nicht ganz das Richtige«, schätzte Janne.

»Yes«, sagte Mo achselzuckend.

»Janne! Kannst du mal die Tische abräumen, sonst komme ich nicht weiter, und die Kinder warten schon!«, rief Inga durch die geöffnete Tür und war im nächsten Moment schon wieder weg.

»Ich muss! Die Chefin ruft. Und das Meer. Vorher muss ich hier allerdings noch mit anpacken. Aber«, er sah auf die Broschüre in ihren Händen, »wenn du etwas findest, fahre ich dich hin. Dann musst du kein Taxi nehmen. Ich drück die Daumen!«

»Oh, danke. Den Service nehme ich gerne in Anspruch!«, freute sie sich und sah Janne hinterher, der raus in den Garten ging.

Dann nahm sie sich den Prospekt, stöhnte kurz und fing an, das erstbeste Hotel anzurufen, während Liebling es sich neben ihren Füßen gemütlich gemacht hatte, die er praktischerweise als Kissen nutzte. Lustige Idee, dachte Mo kopfschüttelnd.

Belegt, belegt, belegt. Egal, welches Hotel in welchem kleinen Ort auf dieser Insel sie anrief, egal welche Pension, Ferienwohnung oder Surferbude, alles war belegt. Mos Stimmung steuerte einen neuen Tiefpunkt an.

Als würden Engelchen und Teufelchen auf ihren Schultern sitzen, wog sie ab, was sie tun sollte. *Ich packe einfach*, dachte sie, *und fahre nach Hause. Ende. Schluss mit diesem Quatsch.* Im nächsten Moment fiel ihr ein, wie viel Zeit sie die Organisation ihrer Abwesenheit gekostet hatte. Übergaben, Besprechungen, Kunden, die informiert worden waren, Terminverschiebungen. Und das alles für eine Nacht im Heu? Jetzt, wo die Sonne schien und der Strand nicht weit war? Von der charmanten Begegnung gerade eben mal ganz abgesehen. Janne entsprach definitiv nicht dem Typ Mann, den sie sonst datete, aber aus irgendwelchen Gründen fand sie ihn anziehend. Vermutlich, weil er sexy war. Ihre Einmal-Männer waren in der Regel erfolgreiche Manager, Berater. Keine Abenteurer. Die traf sie eher selten in den Hotels, in denen sie übernachtete, wenn sie auf Dienstreisen war. Wobei … Der eine Kellner hatte einen bleibenden Eindruck bei ihr hinterlassen. Jedenfalls waren es alles Männer, die keine Verpflichtungen suchten. Das perfekte Match, sozusagen. Für mehr hatte sie a) keine Zeit, und b) fehlte ihr dafür ganz offensichtlich das nötige Gen. Oder einfach das Interesse. Sie reichte sich selbst völlig. Da hatte sie genug zu tun.

Und: Sie hatte eine Abmachung mit sich selbst. Wer allein war, konnte nicht verlassen werden. Punkt.

Okay, sagte das Engelchen auf ihrer linken Schulter. Du nimmst jetzt den Hörer und rufst das nächste Hotel an. Verstanden?

Mo blätterte die Seite der Broschüre um und entdeckte ein schickes, neues Hotel direkt am Strand.

Hundertprozentig ausgebucht, dachte sie und wählte die Nummer.

Die Stimme einer jungen, professionell freundlichen Frau meldete sich. Mo ratterte mit wenig Hoffnung ihren Text runter und wartete, nachdem die Dame am anderen Ende zu ihrer großen Überraschung nicht gleich das böse Wort mit B sagte, sondern erklärte, sie würde einmal nachschauen, ob sich etwas machen ließe. Etwas machen ließe, dachte Mo und fand, das klang sehr schön. Auf alle Fälle schöner als »belegt«.

»Wir haben tatsächlich durch Zufall ein freies Zimmer. Die Gäste haben gerade eben, bevor Sie angerufen haben, abgesagt. Allerdings ist es erst… Moment bitte… ab Dienstag frei.«

Dienstag, überlegte Mo. Das war übermorgen. Und es hieß im Klartext: Noch zwei Nächte im Heu. Sie wusste nicht, ob sie sich freuen oder heulen sollte.

»Ich nehme es!«, hörte sie sich laut sagen und riss damit sogar Liebling aus dem Tiefschlaf, der plötzlich hochsprang, als hätte sie »Lecker Fleischwurst!« gerufen.

Das Zimmer war ab Dienstag um vierzehn Uhr frei. Genug Zeit also, sich um ein Handy zu kümmern, morgen. Und heute? Die Abwesenheit ihres mobilen Büros machte sie total nervös. Normalerweise befand sich ihr Handy immer in ihrer Nähe. Tag und Nacht. Es war ein Teil von ihr. Und dieser Teil fehlte.

»So. Und jetzt?«, dachte sie laut und fragte sich, was

sie mit diesem endlos langen, leider arbeitsfreien Sonntag anfangen sollte.

Es gab nur eine Möglichkeit: ablenken. Damit die Zeit schneller verging, der Tag fix vorüber war und das Handygeschäft öffnete.

»Wir müssen etwas unternehmen, Liebling«, sagte Mo nach unten gewandt, wo sie zwei überdurchschnittlich wache, kleine braune Knopfaugen erwartungsvoll anblickten, und stellte, noch während sie es sagte, fest, wie bescheuert das klang. Sie wollte gar nicht wissen, wie sie im Moment auf andere wirken musste. Eine alleinstehende Frau mit kleinem Hund war das Eine. Aber eine alleinstehende Frau, die ihren Hund mit *Liebling* ansprach und mit ihm redete, als sei er Watson und sie Sherlock Holmes, deutete ihres Erachtens auf ein ernst zu nehmendes psychisches Problem hin.

»Hey, du bist ja noch da«, stellte Janne erfreut fest, der an ihr vorbei hinter den Tresen ging, um aus dem Holzregal Papiersets für die Tische zu holen.

»Ja, ich … wir wollten gerade los. Zeit totschlagen. Kannst du was empfehlen?«

»O ja. Allerdings. Wo soll ich anfangen?«, fragte er und strahlte sie so an, als hätte sie gesagt, sie wäre auf der Suche nach einem FKK-Strand und würde sich über seine Begleitung freuen.

»Irgendetwas, das«, sie deutete nach unten, »mit Hund geht. Und den ganzen Tag dauert. Am besten etwas, das mich ablenkt.«

»Dann gibt es eigentlich nur eine Möglichkeit«, stellte Janne fest.

»Und die wäre?«, hakte Mo neugierig nach.

»Mit dem Rad über die Insel.« Er zog etwas aus einem Fach auf dem Schreibtisch. »Hier ist eine Karte. Damit ihr euch nicht verfahrt!«

Mo sah zu Liebling runter. »Schwierig.«

»Ach, den packst du in den Korb«, schlug Janne vor. »Was macht eigentlich die Zimmersuche? Fündig geworden?«

»Ja! Mit Meerblick«, sagte Mo und flüsterte leicht vorgebeugt: »Allerdings erst ab Dienstag.«

»Immerhin! Ist doch super! Glückwunsch. Aktuell ist ja alles restlos …«

»… belegt«, ergänzte Mo. »Ja, das habe ich auch festgestellt.«

»Dann ist die Zeit hier ja begrenzt.«

Mo fragte sich, welche Zeit er meinte. Ihre Zeit im Heu, die Zeit insgesamt – oder die Zeit, in der sie sich noch sehen würden?

»Ja.« Sie nickte. »Und das Angebot, das würde ich in der Tat sehr gerne annehmen. Das mit dem Lieferservice«, schob sie hinterher.

»Klar! Ich liefere euch da ab. Meine leichteste Übung.«

»Vielen Dank. Ab vierzehn Uhr kann ich ins Zimmer. Passt das zeitlich? Sonst kann ich natürlich auch einfach ein Taxi rufen.«

»Ne, ne. Das passt. Ich bin selbstständig. Das schiebe ich mir schon zurecht. Und das Meer läuft ja auch nicht weg«, sagte er und zwinkerte ihr zu. »Den Korb mit Rad gibt es übrigens gleich hier um die Ecke. Nur ein paar Grundstücke weiter. Ich muss – sonst schimpft die Chefin gleich«, erklärte er, deutete auf die Tischsets in seiner Hand und verschwand.

Warum verteilte er bei seiner Schwester auf dem Hof Platzsets, wenn er selbstständig war? Hatte man als Architekt so viel Zeit? Oder zu wenig Aufträge?

Mo sah Janne einen Moment nach, obwohl er schon gar nicht mehr zu sehen war. Stattdessen huschten die Kinder ihrer Stallnachbarn über die sonnige Wiese an der Tür vorbei. Offensichtlich spielten sie schon wieder Fangen.

Es war bereits ziemlich warm und würde sicher noch wärmer werden. Sie sollte sich eincremen. Mo nahm die kleine Karte, klappte sie auseinander und betrachtete die liebevoll gemalte grüne Insel Föhr mit ihren Windmühlen, Frauen in Trachtenkleidern, Schafen, Kühen, Strandkörben, alten Reetdachhäusern. Mitten in einem tintenblauen, glatten Meer, aus dem drei grinsende Seehundköpfe ragten, Windsurfer surften, Möwen flogen und Fähren an- und ablegten. Sie suchte nach ihrem Standort. Irgendwo auf der Westseite bei Utersum musste es sein. Oder war das hier schon Dunsum? Wenn sie gleich mit dem Rad losfuhr, würde sie es sehen. Süderende, Oldsum, Witsum, Borgsum, Nieblum, Midlum, Alkersum, Oevenum, Wrixum, Boldixum, Wyk, las sie sich selbst die Ortsnamen vor. Putzig. Warum war ihr das früher nicht aufgefallen?

»Na, dann wollen wir mal«, sagte sie zu Liebling, klappte die Karte wieder zusammen und lief los.

Draußen fiel ihr der Umschlag in ihrer Shorts wieder ein. Sie zog ihn aus der Hosentasche, betrachtete ihn und fragte sich, was passieren würde, wenn sie ihn einfach nicht öffnete. Wenn sie ihn zusammen mit denen, die vielleicht noch kommen würden, in ihren Koffer legte. Ungeöffnet.

Vermutlich wäre ihre Neugierde viel zu groß, und sie würde sie sowieso irgendwann öffnen, also konnte sie es auch einfach jetzt machen.

Mit Liebling an der Leine steuerte sie eine Bank in der Sonne an der Längsseite des Hauses an und setzte sich. Langsam öffnete sie den beigen Umschlag aus recyceltem Papier und zog ein weiteres altes Foto raus.

Innerhalb eines Wimpernschlages war sie wieder acht Jahre alt und saß auf ihrem Lieblingsbaum bei Frau Witt. Der Cowboyhut war ihr Ein und Alles gewesen. Sie war so stolz auf ihn gewesen. Hilde hatte ihn ihr in einem Freizeitpark an der Ostsee im Indianerresort gekauft, nachdem sie stundenlang mit hochgekrempelten Ärmeln im Wasser nach kleinen Goldklumpen gesucht hatte, die sich dort im Sand befanden. Der Cowboyhut hatte ihr das Gefühl gegeben, mehr zu sein, als sie war: eine Anführerin. Nicht Pipi Langstrumpf, wie es sich all die anderen Mädchen immer gewünscht hatten. Nein, sie wollte die Rote Zora sein. Für eine bessere Welt kämpfen. Schätze finden und sie verteilen an die, die weniger hatten. Ein Haus bauen für die, die nichts hatten. Wenn sie jetzt darüber nachdachte, fragte sie sich, wie sie damals, als Kind, auf diese Ideen gekommen war. Oder waren es keine Ideen? War es etwas, das in ihr gewesen war? Und wenn ja, warum hatte sie diesen Wunsch verloren? Wann war er klammheimlich aus ihrem Kopf verschwunden?

»Ich baue ein Haus am Rande der Stadt, von dem jeder etwas hat. Aus Fantasiebausteinen …«

Langsam kamen die Erinnerungen an ein Gedicht, das sie in dieser Zeit aufgeschrieben hatte, wieder hoch. Mo hob den Blick von dem Foto in ihren Händen und ließ ihn über die Wiese zu den Schafen wandern. Auch an diesem Tag damals, als sie ganz stolz zu ihrer Mutter gelaufen war, um ihr das Gedicht zu zeigen, hatte die Sonne geschienen. Das erinnerte sie jetzt. Aber egal, wem sie es gezeigt hatte, niemand hatte ihr geglaubt, dass sie es selbst geschrieben hatte. Ein Freund ihrer Eltern, der an dem Tag zu Besuch gewesen war, hatte gesagt: »Das hast du doch bestimmt irgendwo gehört.« Das hatte sie so getroffen, dass sie es nie wieder vergessen hatte. Ein einziger Satz. Einer von vielen. Den sie abgespeichert hatte. Unbewusst. Und der ihr Leben beeinflusst hatte.

Liebling zog an der Leine und holte sie wieder zurück

in die Gegenwart. »Wir gehen gleich los«, murmelte sie und streichelte kurz über seinen Rücken, während sie wieder auf das Foto in ihren Händen sah. Neben ihr auf dem Baum, zwischen den hellgrünen, jungen Blättern, saß Frieda, ihre Ferienfreundin. Sie hatte hier auf Föhr gelebt, ganz in der Nähe von Frau Witt, und war immer zum Spielen vorbeigekommen. Dann hatten sie auf dem alten Baum gesessen, auf den man so leicht hatte klettern können, da er auf einer Höhe von einem Meter die Möglichkeit bot, in eine breite Gabelung zu steigen und sich von dort aus auf der linken Seite weiter hochzuziehen auf einen breiten, ausladenden Ast, von dem aus man irre sehen konnte, ohne gesehen zu werden. Frieda, dachte Mo. Wie lange war das her? Ob sie noch hier war, auf Föhr? Mo glaubte nicht daran. Ihr Gefühl sagte ihr, dass die quirlige, immer gut gelaunte und vor Ideen sprudelnde Frieda nach der Schule die Insel verlassen hatte, um die Welt noch ein Stück lustiger zu machen, mit ihrer einmaligen Art, Witze zu erzählen, mit ihrem Schalk im Nacken und ihrer offenen, fröhlichen Natur.

Intuitiv drehte Mo das Bild um.

Schau im Scheunencafé vorbei, in dem wir früher so gerne die Waffeln mit den heißen Kirschen gegessen haben.

Mo sah wieder hoch zu der Wiese, auf der jetzt Kinder mit bunten Rädern von links nach rechts durchs Bild fuhren, als hätten sie es eilig. Sie dachte an die Sommer hier auf Föhr, die so weit weg und doch so greifbar nah waren. An ihre Abenteuer mit Frieda, die nicht selten, am frühen Abend, wenn sie hungrig, sonnenverbrannt, voller Sand von der Kopfhaut bis zwischen den Zehen und Abenteuerlust im Herzen zurückgekommen war, die eine oder andere Standpauke nach sich gezogen hatten. An die Lagerfeuer, zu denen andere Feriengäste auf der Gitarre gespielt hatten. An die Reitstunden, auf die sie sich immer besonders gefreut hatte, und an die schier endlosen Tage am Strand. An diese freien, unbeschwerten Tage.

Mo kam der Gedanke, nach Frieda zu suchen, im Internet. Facebook, Xing, Instagram. Irgendwo würde Mo sie sicher finden. Sofern sie noch ihren Mädchennamen hatte. Vielleicht lebte sie ja auch in Berlin? Oder irgendwo, wo Mo während einer Dienstreise mal einen Zwischenstopp einlegen könnte. Sie würde zu gerne wissen, was sie machte, ob sie Familie hatte, verheiratet war oder – so stellte sie es sich am ehesten vor – ein wildes Singleleben führte.

Aber das ging ja leider Gottes nicht, ärgerte Mo sich ein weiteres Mal über die Abwesenheit ihres Handys. *Morgen ist dieser ganze Quatsch endlich vorbei*, versuchte sie sich selbst zu beruhigen. Morgen war Montag, und das hieß: ein neues Handy.

6.

»Was für ein Rad soll es denn sein?«

»Eins mit Korb«, sagte Mo und sah erst zu Liebling runter, dann hoffnungsvoll zu dem Fahrradvermieter.

»So'n Korb, den kann ich überall ranmachen.«

»Ach. Ist das so?«

»Jo.«

»Na, dann nehme ich ein normales Rad mit Korb.«

»Normal sind die alle«, stellte er fest.

»Okay. Das ist ja beruhigend«, murmelte Mo und ließ ihren Blick über die aufgereihten Räder vor und in der Halle, vor deren geöffnetem Tor sie standen, schweifen. »Dann ein ganz normales Damenrad mit Korb«, versuchte sie es noch einmal.

»Sieben oder vierundzwanzig Gänge?«, hakte er nach, ohne sich einen Millimeter zu bewegen.

»Hmmmm …« Mo überlegte.

»Was fahren Sie denn sonst?«, fragte der Mann in dem grauen Arbeitsoverall und zog die Augenbrauen leicht hoch.

»Gar keins«, gestand sie und erntete einen erstaunten Blick.

»Aha«, brummte er, löste seine Arme, die er vor dem Oberkörper verschränkt hatte, seufzte kurz und verschwand in der Lagerhalle hinter sich, um kurz danach mit einem sehr einfachen Fahrrad – mit Korb – wieder rauszukommen, das er betont lässig mit einer Hand neben sich herschob, während er Mos Hüfte betrachtete. Er sah zu dem Fahrrad, dann wieder zu Mos Hüfte. »Das müsste passen. Drehen Sie mal eine Runde«, forderte er sie auf und deutete auf den Vorplatz.

Mo nahm das Lenkrad entgegen und reichte ihm im Gegenzug die Hundeleine, die er ihr abnahm, ohne dass sie hätte sagen können, ob er Hunde mochte. War ja letzten Endes auch egal.

Das Rad fuhr komisch. So eierig. Irgendwie hatte sie Fahrradfahren ganz anders in Erinnerung.

Sie fuhr wie ein Affe in der Manege im Kreis und versuchte, sich ihre Unsicherheit nicht anmerken zu lassen, während der Zirkusdirektor sie begutachtete.

»Ich weiß nicht, irgendwie fühlt es sich komisch an«, erklärte sie, nachdem sie wieder abgestiegen war, und betrachtete das Rad, als würde sie den Fehler suchen. Dabei hatte sie von Fahrrädern ungefähr so viel Ahnung wie von der Mondlandung.

»Komisch?«, wiederholte der Mann, und Mo hatte eine Ahnung, was er gerade dachte.

»Ja, so … wackelig.«

»Moment«, murmelte er, reichte ihr die Leine, nahm das Rad und verschwand damit in der Halle, um kurz danach mit einem Modell zurückzukommen, dessen Rahmen etwas dicker war und das insgesamt stabiler auf Mo wirkte. Ansonsten konnte sie keinen Unterschied feststellen. Bis sie drauf saß. Der Sitz war zwar etwas härter, aber das Fahrgefühl war definitiv besser. Als hätte sie eine alte Ente, wie Hilde sie früher einmal hatte, gegen einen SUV getauscht.

»Das nehme ich. Perfekt. Liegt viel besser auf der Straße«, stellte Mo fest, während sie ihre Runde unter den skeptischen Blicken von Liebling und dem Fahrradverleiher drehte.

Liebling war wenig begeistert, als sie ihn in seinen neuen Hundekorb setzte. Aus seiner Sicht war es vermutlich Tierquälerei. Aus Mos Sicht war das die einzige Möglichkeit. »Oder willst du laufen?«, fragte sie ihn, bekam aber keine Antwort.

Die Sonne schien ihr ins Gesicht, während sie die Traumstraße Richtung Nieblum entlangradelte, die ihren Namen verdiente. *Echt traumhaft*, dachte sie und genoss die Kulisse. Vorbei an riesigen Wiesen mit braunen Kühen, an Pferdekoppeln und Maisfeldern, alten Bäumen, deren Wurzeln sich unbeeindruckt ihren Weg unter dem Teer der Straße gesucht hatten, und Reetdachhäusern, die so schön waren, dass Mo am liebsten angehalten hätte, um auf dem Handy nach »Immobilien+Föhr« zu suchen. Einfach nur so. Sie liebte es, sich den Immobilienmarkt anzusehen. Es war in den letzten Jahren eine Art Hobby geworden. Immer, wenn es ihr irgendwo gefiel, schaute sie nach, was es vor Ort gab, verglich Preise und stellte sich in Gedanken vor, dort eine Wohnung oder ein Haus zu besitzen, wo sie gerade war. Sie stellte sich vor, es einzurichten, zu streichen, ihm ihre eigene Handschrift zu geben. Sie liebte dieses Gedankenspiel.

Die Luft war so klar, so frisch, so anders als die in Berlin, dass Mo die Erkenntnis einholte, dass sie sich nicht nur an der Nordsee, sondern mitten auf der Nordsee befand. Föhr war so groß, dass man das Gefühl, auf einer Insel zu sein, schnell verlor. Sie atmete langsam tief ein und aus, während sie sich mit jedem Pedaltritt ein Stück weiter von ihren Gedanken, die sich um ihr Handy, ihren Rechner, ihre Firma und ihre verrückte Mutter drehten, entfernte. Es kam ihr vor, als würde sie sich freistrampeln. Ein Lächeln breitete sich auf ihrem Gesicht aus, das sich gut anfühlte. Frei sein …

Liebling saß im Korb und sah neugierig raus, seine weißen Ohren flatterten wie kleine Fahnen im Wind und sorgten bei den ihnen entgegenkommenden Fahrradfahrern und Spaziergängern für strahlende Augen und amüsierte Gesichter. So ein Hund als Begleitung hatte auch etwas Schönes, musste Mo sich eingestehen. Sie liebte es, allein zu sein, und vermisste selten etwas. *Ich würde jederzeit wieder mit mir verreisen*, hatte sie irgendwann mal Dori auf eine Postkarte geschrieben und es genauso gemeint. Allein hatte man einfach weniger Themen. Aber dieser kleine, strubbelige Hund, dem sie bis gestern keine Sekunde Aufmerksamkeit geschenkt hatte und dem sie morgen auf alle Fälle eine Haarbürste kaufen würde, hatte etwas. Sie hatte ihn völlig falsch eingeschätzt. Was natürlich an Hildes Berichterstattung über seine Bockigkeit und allgemeine Unlust lag. Aber seit sie zwangsverheiratet worden waren, mauserte er sich doch mehr und mehr zu einem angenehmen Begleiter.

Mo genoss den leichten Wind und freute sich auf die Waffel im Scheunen-Café, während sie sich über die anderen Radfahrer amüsierte. Manche sahen aus, als wollten sie heute noch die Alpen überqueren, so professionell gekleidet und ausgestattet rasten sie an Mo vorbei.

Nachdem sie gefühlt von der gesamten Insel überholt worden war, fragte sie sich, ob dieses Rad wirklich das Richtige war. Bis sie zu ihrer Beruhigung feststellte, warum all die anderen, die teilweise doppelt so alt waren wie sie, schneller waren: Sie fuhren E-Bikes!

Einen kurzen Augenblick spielte sie mit dem Gedanken, sich selbst ein solches Rad auszuleihen, dann verwarf sie ihn sofort wieder. Wenn sie schon mal draußen, mitten in der Natur, war, dann doch nicht elektrisch. Zumal die Insel nur 8,5 Kilometer breit und 12,5 Kilometer lang war. Das hatte sie in der *Karibik der Nordsee* gelesen. Und abgespeichert. Zahlen konnte sie sich gut merken. Immer schon. Sie mochte Zahlen. Man konnte sich einfach auf sie verlassen. Vielleicht hatte es etwas damit zu tun.

Während sie die Landschaft und die schöne Luft genoss und sich selbst eingestehen musste, wie sehr sie die Insel vermisst hatte, fiel ihr der erste Brief ihrer Mutter wieder ein. *Ich wünsche dir eine Reise zu dir selbst. Zu der Mo, die du einmal warst.*

Es traf sie, ja, es verletzte sie, weil es implizierte, dass sie sich negativ verändert hatte. Und das wollte niemand gerne hören. Was konkret meinte Hilde denn?

Weder Dori noch andere Freunde oder ihre beiden Angestellten, Kundinnen oder Nachbarn hatten in den letzten Monaten oder Jahren den Eindruck gemacht, als stimme etwas mit ihr nicht. Als hätte sie sich verändert. Egal, in welche Richtung. Sie kam mit allen gut aus. Oder trauten sich die anderen nur nicht, ihr zu sagen, was sie dachten? Mo ließ dem Gedanken kurz Raum, dann kam sie zu dem Schluss, dass Dori, die ihre beste Freundin war, sich definitiv getraut hätte. Sie sagte ihr immer, was sie dachte. Ob Mo es hören wollte oder nicht. Also hätte Dori ihr auch ein deutliches Zeichen gegeben, wenn sie – schleichend oder plötzlich – nicht mehr sie selbst gewesen wäre. Die Mo, die sie nämlich immer schon war.

Sie sah sich selbst als junges Mädchen, vielleicht acht oder neun Jahre alt, auf ihrem Klapprad hier langradeln. Die Haare vom Wind zerzaust, das Haargummi und die Spangen schon lange nicht mehr da, wo Hilde sie morgens am Kopf befestigt hatte, sondern in der Hosentasche ihrer Shorts. Sie sah sich selbst, wie sie vom Sattel aufstand, sich ans Lenkrad klammerte, so schnell sie konnte in die Pedale trat, sich wieder setzte und die Beine rechts und links von den Pedalen nahm, gerade ausstreckte, baumeln ließ und die Fahrt genoss. Völlig frei. Keine Gedanken an irgendetwas.

Das, was ihr gerade so schwerfiel. Abschalten. An nichts denken. Nicht an ihr Handy, ihren Rechner, ihre Firma, ihre verrückte Mutter. Wie ging das?

Die Teerstraße endete, als sie in Nieblum ankam, und ging in eine alte gepflasterte Allee über, die durch den Ort führte, gesäumt von Bäumen, deren grüne Kronen dicht an dicht standen und Schatten auf die schmalen Fußwege vor den Reetdachhäusern und Katen warfen. *Hier ist die Zeit stehen geblieben*, dachte Mo, stieg ab, ließ Liebling aus dem Korb und schob ihr *ganz normales Damenrad mit Korb* neben sich, während sie fasziniert die alten Häuser betrachtete, als hätte sie sie noch nie gesehen. Eines neben dem anderen. Sie versuchte sich daran zu erinnern, wann sie das letzte Mal hier gewesen war, und suchte in ihrem Gedächtnis nach etwas, das sie damit verband. Es waren nicht so viele Menschen damals gewesen, hatte sie den Eindruck. Oder war es ihr als Kind einfach nicht so aufgefallen? Hatte sie die Menschen nicht wahrgenommen, weil sie sich auf andere Dinge konzentriert hatte?

An der ersten Kreuzung bog sie rechts ab und erkannte schon bald auf der linken Seite die Scheune mit dem Café, in dem sie so gerne mit ihrer Mutter gesessen hatte. Lavendel und Hortensien säumten den Weg, den sie als Kind so oft lang geradelt war. Direkt vor dem Café befand sich ein kleiner Minigolfplatz, der heute gut besucht war. Paare mit kleinen Kindern, Jugendliche, ein älterer Mann mit Enkel auf dem Arm. Mo ließ ihren Blick weiter über die Räder, die vor dem Zaun standen, schweifen und suchte nach einer guten Stelle, um ihr Rad abzustellen. Ihr Magen knurrte, als sie sich vorbeugte, um den kleinen Schlüssel aus dem Schloss zu ziehen, obwohl das Frühstück ja noch nicht lange her war. Das musste die Bewegung sein und die frische Luft, schlussfolgerte sie, sah Liebling aufmunternd an, der es sich schon wieder auf dem Boden bequem gemacht hatte, und ging auf den kleinen Vorplatz, um nach einem freien Platz im Schatten zu schauen. Die doppelflügige hellgraue Scheunentür zum Café, die von weißblauen, alten Teetassen umrandet worden war, stand offen. Rechts daneben an der Wand hing, wie damals schon, die Schiefertafel, auf der heute mit Kreide stand:

Waffeln mit Blaubeerkompott
Eis & Sahne
Hausgemachte Kuchen - auch glutenfrei und vegan

Mo musste schmunzeln. Obwohl sie selbst sehr auf ihre Ernährung achtete, kam es ihr hier, wo sie eben noch gedacht hatte, die Zeit wäre stehen geblieben, so fremd vor. Wie ein Fehler in einem Bild, an dem der Blick hängen blieb.

Es war bereits so warm, dass man es in der prallen Sonne gar nicht aushielt. Direkt unter dem großen, alten Baum stand gerade ein Pärchen auf. Mo wartete einen Augenblick, ging schließlich auf den Tisch zu und setzte sich, während Liebling aufgeregt den Boden nach Kuchenkrümeln absuchte, als hätte er seit Tagen nichts bekommen.

Wollte ihre Mutter, dass sie sich hier entspannte, an die alten Zeiten dachte? Ohne dabei auf ihr Handy zu schauen? Wollte sie ihren Blick öffnen, frei machen für die Schönheit dieses Ortes, dieser Insel? Wollte sie, dass sie in Erinnerungen schwelgte, während sie eine Waffel aß? Und warum dachte Hilde, dass das nicht funktionierte, wenn sie ihr Handy in der Nähe hatte? Was war der Plan ihrer Mutter gewesen, als sie alles vorbereitet hatte, und warum sollte Mo eine Reise zu sich selbst machen? Kopfschüttelnd griff sie nach der Karte, die unter einem kleinen Blumentopf klemmte.

Gerade als Mo überlegte, ob sie einen weiteren Kaffee, doch lieber etwas Kaltes oder einfach beides trinken sollte, blieb jemand direkt vor ihr stehen und begann, den Tisch abzudecken.

»Das ist nicht Ihres, oder? Kann ich abdecken?«, hörte sie eine freundliche Frauenstimme.

Mo hob für eine Sekunde kurz den Kopf, um nicht

allzu unhöflich zu wirken. »Ja ja, das kann weg, danke«, murmelte sie desinteressiert und sah wieder auf die Karte, ohne die Frau wahrgenommen zu haben.

»Mo?«, fragte die Frau nun, stellte das volle Tablett auf dem Tisch ab und riss sie aus ihren Gedanken, die sich weniger um ein Getränk als vielmehr um ihre aktuelle Gesamtsituation drehten. Mo hob den Blick und sah das erste Mal der Frau direkt ins Gesicht. Ein Gesicht, das sie so gut kannte und doch nicht sofort wiedererkannt hätte, wäre sie nicht hier, auf Föhr. Wären sie sich woanders begegnet, nach all den Jahren, in einer anderen Umgebung, vielleicht in Berlin, irgendwo in einem Café, Mo hätte vermutlich einen Augenblick länger gebraucht, um ihre Ferienfreundin wiederzuerkennen.

»Frieda!«, platzte es aus ihr heraus, und sie stand ruckartig auf. Sie konnte es nicht fassen, dass sie Frieda hier wiedertraf. Dass sie plötzlich vor ihr stand.

»Na, das ist ja eine Überraschung!« Frieda breitete die Arme aus und umarmte Mo innig. »Mann, siehst du gut aus! Halleluja! Aus dir ist ja echt ein heißer Feger geworden.« Frieda schob Mo ein Stück von sich weg und betrachtete sie, während die sich fragte, was sie sagen sollte. Ein »du aber auch« war nicht möglich, also musste es etwas Nettes, aber auch Ehrliches sein. Etwas Diplomatisches.

Frieda war etwas breiter in der Hüfte. Natürlich hatte Mo sich in den letzten Jahren nie über Friedas Figur

Gedanken gemacht, aber jetzt, wo sie vor ihr stand und sie in ihrer Küchenschürze und mit den braunen, treuen Augen anstrahlte, war Mo doch kurz erstaunt. Frieda war nicht dick, aber auch keinesfalls mehr so schmal wie damals. Aber was viel wichtiger war: Sie sah glücklich aus, hatte eine frische Gesichtsfarbe und kleine Lachfalten um die Augen, aus denen immer noch Lebenslust und Energie strahlte, wie früher.

»Das ist ja zum Schießen! Du warst doch bestimmt schon lange nicht mehr hier, oder? Ich werde verrückt! Und deine Haare sind … viel dunkler geworden. Und ordentlicher«, stellte Frieda mit einem erfrischenden Lachen fest.

Der Schalk im Nacken war noch da.

Mo grinste. »Ich bin erst seit gestern hier, und wir«, sie sah zu Liebling runter, »bleiben noch ein paar Tage.«

»Entschuldigung, können wir bitte zahlen?«, rief eine ältere Dame von einem der anderen Tische zu ihnen rüber.

Frieda drehte sich kurz um und nickte der Dame freundlich zu. »Ich muss weitermachen«, sagte sie an Mo gewandt und strahlte sie an. »Magst du mir deine Nummer geben, dann kann ich dir nachher eine Nachricht schicken. Hast du Lust, dass wir uns auf ein Gläschen treffen? Vielleicht am Strand? Ben ist heute Abend zu Hause und kann sich um die Rasselbande kümmern. Ich sag ihm nur kurz Bescheid. Also, ich meine, sofern du …« Frieda zog ein pinkfarbenes Handy aus der

Hosentasche unter der Schürze, entsperrte es und sah Mo erwartungsvoll an.

»Ja klar! Lass uns das machen. Ich hab nur leider mein Handy gerade nicht dabei.« Mo hob die Hände wie bei einem Banküberfall.

»Kein Problem. Dann lass uns doch einfach verabreden. Wie früher. Hat ja auch immer gut geklappt«, meinte Frieda und steckte ihr Handy wieder weg. »Ich schreibe dir trotzdem mal meine Nummer auf. Kannst du ja dann später speichern. Dann hast du sie schon mal.« Frieda griff in die Schürzentasche, zog einen schmalen Notizblock und Kugelschreiber raus, notierte ihre Handynummer und reichte den Zettel schließlich Mo.

»Danke. Wann hast du denn Schluss?«

»Ach, um sechs müsste ich hier raus sein. Dann trinken wir was und ... Weißt du was? Lass uns beim *Treibholz* in Utersum treffen. Da können wir den Sonnenuntergang sehen.«

»Prima. So wird's gemacht«, sagte Mo erleichtert, denn sie musste ja irgendwie noch mit dem Rad zurückfahren nach ihrem Treffen. Und in diesem *Treibholz* gab es sicher auch etwas zu essen.

»Klasse! Ich freue mich auf später«, meinte Frieda, strahlte übers ganze Gesicht und wandte sich gerade zum Gehen, als sie innehielt und feststellte: »O mein Gott, sorry! Ich habe dich gar nicht gefragt, was du haben möchtest.«

»Stimmt. Das hätte ich jetzt auch beinahe völlig vergessen. Ich«, Mo sah auf die Karte runter, »nehme einen naturtrüben Apfelsaft und die Waffel mit den Beeren.«

»Gute Wahl«, stellte Frieda zufrieden fest. »Kommt gleich!« Damit drehte sie sich um und ging schnellen Schrittes zu der älteren Dame, die sie gerufen hatte.

War das Zufall? Oder der Grund für Hildes Hinweis auf der Rückseite des Fotos? Hatte sie gewusst, dass Frieda hier arbeitete? Achttausend Menschen lebten auf dieser Insel, und Mo traf ausgerechnet auf Frieda. Das konnte doch gar kein Zufall sein!

»Sag mal, war meine Mutter hier? Vor ein paar Wochen? Hast du sie vielleicht gesehen oder dich mit ihr unterhalten?«, wollte Mo wissen, als Frieda ihr kurze Zeit später den Teller mit der heißen Waffel und den Saft auf den Tisch stellte.

»Hilde? Nein. Nicht, dass ich wüsste. Warum denn? Suchst du sie?«

»Nein«, murmelte Mo kopfschüttelnd. »Ganz und gar nicht.«

Frieda sah sie mit hochgezogenen Augenbrauen fragend an.

»Erzähl ich dir nachher in Ruhe. Bei einem Glas Wein«, erklärte Mo und griff nach der kleinen Silbergabel.

»Na, da bin ich mal gespannt. Aber jetzt lass es dir erst mal schmecken!«

»Danke, das werde ich. Sieht ja echt lecker aus. Wie immer!«, stellte Mo fest.

Während sie aß, dachte sie über das nach, was Frieda gesagt hatte. Ben und die Rasselbande. Sie war also verheiratet und hatte offenbar mehr als ein Kind. Genau das Gegenteil von ihr selbst.

Mo erinnerte sich an die Sonnenuntergänge am Strand. Sie wusste nicht mehr genau, wo sie damals gewesen waren, aber man hatte Amrum und Sylt sehen können. Mo griff nach der Karte, die sie eingesteckt hatte, und suchte die Stelle, von der Frieda gesprochen hatte. Ihr Treffpunkt lag nur ein kleines Stück vom Heuhotel entfernt. Dann musste sie damals mit ihren Eltern dort gewesen sein, schlussfolgerte sie. Denn auch von hier aus konnte man die beiden anderen Nordseeinseln sehen.

Mo freute sich. Das würde ein spannender Abend werden.

7.

Die Sonne stand noch hoch am Himmel, als Mo ihr Rad abends an einem der Holzbalken neben allen anderen Rädern anschloss. Liebling hatte sie schon vor einer Weile aus dem Korb genommen, damit er auch mal ein paar Schritte gehen konnte.

Das *Treibholz* befand sich in einem Gebäude direkt am Deich. Von der Rückseite des Deiches konnte man ebenerdig ins Untergeschoss gehen, in dem sich eine Touristeninformation und ein Gäste-WC befanden. *Haus des Gastes Utersum* stand in Großbuchstaben auf dem geraden Teil des Daches und war schon von Weitem zu lesen. Links von dem Gebäude lag bereits heller, feiner Sand. Eine Holztreppe führte auf den geteerten Deich und von dort über eine Holzbrücke auf die Terrasse und zum Eingang des Restaurants. Mo blieb, als sie auf dem Deich angekommen war, stehen und genoss den Blick über den Strand mit seinen einfarbig blauen, gelben, roten und grünen Strandkörben, zwischen denen Kinder saßen und Sandburgen bauten, sich jagten, Muscheln sammelten. Weiter über das Watt blickte man bis nach Amrum, rechts davon nach Sylt. Beide Inseln sahen zum Greifen nah aus. Vielleicht eine halbe Stunde zu Fuß, schätzte Mo. Oder war es doch weiter?

Als Kind hatte sie mit ihren Eltern die eine oder andere Wattwanderung gemacht, aber wie lange die gedauert hatten? Mo konnte sich absolut nicht daran erinnern. Sie hatte ein ganz anderes Zeitgefühl gehabt.

Liebling zog aufgeregt an der Leine und wollte unbedingt an den Strand. Ein rundes Schild wies jedoch darauf hin, dass dies nicht gewünscht war.

»Hier geht das nicht, Liebling«, versuchte Mo ihm zu erklären. »Aber ein Stück weiter gibt es einen Hundestrand. Den besuchen wir noch. Versprochen!« Liebling war mit dieser Aussage nicht zufrieden. Er kläffte auffordernd, legte seinen kleinen weißen Kopf schräg und sah sie erwartungsvoll von da unten an.

»Huch. Du kannst ja Geräusche machen«, stellte Mo überrascht fest und musste lachen.

Sie ließ Liebling an den Gräsern schnuppern und alles markieren, was man markieren konnte, dann ging sie die wenigen Meter zurück zum Restaurant. Wenn es nach dem Hund gegangen wäre, hätte er seine Visitenkarten auf der ganzen Promenade verteilt. Aber dafür war jetzt keine Zeit.

Eine Armbanduhr besaß Mo nicht. Sie mochte das Gefühl einfach nicht und hatte ja sowieso immer ihr Handy griffbereit. Eigentlich. Da sie sich aber – nachdem sie den Hund im Hotel gefüttert und sich selbst nach der Fahrradtour etwas frisch gemacht hatte – überpünktlich auf den kurzen Weg gemacht hatte, war es wohl noch vor sechs Uhr, schätzte sie. Die wenigen

Tische auf der Holzterrasse, die mit Plexiglas umrandet war, um windgeschützt den Ausblick und das Essen genießen zu können, waren schon gut gefüllt, doch ein kleiner Tisch in einer Ecke war tatsächlich noch frei. Mo legte ihren Pullover, den sie vorsichtshalber eingepackt hatte, auf einen der Stühle und setzte sich so, dass sie direkt aufs Meer blicken konnte. Zufrieden seufzte sie.

Liebling hingegen war mit der Situation alles andere als zufrieden. Er stand neben ihrem Stuhl, bereit, jederzeit weiterzuziehen.

In dem Moment kam Frieda auf die Terrasse. »Hei, da bist du ja! Wie schön, dass es so spontan geklappt hat. Und ganz ohne Handy«, freute sie sich, nahm Mo zur Begrüßung in den Arm und betrachtete sie. »Ich kann es immer noch nicht fassen, dass du da bist!«, stellte sie kopfschüttelnd fest, ließ Mo los und setzte sich schließlich.

»Ja, lang, lang ist's her«, gab Mo ihr recht und setzte sich auch wieder.

Frieda streichelte Liebling über den Kopf. Dann sah sie Mo an, als wolle sie durch sie hindurchschauen.

»Wo warst du nur all die Jahre? Ich habe jede Ferien gehofft, ihr würdet wiederkommen. Das war echt traumatisch«, witzelte sie.

»Tja, das wüsste ich auch gerne«, murmelte Mo und zuckte mit den Schultern, als eine junge Kellnerin an ihren Tisch trat.

Die beiden gaben ihre Getränke- und Essenswünsche auf, dann stützte Frieda ihre Ellenbogen auf den Tisch, legte das Kinn auf ihre gefalteten Hände und hakte nach. »Wie meintest du das eben? Weißt du echt nicht, warum ihr nicht mehr hergekommen seid? Ich habe mich das jahrelang gefragt. Ob dir oder deinen Eltern etwas passiert ist oder ihr einfach genug von Föhr hattet. Du hast plötzlich nicht mehr auf meine Postkarten geantwortet. Irgendwann bin ich zu Frau Witt und habe sie gefragt. Danach wusste ich zumindest, dass nichts Schlimmes passiert ist, dass ihr einfach nur nicht mehr kommt und auch umgezogen seid, was natürlich erklärte, warum du nicht mehr auf meine Post geantwortet hast. Aber mehr konnte sie mir damals auch nicht sagen.«

Nichts Schlimmes, wiederholte Mo in Gedanken. War es nichts Schlimmes, wenn sich die Eltern trennten? Plötzlich, von heute auf morgen? Wenn das Leben über Nacht ein anderes war? Wenn nichts mehr so war und nie wieder so werden würde, wie es bis zu dem Tag gewesen war.

Das Schlimmste daran war, dass sie nicht wusste, warum. Bis heute nicht.

»Alles okay?« Frieda versuchte, ihren Blick einzufangen, der sich am Horizont verloren hatte.

»Ja, natürlich. Sorry. Ich war gerade woanders. Das tut mir leid mit den Postkarten. Das wusste ich gar nicht.«

»Erzähl doch mal. Was ist denn passiert?«

»Ich weiß es wirklich nicht«, begann Mo und versuchte zu erklären, was sie selbst nicht verstand. Dass ihre Mutter stundenlang bei Frau Witt im Garten auf einem Stuhl gesessen und ausdruckslos auf das angrenzende Feld dahinter geschaut hatte, als sie von ihr, von Frieda, zurückgekommen sei, am späten Nachmittag. An diesem letzten Tag, an dem noch alles so gewesen war wie immer. Zumindest für sie. Ohne ein Wort zu sagen, hatte Hilde auf das Feld geblickt. Einfach nur dagesessen und sich nicht bewegt. Wie unter Schock. Den Auslöser, den Grund für ihr Verhalten, den erfuhr Mo nicht. Für das plötzliche Packen der Koffer, die verfrühte Abreise, die Stille zu Hause, das Verschwinden ihres Vaters, der seine Sachen in Kartons packte, die von einem Kleintransporter abgeholt wurden. Und wie er ging, ohne sich noch einmal umzudrehen. Dieses Bild hatte sich in ihr Gedächtnis eingebrannt. Sie hatte an ihrem Fenster im ersten Stock gestanden und ihm nachgesehen, beobachtet, gewartet. Kein Blick von ihm, keine Hand, die sich hob, um ihr zu winken. Nichts.

»Ich dachte immer, so etwas merkt man als Kind, wenn etwas zwischen den Eltern nicht stimmt. Auch, wenn sie sich vielleicht nicht laut streiten. Aber die Stimmung, die Blicke, die Distanz, das muss man doch irgendwie mitbekommen«, grübelte Mo gedankenverloren.

»Vielleicht haben sie sich einfach auseinandergelebt.

Das passiert mal. Aber so eine Trennung mitten im Urlaub, da muss irgendetwas passiert sein. Den Urlaub abbrechen, das macht ja keiner ohne Grund«, meinte Frieda, der man die Irritation ansah. Sie schaute so betroffen drein, als wären es ihre eigenen Eltern, die sich plötzlich getrennt hatten.

»Ja, mit Sicherheit. Aber ich kenne ihn nicht«, gab Mo ihr recht.

»Verrückt!«, stellte Frieda fest, und man sah ihr an, dass sie sich damit nicht zufriedengeben wollte. Ein Themenwechsel war ausgeschlossen. »Ich möchte ungern in der Wunde bohren, aber hat dir keiner irgendetwas gesagt? Versteh mich bitte nicht falsch, aber ich finde das so heftig, ich kann das gar nicht fassen!«, sagte sie sichtlich empört und hätte beim ruckartigen Zurücklehnen an die Stuhllehne um ein Haar das Tablett der Kellnerin erwischt, die es gerade noch beiseite ziehen konnte, um zu verhindern, dass die Getränke und ihr Essen bei Frieda auf dem Schoß landeten.

»Oh, sorry!«, entschuldigte Frieda sich und rückte mit dem Stuhl ein Stück zur Seite, um Platz zu machen.

»Na, das ist ja gerade noch mal gut gegangen«, stellte die Kellnerin erleichtert fest und reichte Mo und Frieda Gläser und Teller.

Die beiden Freundinnen griffen nach den Prosecco-Gläsern und sahen sich in die Augen.

»Auf dass es nicht noch einmal so lange dauert«, sagte Frieda und zwinkerte ihr zu. »Versprochen?«

»Versprochen!«

Die Gläser klirrten leicht, während über ihren Köpfen kreischend mehrere Möwen Kreise zogen und schließlich auf das offene Meer flogen.

Mo sah ihnen nach, dann wandte sie sich Frieda zu.

»Mein Vater hat gesagt, er könne es mir nicht erklären. Er wisse nicht, wie. Er war noch nie ein Mann der großen Worte.« Sie machte eine kurze Pause, dann fuhr sie fort. »Und Hilde, tja, meine Mutter gab einiges von sich, aber nichts half mir weiter.«

»Was hat sie denn gesagt?«, fragte Frieda, während sie von ihrem Burger abbiss und sich im Anschluss kauend mit der Papierserviette Remoulade aus den Mundwinkeln wischte.

»Keine Liebe halte wohl ewig. Irgendwann sei alles vorbei. Manchmal merke man es und manchmal eben nicht«, versuchte Mo sich an die Worte ihrer Mutter zu erinnern. »So was in der Art. Und ein paar Sachen, die ich nicht verstanden habe, damals. Ich erinnere mich noch, dass sie in Bildern gesprochen hat.«

»Nicht sehr aufschlussreich«, stellte Frieda mit vollem Mund fest.

»Ne, in der Tat nicht.«

»Sag mal, warum hast du vorhin gefragt, ob ich Hilde getroffen hätte? Ist etwas mit ihr?«, wollte Frieda wissen und griff nach den Pommes.

Mo erzählte von dem Gutschein für diese Reise, von

Hildes Flucht von der Fähre, von Liebling, den sie bei ihr gelassen hatte, dem, was sie vorgefunden hatte, und dem, was weg war.

»Das ist nicht dein Ernst?«, fragte Frieda, die sich ein Lachen nicht verkneifen konnte. Ihr Lachen war immer schon ansteckend gewesen. Mo erinnerte sich an alberne Lachanfälle, die mit Bauchschmerzen endeten.

»Deine Mutter ist echt …«

»Verrückt!«, beendete Mo den Satz.

»Ja, irgendwie schon. Aber sympathisch verrückt.«

»Ich glaube, wenn sie nicht meine Mutter wäre, würde ich sie auch unfassbar witzig finden. Aber so …«

Frieda nahm das Glas und stieß mit Mo an. »Komm, jetzt freuen wir uns, dass du da bist! Wenn sie nicht so wäre, wie sie ist, wärst du jetzt schließlich nicht hier. Apropos. Wo schläfst du überhaupt?«

Mo erzählte von der Taxifahrt, die auf einem Hof geendet, und der Überraschung, dass dort ein Haufen Heu auf sie gewartet hatte.

»Ach, da bist du! Das ist ja lustig«, fand Frieda.

»Geht so. Ich ziehe um. Nichts gegen Inga, die ist wirklich ein Schatz, aber das ist einfach nichts für mich.«

»Echt nicht? Früher hättest du dich darum gerissen, dort einmal zu übernachten! Du bist wohl doch nicht mehr die Mo, die du mal warst, was?«, neckte Frieda sie.

Mo sah sie mit großen Augen nachdenklich an.

»Hab ich etwas Falsches gesagt?«, fragte Frieda vorsichtig nach.

Mo winkte ab. »Nein, Quatsch.« Sie schüttelte den Kopf. »Ich … Ich musste nur gerade an etwas denken, das Hilde mir geschrieben hatte. Schon gut!«

Sie aßen weiter, genossen den Blick über das Meer bis zu den Nachbarinseln, die Weite und den Himmel, dessen Farben sich minütlich änderten. Am liebsten hätte Mo alles mit dem Handy festgehalten. Das Magenta des Himmels, die Spiegelung der Wolken in dem stillen Wasser, die Möwe vor ihnen zwischen den Deichgräsern, jeden Augenblick. Und natürlich ein Selfie von ihnen beiden.

»Zu schön«, sagte Mo mehr zu sich selbst, während sie versuchte, den Moment einzufangen, zu speichern, zwischen all den anderen Bildern, die sie von Föhr in ihrem Kopf hatte.

»Ja, jeden Tag wieder«, gab Frieda ihr recht. »Ich kann mich auch nicht daran sattsehen.«

»Warst du eigentlich die ganze Zeit hier? Oder hast du zwischendurch woanders gelebt?«, wollte Mo wissen und griff nach dem Wasserglas.

»Ich war immer hier. Wo soll ich denn auch hin? Ich könnte gar nicht ohne das hier!«, erklärte sie und machte mit der Hand eine ausladende Bewegung in Richtung Meer. »Ohne den Strand, die Sonnenuntergänge … Egal, was für ein Wetter wir zwischendurch mal haben, aber ohne Föhr? Ne, das geht gar nicht«, lachte sie und legte die Serviette weg.

»Hast du nie den Drang gehabt, mal etwas anderes zu sehen?«, fragte Mo neugierig. »Mal wegzuziehen? Hast du nie irgendetwas vermisst?«

»Vermisst? Nein, nie«, erklärte Frieda kopfschüttelnd und erzählte von Ben, mit dem sie schon zur Schule gegangen war. Er eine Klasse über ihr. Den sie immer schon toll gefunden hatte, der ihr erster Freund gewesen war, den sie geheiratet hatte, hier auf der Insel natürlich, und mit dem sie heute zwei Kinder hatte.

Mo hörte ihrer Ferienfreundin zu, die in sich ruhend, glücklich, zufrieden mit sich und ihrem Leben dasaß und von ihrem Alltag erzählte. Von den Kindern, ihrem Teilzeitjob im Café, von ihren Eltern, die oft da waren und mithalfen, von den ruhigeren Monaten im Herbst und Winter, wenn weniger Touristen da waren und sie sich mehr um ihr eigenes Haus kümmerten. Die nichts vermisste, während Mo die ganze Zeit etwas vermisste. Ihr Handy zum Beispiel. Sie hätte so schöne Fotos machen können. Aber nicht nur jetzt, hier. Insgesamt vermisste sie irgendwie immer etwas, ohne zu wissen, was es war. Es war einfach immer latent da, das Gefühl. Dieses Defizit, das sie zu füllen versuchte, durch Arbeit, durch Ablenkung, durch alles. Mo hatte nie das Gefühl anzukommen, zufrieden zu sein mit dem, was sie erreicht hatte. Kurzfristig ja, mit einem Etappensieg, beruflich, aber das Gefühl hielt nie lange, war nicht von Dauer. Es war nur eine Momentaufnahme, bevor sie sich die nächste Herausforderung suchte. Das nächste Ziel. War sie auf der Flucht? Musste sie sich ständig von sich selbst ablenken? Und wenn ja, warum? Wie konnte es sein, dass sie die ganze Zeit etwas hinterherrannte, von dem sie nicht wusste, was es war, oder warum, während ihre glückliche und zufriedene Freundin mit zwei Kindern und Mann in einem kleinen Dorf auf einer Insel lebte und nichts vermisste? Oder tat sie nur so? Nein, Mo war sich sicher, dass Frieda ehrlich war, authentisch. Geraderaus, wie immer. Sie hatte ihr noch nie etwas vorgemacht.

»Und du? Was machst du so, wenn du nicht gerade auf Föhr im Heu liegst und medienfreie Zeit hast?«, neckte Frieda sie.

Mo verdrehte die Augen. »Hör bloß auf! Morgen früh kaufe ich ein Handy. Am besten noch vor dem ersten Kaffee.« Sie sah unter den Tisch. »Und eine Hundebürste«, stellte sie lachend fest.

Dann erzählte sie von ihrer Firma. Von ihrem Leben mit sich. Ihrem Single-Dasein und den Einmal-Männern, die sie hin und wieder traf.

»Das klingt spannend«, fand Frieda, nahm sich ihr Glas und lehnte sich zurück. »Ich weiß gar nicht, wie das ist… mit einem anderen Mann«, stellte sie mit einem Funkeln in den Augen fest, das Mo kannte, und nahm noch einen Schluck. »Ich weiß gar nicht, ob ich mich das trauen würde«, erklärte sie zu Mos Überraschung. Ausgerechnet die wilde Frieda.

»Und ich weiß nicht, ob ich es mich jemals trauen werde, mit *einem* Mann zusammen zu sein«, dachte Mo laut.

»Wie meinst du das?«, hakte Frieda nach und rutschte mit dem Oberkörper vor. »Du willst mir jetzt aber nicht erzählen, dass du noch nie mit einem Mann eine längere Zeit zusammengelebt hast, oder?«

Mo schüttelte den Kopf. »Ne. Noch nie. Ich schwöre.« Mo hob die Finger zum Indianer-Ehrenwort-Schwur, so wie sie es früher immer getan hatten.

Die beiden sahen sich ungläubig an.

»Verrückt.«

»Ja, verrückt«, bestätigte Mo. »Dazu gehört ganz schön viel, weißt du?«

»Zu so einem öden Familienleben auf einer Nordseeinsel mit Schafen und Ponys als Nachbarn?«, fragte Frieda.

»Ja. Definitiv!« Mo hielt ihr leeres Glas hoch und deutete der Kellnerin an, dass sie beide gerne Nachschub hätten. Dann stellte sie das Glas wieder ab und zog sich ihren Pullover über.

»Hm. So habe ich es noch nie gesehen«, grübelte Frieda. Und schob einen Moment später nach: »Aber weißt du, was viel wichtiger ist? Dass du wieder da bist! Ich kann es immer noch nicht fassen, ehrlich gesagt.« Sie strahlte Mo an. »Obwohl es sich auch gar nicht so anfühlt – diese ganzen Jahre… Ich habe gar nicht das Gefühl, dass du so lange weg warst.«

»Ja, das stimmt.« Mo nickte nachdenklich. »Und ich kann es nicht fassen, dass ich wirklich so lange nicht da war.«

8.

Frieda hatte recht, dachte Mo, als sie sich kurz vor Mitternacht mit einem leichten Sonnenbrand im Gesicht in ihren Schlafsack legte. Liebling zu ihren Füßen schlief bereits. Durch das leicht geöffnete Fenster strömte die Nordseeluft zu ihnen herein. Es hatte sich angefühlt, als hätten sie sich nur ein paar Wochen nicht gesehen. In diesem Moment war sie – bis auf die Tatsache, dass sie in einem Heuhaufen lag, an den sie sich niemals gewöhnen und den sie niemals vermissen würde, sobald sie hier raus war – ihrer Mutter dankbar. Dafür, dass sie Frieda wiedergesehen, wiedergefunden und so einen traumhaft schönen, entspannten Abend mit ihr verlebt hatte. Auch wenn sie das Hilde gegenüber nach dieser ganzen Aktion natürlich nicht zugeben würde. So weit käme es noch. Hilde hätte genauso gut ein schönes Hotel buchen können, wäre dann an einem der Tage zufälligerweise mit ihr ins Scheunencafé gefahren, und sie hätten dort Frieda getroffen. Ganz einfach. Warum also dieser aufgezwungene Ökokram und Selbstfindungstrip? Hilde konnte sich ja gerne ihre Nägel grün anmalen, auf dem Balkon Tomaten züchten und das Getreide für ihr Müsli mit der Hand mahlen, aber Mo reichte es völlig, dass sie Strom aus erneuerbaren Energien bezog und ihre Lebensmittel aus dem Biosupermarkt kamen. Das hatte Hilde geschafft. Dass sie niemals Pestizide auf der Paprika haben wollte. Und den Müll trennte sie auch. Mehr Karmapunkte brauchte sie nicht, um abends mit gutem Gewissen einschlafen zu können.

Oder auch nicht. Mo drehte sich von rechts nach links und wieder zurück. Es ging einfach nicht. Weder mit dem Schlafsack, in dem sie ihre Beine nicht so anziehen konnte, wie sie es immer tat, noch mit dieser getrockneten grünen Unterlage. Dabei spürte sie durch die Fahrradtour und die ganze frische Luft eine bleierne Müdigkeit, die sie aus irgendwelchen Gründen mehr erschöpfte als jedes Vorstandsmeeting. Trotzdem war an Einschlafen nicht zu denken. Was hätte sie darum gegeben, jetzt ein paar Seiten online zu lesen? Es mussten ja keine geschäftlichen Mails sein, aber wenigstens die Zeitung. Oder Twitter. Oder die *VOGUE*. Und wenn es nur die Wetter-App gewesen wäre. Dann hätte sie sich das Wetter der nächsten sieben Tage in sämtlichen Städten dieser schönen Welt angesehen. Der Newsletter von Greenpeace hätte es auch getan. Oder einfach nur diese Regentropfen-Einschlafhilfe-App. Die Stille war unerträglich. Die Stille und das ganze Nichts. Hätte sie das geahnt, hätte sie ein Buch eingesteckt! Sie hätte die Zeit wirklich so sinnvoll nutzen können, ärgerte Mo sich und spürte, wie sehr sie das Ich-ärgere-mich-Hormon von weiteren Einschlafversuchen abhielt. Es wirkte wie ein doppelter Espresso.

Sie hielt den Schlafsack fest, robbte ein Stück hoch, bis sie saß, wobei sie einen fragenden Blick aus Lieblings müden Augen erntete, und setzte sich mit dem Rücken an die Stallwand. Einfach hinlegen und einschlafen, dachte sie, und beneidete Liebling darum, dass er dieses großartige Talent besaß. Er war ein Meister im Einschlafen an ungewöhnlichen Orten. Hätte sie ihr Handy, hätte sie ihm ein Instagram-Profil eingerichtet und Tagebuch darüber geführt. So ein Hund brachte sicher etliche Follower, überlegte sie. #hundemüde #überalleinschlafen #plötzlichmithundimheu …

Der Vollmond schien direkt zu ihr ins Zimmer, sodass es beinahe hell war. Mittsommer mit Mond. Mehr ging nicht. Sie dachte an den Sonnenuntergang, gerade eben am Strand, der kitschiger gewesen war als auf jeder Postkarte. Ein Traum in Magenta. Frieda hatte für sie ein paar Fotos gemacht und an sie weitergeleitet. Immerhin.

Sie sah sich um und blieb mit ihrem Blick am schwarzen Koffer hängen. Das Fotoalbum, schoss es ihr durch den Kopf. Sie hatte noch gar nicht in das alte Album gesehen. Die eine Hand an die Öffnung des Schlafsacks gekrallt, robbte sie bis zu der Holzabsperrung, die ihre Wiese von dem restlichen Raum trennte, griff nach ihrem Trolley und zog ihn zu sich heran. Das Album befand sich immer noch unter ihrer Kleidung. Dort, wo Hilde es heimlich hingelegt hatte, nachdem sie den Rechner entwendet hatte. Anders konnte man es ja nicht nennen.

Mit dem Fotoalbum an sich gedrückt, robbte Mo zurück und erinnerte sich in diesem Moment an das Sackhüpfen, das sie früher immer zu ihrem Kindergeburtstag im Garten veranstaltet hatten. Und das Schokolade-Wettessen mit Mütze, Schal und Handschuhen, die man anziehen musste, um dann mit Messer und Gabel die Schokolade so schnell es ging zu essen, bevor der Nächste eine Sechs gewürfelt hatte. Und das Schwimmende-Äpfel-Essen. Die Äpfel in der großen Plastikschale, die mit Wasser gefüllt war, und von denen man versuchen musste abzubeißen, ohne die Hände dabei zu benutzen. Was natürlich immer mit einem komplett nassen Kopf und hysterischem Geschrei einherging. Ihre Mutter hatte sich wirklich immer viel Mühe gegeben, stellte sie rückblickend fest und betrachtete das Album auf ihrem Schlafsackschoß.

Der dicke Einband aus rotem, gewebtem Stoff ließ erahnen, aus welcher Zeit das Buch stammte. Mit Abstand betrachtet, war es unfassbar hässlich. Aber sie verband so schöne Erinnerungen damit, dass diese über alles hinwegblicken ließen. Mo schlug das Album auf und versuchte sich daran zu erinnern, wann sie es das letzte Mal angesehen hatte. Es musste etliche Jahre her sein.

Meine ersten zehn Lebensjahre stand mit schwarzer Tinte in Handschrift auf der ersten Seite. Mo blätterte weiter und sah sich selbst im Arm ihrer Mutter liegen, ein paar Tage nach ihrer Geburt. Ein, wie sie fand, sehr unfotogenes Baby mit zerknautschtem dunkelrotem Kopf und verquollenen Augen. Vielleicht lag es an dem hellen Licht. Ihre Mutter sah glücklich, stolz und gerührt in die Kamera. Auf der linken Seite hatte sie die Karte, die ihre Geburt verkündete, und damals vermutlich an alle Freunde und Bekannte verschickt worden war, geklebt. *Gestatten, mein Name ist Moira Maria Meißner*, stand dort in verschnörkelter Schrift. Dann ihr Gewicht, ihre Körperlänge, das Geburtsdatum, die Zeit und der Ort. Darunter: *Es grüßen die stolzen Eltern Hilde und Hans Meißner.*

Mo fragte sich, warum im gleichen Atemzug wie der Name auch immer das Gewicht der Neugeborenen angegeben wurde. Und die Größe? Ging es dabei um das, was die Mutter geleistet hatte während der Schwangerschaft oder der Geburt? Es wirkte auf sie beinahe wie ein Qualitätssiegel. Oder ein Waschzettel. So was in der Art. Man kam gleich mit Eckdaten auf die Welt, die dann bewertet wurden. Vielleicht störte sie sich aber auch einfach nur daran, weil ihre Mutter auch jetzt noch jede Chance nutzte, um darauf hinzuweisen, dass *ihre* Tochter ja die schwerste der ganzen Station gewesen war und sie, die jüngste Mutter auf der Station, bei einem kleinen Spaziergang über den Klinikflur zwei Tage nach der Geburt noch gefragt worden war, in welchen Abständen die Wehen denn kämen. Vermutlich, weil sie sich an der Holzstange, die an der Wand befestigt war, entlanggehangelt und sich im Schildkrötentempo bewegt hatte. Mit einem Bauch, der immer noch nach fünfzehntem Monat ausgesehen hatte.

Sie blätterte eine Seite weiter. In einer selbst gestrickten roten Latzhose mit Automotiv-Knöpfen saß sie bei ihrer Urgroßmutter, die damals noch lebte, auf dem Schoß und biss in einen runden Kekskringel. Vermutlich Dinkel mit Birkenzucker. Auch dieses Foto war keine Glanzleistung ihres Vaters und gehörte nachweislich zu den Anfängen seiner Hobbyfotografen-Karriere, die offensichtlich parallel zu ihrer Geburt begonnen hatte. Mo musste schmunzeln, während sie weiterblätterte. Obwohl sie die Fotos alle kannte, hatte sie bisher nie die kleinen Details entdeckt. Und die Komik.

Es folgten Bilder im runden Planschpool im Garten, die nicht erahnen ließen, wie zierlich sie eines Tages sein würde – bei dieser massiven Ansammlung von Babyspeckrollen. Danach einige Bilder aus dem Kindergartenalter. Geburtstagsfeiern im Garten, Übernachtungen im Zelt, der Strand auf Föhr, Frau Witt und sie zwischen weißen Bettlaken, die an langen Wäscheleinen im Garten hingen.

Mo erinnerte sich an die erste Frage auf dem Foto, das ihre Mutter ihr in dem Umschlag hinterlassen hatte:

Auf wen hast du dich immer am meisten gefreut, wenn wir nach Föhr gefahren sind?

Morgen, beschloss sie, morgen würde sie Frau Witt anrufen und sich mit ihr verabreden.

Mo blätterte weiter. Ein Bild vor dem Weihnachtsbaum. Sie selbst circa vier Jahre alt. Das selbst gestrickte Kleid falsch herum angezogen, was darauf hindeutete, dass sie etwas zum Anziehen geschenkt bekommen und anprobiert hatte, lag sie schlafend auf einem der beigen Cordsessel. Ihre Oma, Hildes Mutter, hatte stricken können wie eine Maschine. Es war beängstigend gewesen. Jede Masche hatte ausgesehen wie die andere. Und dabei war es Handarbeit gewesen. Sie hatte den ganzen Tag gestrickt, wenn sie nicht gerade Gemüse eingemacht oder Marmelade gekocht hatte. Da es niemand hatte tragen wollen, hatte sie ausschließlich für Mo gestrickt. Pullover, Kleider, Hosen. Leider.

Wieder ein Bild auf Föhr. Jetzt mit Frieda und Wassereis, das ihnen auf die Kleider tropft. Nicht selbst gestrickt. Gott sei Dank. Mo spürte ein Lächeln in ihrem Gesicht, eine Dankbarkeit, ein Gefühl von tiefem Glück, das sich von Bild zu Bild mehr in ihr ausbreitete, und das sie schon so lange nicht mehr gehabt hatte. Aber jetzt, in diesem Moment, erwachte es. Und es wurde mit jedem Foto intensiver.

9.

»Guten Morgen! Na, hast du gut geschlafen?«, wollte Inga am nächsten Morgen wissen, als Mo mit Liebling zum Frühstück runterkam.

Inga hatte ihre dicken roten Haare wieder zu einem Zopf zusammengebunden und sah sie aus freundlichen Augen an, während sie einen der Tische im Garten abdeckte, an dem schon ausgiebig gefrühstückt worden war. Mo fiel in diesem Moment auf, was für eine hübsche Frau Inga war, und sie fragte sich, warum sie hier noch keinen Mann gesehen hatte bis auf Ingas Bruder.

»Ja, danke. Besser als die erste Nacht«, sagte Mo und hoffte, man würde ihr diese Notlüge aus reiner Höflichkeit nicht anmerken. In Wahrheit hatte sie das Gefühl, als wäre ein Trecker über sie rübergefahren. Die Knochen taten ihr weh, ihr Nacken war wie aus einem Stück gegossen, so unbeweglich fühlte er sich an, und ihr Kopf sehnte sich nach einer Aspirintablette. Oder zwei. Daran war allerdings vermutlich nicht das arme Heu schuld, sondern der Prosecco.

»Das freut mich«, meinte Inga und nahm das vollbepackte Tablett vom Tisch. »Kaffee, richtig?«

»Ja, gerne. Ich gehe nur kurz mit dem Kleinen hier an die Ecke. Bin gleich wieder da!«

»Klar! Mach das. Dann decke ich schon mal für dich ein«, sagte Inga und verschwand Richtung Scheune.

Die anderen Gäste grüßten mit Kopfnicken oder einem »Moin!«, als sie an ihren Tischen vorbei zur Landstraße gingen.

»Liebling, stell dir vor: Heute ist Mooontag!«, freute Mo sich, während der Hund ihrer Mutter wenig beeindruckt von dieser Nachricht einen großen Feldstein nach dem anderen am Wegesrand markierte. Neben dem Weg lief einer der unzähligen Wassergräben entlang, für die Föhr bekannt war. Sechzig Prozent der Insel bestanden tatsächlich aus Marschland. Alle Kanäle und Gräben, die der Entwässerung der Marsch dienten, hatten zusammen eine Länge von hundertneunzig Kilometern. Da waren sie wieder, die Zahlen. Zahlen und Eselsbrücken, um sie sich zu merken. Das war einfach der Tick. Mo sah mehr als nur Zahlen. Sie sah immer gleich das, was man mit ihnen machen konnte. Wie bei einem Puzzle.

»Montag, Liebling! Das heißt: Hundebürste und Handy«, freute sie sich, als hätte sie gerade erfahren, dass Sachertorte doch keine Kalorien hat.

Auf der Weide gegenüber grasten mehrere Pferde in der Morgensonne, die mit ihren Schweifen versuchten, die lästigen Fliegen loszuwerden. Die längeren Gräser am Zaun bewegten sich im Wind, Möwen kreisten über der Wiese, und in der Luft lag etwas von Neuanfang, Aufbruch, Start, Loslegen. Eine sanfte Energie überkam Mo – was nicht daran lag, dass Montag war. Es war einfach die Stimmung. Vielleicht sollte sie sich gleich noch ein paar Laufschuhe kaufen. Oder so einen Stand-up-Paddle-Kurs machen. Das wollte sie schon so lange probieren. Es hatte sich nur nie die Möglichkeit ergeben.

Während sie die Pferde beobachtete, erinnerte Mo sich an ihre Reitstunden, die sie damals hier genommen hatte. Oft mit Frieda zusammen. Sie fragte sich, warum sie danach nie wieder reiten gewesen war. Wo sie es doch so geliebt hatte. Möwe, erinnerte sie sich, hieß der weiße Schimmel, den sie am liebsten gemocht hatte. Ein für ihre Größe damals riesiges Pferd. Aber gutmütig und genügsam.

Liebling zog an der Leine und riss sie aus ihren Gedanken.

»Ja ja, schon gut. Wir gehen. Allerdings nicht da lang, sondern hier.« Sie wies auf den Hof in Richtung der Tische im Garten, hinter dem großen Baum. »Ich brauche jetzt erst mal einen Kaffee. Und dann noch einen. Und danach radeln wir nach Wyk. Du kannst dir gar nicht vorstellen, wie sehr ich mich darauf freue.«

»Darf ich den mal streicheln? Mag der Kinder?«, wollte eines der Mädchen wissen, die mit den anderen Kindern im Garten umherliefen, als ginge es darum, möglichst viele Schritte zu machen. Mo musste an ihren Kollegen denken, der ständig auf seinen Schrittzähler am Handgelenk schielte. Sobald er ihr anbot, einen Kaffee zu machen, wusste sie, dass es lediglich an fehlenden Schritten lag.

»Keine Ahnung«, sagte Mo und fragte sich parallel, was sie denn eigentlich von dem Hund, mit dem sie seit zwei Nächten das Nachtlager teilte, wusste. Nachweislich nicht viel, überlegte sie. Denn alles, was sie bisher gedacht hatte zu wissen, entsprach in der Praxis nicht der Wahrheit. Und ob er Kinder liebte?

Die Antwort lag vor ihren Sandalen auf dem Rücken, alle vier kleinen Stummelbeine gen Himmel gestreckt, und ließ sich den Bauch massieren.

»Warum weißt du nicht, ob dein Hund gestreichelt werden mag?«, fragte das blonde Mädchen, ohne sie dabei anzusehen.

»Ich glaube, weil es nicht mein Hund ist«, überlegte Mo laut und erhielt in der gleichen Sekunde einen fragenden Blick aus Kniehöhe.

»Das ist nicht deiner?«, fragte die Kleine erstaunt und hielt sich die Hand als Sonnenschutz vor die Stirn, während die andere Hand weitermassierte, als wäre sie ein eigenständiges Wesen.

»Ne.«

»Wem gehört der denn?«, wollte das Mädchen wissen und sah wieder Liebling an, als wäre er ein armer Straßenhund. Dabei war das lange her.

»Meiner Mutter«, erklärte Mo und wusste im gleichen Moment, was jetzt kam.

»Und wo ist deine Mutter?«

»Ehrlich gesagt: keine Ahnung. Sie hat uns hier einfach auf der Insel ausgesetzt.«

»Echt? Das ist ja gemein!«, stellte die Kleine fest, streichelte noch einmal kurz über den runden Bauch mit dem weißen Fell, durch das hellrosa Haut schien, dann rannte sie weg, ohne Tschüss zu sagen. Vermutlich musste sie diese Neuigkeit zeitnah ihrer Mutter mitteilen.

»War das zu direkt?«, fragte Mo mit gesenktem Blick in Richtung ihrer Sandalen.

Liebling drehte sich ruckartig wieder um und sah mit schrägem Kopf zu ihr hoch, als erwarte er eine Erklärung für diese abrupte Unterbrechung. Oder alternativ ein Leckerli. Dabei hatte er schon mehr als genug Futter bekommen. Und bewegen würde er sich heute während der Fahrt im Fahrradkorb auch wieder nicht allzu viel. Also gab es erst einmal keine weiteren Leckereien. Zumindest nicht für ihn.

Der Tisch war wieder liebevoll gedeckt. Mit einer roten Thermoskanne Kaffee, einem kleinen, getöpferten Kännchen Milch, einer Vase mit frischen Blumen, die vermutlich wieder auf der Wiese gepflückt worden waren, und einer Karte, auf der das heutige Wetter angekündigt wurde sowie die Uhrzeiten für die nächsten Wattwanderungen. Mo setzte sich und schenkte sich Kaffee ein, bevor sie sich gleich zum Büfett bewegen würde. Frühstücken war noch nie ihre Stärke gewesen. Sie beobachtete die anderen Heuhotel-Gäste, während sie mit leeren und anschließend vollen Tellern an ihrem Tisch vorbeigingen. Mo stellte sich vor, wie es wäre, wenn sie nicht nur auf sich, sondern auch noch auf andere achten müsste. Auf einen Partner, ein Kind oder sogar mehrere. Sie beobachtete die Familien und spürte eine große Erleichterung, auf niemanden Rücksicht nehmen zu müssen. Sie griff nach der Tasse, nahm einen weiteren Schluck Kaffee und sah zu Liebling runter, der im Gras unter dem Tisch lag. Diese Zwangsehe reichte ihr. Für mehr hatte sie definitiv keine Kapazitäten.

»So, mein Schatz, du bleibst schön hier«, erklärte Mo und griff nach dem Teller. »Ich bin gleich wieder da!«

Es war kurz vor halb elf, als Mo mit Liebling an der Rezeption vorbeiging, um das Fahrrad aufzuschließen und nach Wyk zu fahren. Das hatte sie auf der alten Standuhr im Flur gesehen. Das Frühstück hatte sich etwas in die Länge gezogen. Schuld war ein unglaublich leckerer Obstsalat mit Vanillejoghurt und selbst gemachten Crunchies gewesen, von dem Mo gar nicht genug hatte essen können.

»Ach, gut, dass ich dich noch treffe! Die anderen Gäste sind irgendwie schon alle ausgeflogen, habe ich das Gefühl«, erklärte Inga, nahm ihre rot-weiß karierte Schürze ab und sah sich suchend auf dem Vorplatz um. »Könntest du mir einen Gefallen tun und bitte kurz einen Blick auf meinen Vater werfen? Er sitzt auf unserer Terrasse, und ich muss schnell Bengt abholen. Der Trottel hat seinen Fahrradschlüssel verbummelt und weiß jetzt nicht, wie er nach Hause kommen soll. Dauert auch nicht lange! Ginge das vielleicht?«

»Bengt?«, fragte Mo.

»Ja, mein Sohn. Er ist gerade bei einem Freund, aber gleich fängt das Fußballcamp an und seine Tasche hat er auch hier liegen gelassen. Jungs … Ich weiß, wovon ich spreche. Seine Zwillingsschwester Jule ist das komplette Gegenteil. Der kann es gar nicht ordentlich genug sein. Das ist das andere Extrem«, stellte sie halb lachend, halb verzweifelt fest. »Na ja, irgendwie muss man die Ferien ja sinnvoll rumkriegen«, schob Inga mit einem Augenzwinkern nach und strich sich eine ihrer roten Haarsträhnen hinters Ohr. »Ferien heißt für mich halt Hochsaison. Da kann ich den Kindern nichts anderes bieten als das, was es eben so zu tun gibt auf Föhr.« Sie hob die Schultern und ließ sie seufzend wieder fallen.

»Aber das ist doch allerhand. Ich habe hier immer gerne meine Ferien verbracht«, sagte Mo und stellte das Rad wieder ab, das sie bereits aufgeschlossen hatte. »Fahr ruhig los. Ich bleibe hier. Wo ist dein Vater denn?«, bot sie an und musste eine leichte Enttäuschung in ihrer Stimme unterdrücken. Sie war so voller Tatendrang und hatte sich schon auf die Fahrt gefreut! Aber nun musste es halt ein paar Minuten warten. Sie würde ihr neues Handy heute schon noch bekommen.

»Ach toll. Danke! Komm, ich zeig dir kurz, wo er sitzt.«

Mo griff nach der Hundeleine, die sie ins Gras gelegt hatte, und folgte Inga ums Haus herum auf die andere Seite zu einer Terrasse, die ganz offensichtlich zu ihrem privaten Bereich gehörte. Mehrere Stufen führten von der Wiese zu einer Holzterrasse, die auf Stelzen stand, da das Grundstück an dieser Stelle nicht eben, sondern leicht abschüssig war. Auf dem angrenzenden Stück Land standen in einiger Entfernung ein paar braune Kühe.

Liebling hüpfte neugierig die Stufen empor, als wittere er ein Würstchen. Dabei waren es lediglich Kekse in einer kleinen Schale auf dem Beistelltisch neben Ingas Vater. Er saß, mit einer Wolldecke um die Beine gewickelt, leicht zusammengesunken in einem Schaukelstuhl und sah durch Mo hindurch, als Inga laut erklärte: »Papa, das ist Mo. Sie bleibt kurz bei dir. Ich bin gleich wieder da. Bengt hat seinen Fahrradschlüssel verloren. Na ja, du kennst ihn ja. Ich komme gleich wieder!« Dann wandte sie sich an Mo. »Jerre, also mein Vater, ist dement. Er braucht die ganze Zeit Hilfe. Im Grunde genommen ist er wie ein drittes Kind, auch wenn es mir leidtut, das so sagen zu müssen.« Inga klang bedrückt.

»Aber«, wollte Mo wissen, bei der sich ganze Türme von Fragen ansammelten, »wie, also ich meine, wer unterstützt dich denn hier? Das ist ja ganz schön viel. Das Hotel, die Kinder, dein Vater…«

»Eigentlich ist Mina, unsere ambulante Pflegekraft, da und hilft, aber heute ist sie krank. Und mein Bruder hat einen wichtigen Termin. Er kommt später noch rum. Tja, ein Platz für Demenzkranke ist schwer zu kriegen.« Inga legte ihre Schürze auf den Beistelltisch neben die Keksschale, sah Mo an und griff sanft nach ihrem Oberarm. »Danke! Du bist ein Schatz! Ich beeile mich!«

»Alles bestens. Ich bin ja da. Beziehungsweise wir«, erklärte Mo, zog sich einen Stuhl heran, deutete Liebling an, sich hinzulegen, und setzte sich mit Blick zu Jerre, der weit weg, irgendwo in einer anderen Welt zu sein schien, nur nicht hier. Eine von all den Fragen, die sie hatte, lautete: Wo war Ingas Mann? Lebte sie getrennt von ihm? Arbeitete er woanders? Warum war sie hier allein mit allem? Mo war geschockt. Gleichzeitig schämte sie sich beinahe ein wenig. Im Vergleich zu dem, was Inga leistete, hatte sie ja ein absolut privilegiertes Leben. Das hier war ein Job für mindestens drei Leute. Wenn nicht sogar mehr. Wie sollte eine Person das alles allein managen? Und wie konnte es sein, dass Inga trotzdem immer so freundlich und positiv gestimmt war? Oder war das alles nur Fassade? Nein, den Eindruck hatte Mo nicht. Auf sie wirkte es total authentisch.

Liebling hatte sich vor sie gesetzt und sah sie mit seinem typischen Blick mit schrägem Kopf fragend an.

»Wir fahren gleich. Es dauert noch einen kleinen

Augenblick«, erklärte sie und fragte sich, wann das eigentlich angefangen hatte, mit dem Hund zu sprechen. Über sich selbst lachend, sah sie zu Jerre, der angefangen hatte, leise zu summen. Mo versuchte herauszuhören, was es war, schaffte es aber nicht.

Sie schätzte ihn auf Anfang siebzig. Ein großer, mit Sicherheit früher einmal attraktiver Mann mit weißen Haaren, die ordentlich gekämmt mit Mittelscheitel an seinem Kopf lagen. Sein linker Zeigefinger zitterte, und Mo fragte sich, wie es weitergehen würde. Was als Nächstes kam. So viel wusste sie gar nicht über die Krankheit, musste sie sich eingestehen.

»Ich bin Mo und das«, sie deutete auf Liebling, »ist Liebling. Eigentlich der Hund meiner Mutter, aber … na ja, was soll ich sagen. Wir machen zusammen Urlaub. Etwas unfreiwillig, aber wir machen einfach das Beste draus.« Sie sah Jerre an, der summte und den Blick weit ausgeworfen hatte, durch die sanften, hauchzarten Wolken an dem ansonsten strahlend blauen Himmel und vermutlich noch viel weiter.

Mo betrachtete seine Hände, die übersät waren von Altersflecken, seine feinen Gesichtszüge, die sanfte Ausstrahlung, die er hatte, ohne dass sie sagen konnte, ob sie wirklich seinem Charakter entsprach. Hatte er den Hof früher bewirtschaftet? Wie war das Leben mit einem Vater, mit dem man nicht mehr sprechen konnte? Der anwesend war und doch nicht.

Mo dachte an ihren Vater, Hans. Mit dem sie auch

nicht sprach. So viele Jahre schon nicht mehr. Nicht, weil sie nicht wollte, sondern weil es nichts zu sprechen gab. Er war einfach aus ihrem Leben verschwunden. Stück für Stück. Wie Jerre aus Ingas Leben, dachte sie. Auch wenn das natürlich nicht zu vergleichen war. Die körperliche und geistige Abwesenheit. Die bewusste und die ungewollte.

»Weißt du was, Jerre? Liebling leistet dir etwas Gesellschaft, und ich hole uns einen Kaffee. Was denkst du?« Sie stand auf, nahm die Leine und legte sie um die Holzlehne des alten Schaukelstuhls. Einen Moment blieb Mo stehen, überlegte, ob sie wirklich kurz gehen konnte, sah Jerre an, der sich nicht rührte, und dachte, dass schon nichts passieren würde. Was denn auch? Sie war ja gleich wieder da.

»Und du bleibst hier schön brav liegen, verstanden?«, sagte sie zu dem Bewegungslegastheniker, der gar keiner war. Sie sah Jerre an und kam zu dem Schluss, dass die beiden gut zueinander passten.

»Bis gleich, ihr zwei! Und schön hier sitzen bleiben!« Mit erhobenem Finger sah sie erst Liebling an, dann Jerre. Keiner beachtete sie.

»Na gut«, murmelte sie und ging die Holzstufen der Terrasse runter, über den Rasen um das Gebäude Richtung Frühstücksraum.

Auf Höhe der Rezeption fiel ihr ein, dass Inga ja sicher schon alles weggeräumt hatte. Die Frühstückszeit war längst vorbei. Gerade als sie enttäuscht zurückgehen wollte, blieb ihr Blick an dem Tresen der Rezeption hängen. Der Bildschirm des Rechners ragte ein kleines Stück über die Holzkante rüber und zog ihre ganze Aufmerksamkeit auf sich. Inga war nicht da. Mo sah sich prüfend um. Es waren auch keine anderen Gäste zu sehen. Vermutlich waren sie da, wo sie eigentlich auch sein wollte: auf dem Rad Richtung Wyk. Oder am Strand.

Vielleicht ist der Rechner ja an, überlegte sie und huschte schnell rein in das Gebäude, in dem es angenehm kühl war. Noch ein kurzer Blick durch die geöffnete Tür nach draußen, dann ging sie um den Tresen, nahm die Maus in die Hand, bewegte sie, und schon erschien auf dem bis dahin schwarzen Bildschirm ein hellgelb leuchtendes Rapsfeld. Kein Passwort. Keine weiteren Hürden. Mo zog den Stehhocker hinter ihr an sich ran, setzte sich, gab die Adresse ihres Mail-Accounts ein, ihre Mailadresse, das Passwort, und schon hatte sie das, was sie tagelang vermisst hatte. Ihre kompletten Mails. Schnell überflog sie die Absender und Betreffs, öffnete das, was wichtig aussah, und fing an zu lesen.

Völlig vertieft in den Inhalt der Mails und in Gedanken schon bei der Beantwortung, bekam sie nicht mit, dass jemand in den Raum gekommen war und jetzt vor dem Tresen stand.

»Ach, hier bist du«, sagte Inga und riss sie aus ihren Gedanken, die in Berlin, in ihrem Büro, bei ihren nächsten Coachings und deren Umsetzung waren. Die sich um alles drehten, nur nicht um das, worum sie gebeten worden war.

Mo zuckte zusammen und sah vom Bildschirm hoch zu Inga. »O Gott, habe ich mich erschrocken. Sorry! Ich, also, eigentlich wollte ich mir nur kurz einen Kaffee holen, und dann …« Sie stand hastig auf, klickte das Fenster zu und strich sich eine Haarsträhne hinters Ohr. Sie kam sich vor wie eine Diebin, die auf frischer Tat ertappt worden war. Nein. Wie ein kleines Mädchen, das von der Mutter beim Naschen erwischt worden war. So oder so. Sie hatte etwas getan, was sie nicht hätte tun sollen. Der Auftrag hatte geheißen: auf Jerre achten. Nicht Mails lesen.

»Ich habe nur ganz kurz in mein Postfach geschaut. Meine Mutter hat mir ja leider meinen Rechner entwendet, sonst hätte ich hier auch gar nicht … Also, ich wollte nicht indiskret sein.«

Inga nickte wortlos, dann drehte sie sich um und ging wieder raus.

Mist, ärgerte Mo sich. Wie lange hatte sie hier gesessen? Wie viele Mails hatte sie gelesen und beantwortet? Die Erkenntnis, dass eigentlich nichts wirklich Wichtiges dabei gewesen war, weil ihre Mitarbeiterin sich natürlich in ihrer Abwesenheit um alles kümmerte, wurmte sie. Warum hatte sie sich an den Rechner gesetzt, anstatt bei Jerre zu bleiben? Und bei Liebling.

Mo ließ alles stehen und liegen und ging so schnell

sie konnte Inga hinterher. Hoffentlich war nichts passiert! Was, wenn Jerre plötzlich aufgestanden war? Inga hatte doch gesagt, er sei wie ein drittes Kind und man könne ihn nicht allein lassen!

Mo wurde immer schneller, bis sie schließlich lief. Um das alte rote Backsteingebäude bis zu Ingas privatem Gartenteil. Jerre saß, als wäre die Zeit stehen geblieben, immer noch genauso in seine Wolldecke gehüllt wie in dem Moment, als sie gegangen war. Mo fiel ein Stein vom Herzen. Nein, ein ganzer Felsen.

Liebling sprang auf und sah sie schwanzwedelnd an. Mos Blick fiel durch die geöffnete Glastür in die Wohnung, in der ein etwa zehnjähriger Junge mit kurzen roten Haaren und Sommersprossen hektisch seine Sporttasche packte und ganz offensichtlich etwas suchte.

»Wo ist denn dieses bescheuerte Trikot schon wieder?«, rief er genervt und sah sich im Wohnzimmer um.

»Sicher nicht zwischen den Kissen auf dem Sofa. Guck bitte in der Waschküche nach! Und beeil dich. Die Tasche hättest du auch schon gestern packen können, Bengt!«, rief seine Mutter zurück, die aus dem Haus auf die Terrasse kam.

»Kann ich irgendetwas tun? Soll ich ihn vielleicht zum Training bringen oder …«, bot Mo an und kam sich bei jedem Wort vor, als wäre das hier der falsche Text.

»Nein, danke. Lass mal. Schon gut. Ich glaube, ich weiß jetzt, was deine Mutter meinte, als sie sagte, dein Leben würde sich nur um deinen Job drehen.« Mit diesen Worten nahm Inga Jerre die Decke vom Schoß, faltete sie zusammen, legte sie beiseite, griff unterstützend unter seinen Arm und half ihm aufzustehen. Der alte Mann sah im Stehen noch viel magerer aus als im Sitzen. Die graue Stoffhose hing an ihm herab, als wäre sie mindestens drei Nummern zu groß. Ein Ledergürtel hielt sie an seiner schmalen Hüfte. Es sah traurig aus, alles insgesamt.

»Ich war wirklich nur kurz weg, Inga. Ich dachte, es wäre vielleicht okay, wenn ich uns kurz einen Kaffee hole und …«, versuchte Mo sich zu rechtfertigen.

Sie wurde von Inga unterbrochen, die in der Bewegung innehielt und sie durchdringend ansah, Jerre stützend am Arm. »Ich bin schon ein paar Minuten wieder hier, Mo. Und irgendwie dachte ich, du wärst jemand, auf den man sich verlassen kann. Wo du doch deine eigene Firma hast, wie deine Mutter erzählt hat, Mitarbeiter und Verantwortung. Aber das bezieht sich dann wohl ausschließlich auf deinen Job. Es ist mein Fehler. Ich hätte dich nicht fragen sollen. Du bist schließlich ein Gast.«

Mit diesen Worten ließ sie Mo stehen und ging mit Jerre langsam Richtung Terrassentür. Schritt für Schritt schlurfte ihr Vater in seinen Hausschuhen neben ihr her. Liebling sah den beiden nach, dann blickte er zu

Mo, als erwarte auch er irgendeine Erklärung für ihre Abwesenheit.

»Es tut mir wirklich leid«, murmelte sie, als die beiden schon im Wohnzimmer verschwunden waren.

Mo versuchte krampfhaft, sich nicht vorzustellen, was alles hätte geschehen können, während sie dastand und die Treppenstufen der Terrasse betrachtete. Sie versuchte, die Bilder von Jerre, der von Rettungssanitätern auf einer Trage abtransportiert wurde, zu verdrängen, schloss die Augen, schüttelte den Kopf und hoffte, beim Öffnen wieder nur die grüne Wiese mit ihren wilden Gräsern und Blumen zu sehen. Und keinen Jerre, der die Stufen in ihrer Abwesenheit hinuntergestürzt war und sich schwer verletzt hatte.

»Komm, Liebling. Wir machen mal einen Ausflug«, sagte sie zu dem Wollknäuel, das definitiv Zahnspange und Friseur brauchte.

Mo griff nach der Leine und ging.

Sie musste sich bewegen. Irgendwohin fahren. Irgendwie ablenken von dem, was hätte passieren können, und dem, was passiert war. Heute, gestern, vorgestern. Und überhaupt.

Frau Witt, dachte sie. Bei Frau Witt im Garten sitzen und Friesentorte essen. So wie früher. Das wär's! Irgendwo in der Sonne liegen und nichts tun, das ging nicht. Es widersprach ihrer Natur. Entspannen gehörte definitiv nicht zu ihren Kernkompetenzen. Sie war eine Macherin. Und machen ging nicht im Liegen. Allein bei dem Gedanken daran spürte sie Unruhe in sich hochkommen.

Völlig in Gedanken versunken und mit einem unfassbar schlechten Gewissen, schlich Mo wie ferngesteuert an der Hausseite entlang und um die Ecke Richtung Vorplatz, als sie beinahe mit jemandem zusammengestoßen wäre.

Abrupt blieb sie mit Liebling stehen und sah hoch.

»Huch!«, entfuhr es ihr, als sie wenige Zentimeter vor Janne stand.

»Hi!«, grüßte er weniger erschrocken, machte einen Schritt nach hinten und strahlte sie an. »Na, was habt ihr heute vor?«

»Wir?« Mo sah aus lauter Verlegenheit zu Liebling, dann wieder zu Janne. »Tja, wir machen jetzt einen kleinen Ausflug in die City. Nach Wyk. Ich weiß, ziemlich durchgeknallte Idee, aber manchmal muss man eben auch mal etwas wagen«, versuchte sie, von ihrer inneren Stimmung abzulenken.

»Ziemlich verrückt, zugegeben«, stellte Janne lachend fest, ging in die Knie und kraulte Liebling. Bereitwillig drehte der kleine Hund sich um und setzte sich mit dem Rücken zu Janne, um ihm die Möglichkeit einer Rückenmassage zu erleichtern.

»Und du so?«, fragte Mo, nur um die Stille zu unterbrechen, während ihr Hund, der gar nicht ihr Hund war, das bekam, was sie gerne hätte. Eine Massage.

Janne stand wieder auf. »Ich muss gleich noch mal

ins Büro, wenn ich hier fertig bin, aber heute Abend treffe ich mich mit ein paar Freunden am Strand.«

»Cool«, hörte Mo sich sagen und musste feststellen, dass es alles andere als cool klang. Eher wie etwas, von dem sie nicht wusste, was es war.

»Vielleicht hast du Lust mitzukommen? Bestimmt spannender, als«, er sah sich kurz um, ob die Luft rein war, »hier im Heu zu liegen.«

Mo musste lachen. »Ich glaube, *alles* ist cooler, als hier im Heu zu liegen. Es sei denn, man ist sechs Jahre alt. Warte, lass mich kurz überlegen. Fahrkarten an der Fähre scannen, Fingerhandschuhe stricken …«

»Jetzt, wo du es sagst! Mist. Hätte ich mir doch etwas anderes überlegen müssen, um dich hier rauszulocken!«

»Ach, schon okay. Strand ist definitiv etwas, wo ich im Großen und Ganzen immer Ja sage«, meinte Mo und sah Janne an, der sie schon wieder daran erinnerte, wie es mit vierzehn gewesen war, als sie das erste Mal Herzklopfen gehabt hatte. So ein mulmiges Gefühl im Magen und nicht die Achterbahn schuld daran gewesen war.

»Prima! Dann packen wir etwas Vino ein, und los geht's. Inga hat immer einen kleinen Vorrat Wein vom Weingut Waalem auf Föhr. Der beste Weißwein weit und breit«, flüsterte er und zwinkerte ihr zu.

»Ihr habt hier ein Weingut?«, fragte Mo überrascht. Sie hatte mit allem gerechnet, aber nicht damit. Von einem eigenen Flugplatz wusste sie, von dem Golfplatz und dass es hier ein Heuhotel gab, wusste sie jetzt auch. Aber von einem Weingut hatte sie noch nichts gehört.

»Ja, mitten im Watt. Der Klimawandel macht's möglich. Na ja, und ein paar verrückte Friesen«, sagte Janne lachend.

»Den probiere ich gerne mal! Aber ich weiß nicht, ob das eine gute Idee ist, sie nach Wein zu fragen. Ich bin ja eh gleich in Wyk. Da gibt es doch sicher einen guten Weinladen.«

»Wer hat denn etwas von Fragen gesagt?«, warf Janne ein und schob schnell nach: »Aber warum meinst du, es wäre keine gute Idee?«

»Ach, schon gut. Ich, na ja, ich bin hier, glaube ich, schon genug aufgefallen. Da muss ich ihr nicht auch noch den Wein abnehmen, den sie vielleicht für die Gäste braucht. Oder für sich selbst«, sagte Mo kleinlaut.

Wenn Inga mitbekam, dass sie mit ihrem Bruder den Abend am Strand verbrachte, wäre sie nach dem, was gerade vorgefallen war, sicher *not amused.* Das sagte Mo ihr Gefühl. Und alles nur, weil sie so ein Kontrollfreak war und ohne Handy in der Hand Entzugserscheinungen bekam! Dabei war doch wirklich alles von ihr durchorganisiert worden. Ihr Leben ohne sie bis ins letzte Detail durchdacht und durchgeplant worden. Früher hatte sie auch kein Smartphone gehabt und war glücklich gewesen. Vielleicht sollte sie sich wieder ein altes Nokia holen, mit dem man wirklich nur telefonieren und nicht parallel die Welt retten konnte, dachte sie und verwarf den Gedanken sofort wieder.

»Alles okay?«, riss Janne sie aus ihren Gedanken.

»Äh, ja, natürlich«, schwindelte Mo und dachte erleichtert daran, dass sie ja morgen schon im Hotel wäre. Dem mit den Betten.

»Alles bestens, ich habe nur gerade … Ach, schon gut. Wann geht es denn los? Ich meine, heute Abend?«

»Was hältst du von neunzehn Uhr? Ich hole dich, sorry, euch mit dem Rad ab.« Janne sah zu Liebling runter, der schwanzwedelnd vor ihm stand. »Wir radeln hier zum Strand.« Er machte eine Handbewegung Richtung Deich. »Da brauchen wir keine fünf Minuten.«

»Fein. Dann machen wir beide jetzt mal unsere Fahrradtour. Bis später!«

»Ja, bis später«, meinte Janne und ging weiter in die Richtung, aus der Mo gerade gekommen war.

Was, überlegte sie, wenn Inga ihm gleich berichtete, was passiert war? Würde sie das tun? Es war ja nicht wirklich etwas passiert. Gott sei Dank. Aber würde sie es ihm trotzdem erzählen? Oder hatte sie da gar keine Zeit zu? Und wenn doch? Wie würde sich Jannes Bild von Mo dann verändern? Und würde er immer noch Lust haben, mit ihr an den Strand zu radeln, um bei einer Flasche Wein den Sonnenuntergang zu beobachten? Mit einer Frau, der es wichtiger war, ihre Mails zu checken, als bei einem alten Mann zu sitzen, der nicht mehr allein zurechtkam? Vor allem, wenn dieser Mann sein Vater war. Mo spürte auf einmal, wie viel ihr an Janne lag, und wie wichtig es ihr war, dass sein Bild von ihr nicht getrübt wurde. In keiner Weise. Umso mehr ärgerte sie sich über sich selbst.

10.

Mo strampelte mit aller Kraft gegen den Wind an, während Lieblings Ohren wie wild im Wind flatterten, als wolle er mithelfen voranzukommen. Hoffentlich war Frau Witt überhaupt zu Hause, betete sie innerlich. Ein Anruf im Vorfeld wäre sinnvoll gewesen – aber Inga zu fragen, ob sie noch mal ihr Telefon benutzen könne, lag Mo aktuell völlig fern.

Ihr Deo versagte langsam, und der Magen meldete sich auch schon wieder. Das musste diese ganze frische Luft sein. In Berlin aß sie nicht mal die Hälfte von dem, was sie hier in sich reinschob. Wenn das so weiterging, würde sie sich einen Personal Trainer suchen müssen. Oder einfach noch mehr Rad fahren. Während sie von rechts und links, mit und tatsächlich auch ohne E-Bike überholt wurde, fragte sie sich, ob sie den Weg überhaupt noch wiederfinden würde. In Nieblum stieg sie ab, um sich eine kleine Verschnaufpause und Liebling eine zum Pinkeln zu gönnen. Sie schob das Rad neben sich her und flanierte durch die wunderschöne Lindenallee. Ein Friesendorf wie im Bilderbuch, dachte sie erneut, während sie die alten Reetdachhäuser betrachtete, bis sie schließlich die Straße überquerte und links Richtung Alkersum abbog. Weiter geradeaus hätte sie die

Straße Richtung Wyk geführt. Jetzt wollte sie aber erst zu Frau Witt. Ihr Herz fing schon wieder an zu pochen. Mo spürte, dass sie aufgeregt war. Vorfreude, ja, das war es. Es fühlte sich gut an. Und wieder war da die Frage: Warum war sie so viele Jahre nicht hier gewesen?

Sie schob das Rad weiter, vorbei an Kapitänshäusern und dem alten Friesendom St. Johannis mit seinen sprechenden Grabsteinen, die sie als Kind so fasziniert hatten. Diese verzierten alten Steine mit ihren eingravierten Geschichten der Walfänger, Kapitäne, Inselbewohner. Ihre Schicksale, ihre Leben.

Was war mit ihrem Leben, überlegte sie. Hatte Hilde doch ein Stück weit recht? War sie nicht mehr die Mo, die sie einmal gewesen war?

Quatsch! Mo unterbrach ihre Gedanken, die sich definitiv nur um dieses Thema drehten, weil sie einmal kurz nach ihren Mails gesehen und jetzt ein schlechtes Gewissen hatte. Okay, es war nicht so kurz gewesen, wie es sich angefühlt hatte. Aber es war ja auch nichts passiert, versuchte sie sich selbst zu beruhigen. Latent war es aber da, das schlechte Gefühl, die Vorwürfe, die sie sich selbst machte, die Worte ihrer Mutter. Das nagte an ihr. Ja, sie hatte einen Fehler gemacht. Aber machten das nicht alle mal? War das wirklich schon ein Indiz dafür, dass man sich dringend mal Gedanken über das eigene Leben machen sollte? Bisher war doch alles gut gewesen. Was sollte sie also ändern? Und warum?

Mo hob Liebling in den Korb, stieg wieder auf ihr

Rad und fuhr weiter. Raus aus Nieblum, die Landstraße entlang, den Wind jetzt nicht mehr direkt von vorn, sodass das Fahren etwas leichter wurde. Mit jedem Pedaltritt hatte sie das Gefühl, den Gedanken, die sie belasteten, davonzuradeln, den Kopf freier zu bekommen. Fokus, ermahnte sie sich selbst. Das war es, was sie immer wieder in ihren Coachings predigte. Und ihr Fokus war jetzt bei Frau Witt. Eigentlich. Sie versuchte nicht mehr daran zu denken, was passiert war, und sich einfach nur auf Frau Witt zu freuen, die sie so lange nicht gesehen hatte. Ihr fiel der Spruch ein, den ihre Grundschulfreundin Bianca damals in Mos kleines rotes Poesiealbum geschrieben hatte. Von niemandem hatte sie sich die Verse gemerkt. Sie konnte nicht einmal mit Gewissheit sagen, wer damals noch alles in ihr Poesiealbum geschrieben hatte. Nur Biancas Eintrag war in Mos Gedanken seitdem immer präsent: *Schau nach vorne, nicht zurück. In der Zukunft liegt das Glück.*

Jedes Mal, wenn sie nach der plötzlichen Trennung ihrer Eltern, als sie aus ihrer scheinbar heilen Welt gerissen wurde, anfing, sich darüber den Kopf zu zerbrechen, in ein Grübeln verfiel, das sie einnahm und abschirmte vom Rest der Welt, erinnerte sie sich irgendwann an diesen Kinderspruch, diesen einfachen Vers, und versuchte umzuschalten. Mit einer imaginären Fernbedienung ihr inneres Programm von Vergangenheit auf Zukunft oder besser noch Gegenwart zu zappen.

Die Häuser wurden weniger, die Landstraße zog sich durch die sattgrüne Landschaft. Ein Hof rechts, einer links, dann wieder landwirtschaftlich betriebene Felder, Wiesen, Kühe, Pferde, die sich aneinanderreihten und einen vergessen ließen, dass man sich auf einer Insel befand. Mo überlegte, ob man diese Landschaft von der in Schleswig-Holstein oder Niedersachsen hätte unterscheiden können, und kam für sich zu dem Schluss: nein. Der einzige Unterschied lag darin, dass man den Wind wahrnahm, das Salz auf der Haut spürte und die wunderbare, frische Luft nach Wattenmeer roch.

Knapp zweihundert Kilometer Radwege gab es in der Summe, erinnerte Mo sich. Wenn sie jetzt nur ihr Handy dabeihätte! Dann könnte sie mit ihrer App die Strecken messen und sich heute Abend ansehen, was sie alles geschafft hatte. In Zahlen. Wie viele Kilometer, wie viel Steigung, wie viele Stunden. Sie hätte Screenshots machen und nach der Woche vergleichen können. *Hätte, hätte, Fahrradkette*, dachte sie und fuhr kopfschüttelnd weiter. Liebling war inzwischen im Korb vor ihr eingeschlafen. Dabei war die Straße alles andere als eben und die Fahrt dementsprechend holprig. Aber das Geruckel und Gewackel hatte offensichtlich eine einschläfernde Wirkung auf ihn. Wie so vieles.

Eine Hofanlage kam noch, dann wieder Felder rechts und links, und schließlich das gelbe Ortsschild von Alkersum.

Sechzehn Dörfer gab es auf Föhr. Alkersum war das

älteste und für Mo das schönste. Hier war die Heimat all ihrer Erinnerungen, ihrer Ferien auf Föhr, ihrer Kindheit und auch ein Großteil ihrer Jugend. Freizeit, Pferde, Ziegen, Kutschen, die frische Milch vom Hof, ihre Ferienfreundin, die sie jetzt endlich wiedergefunden hatte, Lagerfeuer, eine völlig freie, unbeschwerte Zeit. All das fiel ihr ein, wenn sie an ihre Zeit hier im Dorf dachte.

Mo bremste, stieg vom Rad, hob den verschlafenen Liebling aus dem Korb und schob langsam weiter, während sie sich alles ganz genau ansah und jedes Haus, jeden Garten, an dem sie vorbeikam, jeden Baum mit den Bildern in ihrem Gedächtnis abglich. Sie hatte alles viel größer in Erinnerung. Die Straßen waren früher länger gewesen, der Dorfplatz mit dem alten Brunnen war geschrumpft, einfach der ganze Ort war bedeutend kleiner, als sie es als Kind wahrgenommen hatte. Aber eines hatte sich nicht geändert: Es war für sie nach wie vor das schönste Fleckchen auf Föhr. Einfach, weil ihr Herz daran hing.

In der Mitte von einer Wildrosenhecke, die auf einem Friesenwall aus alten Feldsteinen wuchs, gab es ein weißes, hölzernes Gartentor. Als Mo es öffnete und das Rad in den Garten schob, den sie so gut kannte, fühlte es sich an, als käme sie nach Hause. Mo überkam ein Schauer aus Emotionen, der sie selbst überraschte. Wann hatte sie zuletzt solch ein Gefühl gehabt? Das war lange her. Ihr Elternhaus war nach der Scheidung verkauft worden, und die Wohnung, in die sie mit ihrer Mutter damals gezogen war, hatte Hilde inzwischen gegen eine kleinere eingetauscht. Die Heimat war seitdem weg und damit das Gefühl, irgendwo so richtig zu Hause zu sein. Bis jetzt.

Vor ihr lag das alte Landhaus mit den roten Backsteinen, das sie so gut kannte. Es sah aus wie immer. Mo klopfte an die offen stehende Tür.

Sie hatte ein kleines rundes Fenster und bestand aus zwei Teilen. Häufig war nur der untere Teil geschlossen gewesen, erinnerte Mo sich, sodass immer etwas frische Nordseeluft ins Haus strömte.

Mo sah in den Hausflur, den sie so gut kannte. Wie oft war sie in den kühlen, schattigen Flur gelaufen? Im Badeanzug, in Reiterstiefeln, in Sandalen. Wie oft war sie die schmale Holztreppe bis unters Dach hochgelaufen? Wie oft hatte sie die Tür zu ihrer kleinen Ferienwohnung geöffnet und gerufen »Ich bin wieder da«?

»Gudai, Mo! Na, das ist ja mal eine Überraschung! Wie schön, dich endlich wiederzusehen! Hü gungt die det?«, freute sich Frau Witt, die jetzt in genau diesen Flur trat, zu ihr raus vors Haus kam und sie mit einem Strahlen in den Augen ansah, als könne sie es gar nicht glauben.

»Danke, gut.« Mo lächelte breit. »Jetzt, wo ich hier bin, da kann es mir ja nur gut gehen.«

Frau Witt strich sich eine Strähne ihrer inzwischen weißen Haare aus dem Gesicht, die sich aus ihrem Dutt gelöst hatte, öffnete die Schleife ihrer dunkelblauen Schürze auf dem Rücken, nahm sie ab und stand jetzt mit weit ausgebreiteten Armen vor ihr. Natürlich war sie gealtert, das sonnenverwöhnte Gesicht voller kleiner Falten um die bernsteinfarbenen Augen und etwas größerer um Mund und Hals. Aber eines hatte sich nicht verändert, war geblieben wie am ersten Tag. Dieses fröhliche und zufriedene Lächeln, das Frau Witt immer ausgemacht hatte. Sie strahlte etwas so Grundgutes, Liebes aus, wie Mo es noch bei keiner anderen Person zuvor und danach erlebt hatte. Frau Witt nahm sie in den Arm. Und sie roch immer noch wie damals, stellte Mo fest. Es war eine Mischung aus Lavendel und Kuchen.

»Lass dich drücken! Meine Güte, bist du groß geworden! Und so eine hübsche Deern! Du hast ja als Kind schon immer wie eine Puppe ausgesehen, aber jetzt … eine wunderschöne Frau.«

Mo musste etwas schmunzeln, denn tatsächlich war Frau Witt jetzt kleiner als sie. Früher hatte sie zu ihr hochgeschaut, wenn sie sie umarmt hatte. In ihrer Erinnerung war Frau Witt einfach immer größer als sie gewesen.

»Danke, das ist ja lieb«, meinte Mo verlegen.

»Schön, dass du da bist, meine Lütte. Wirklich, richtig schön!«

»Und was für ein Glück, dass Sie auch da sind! Ich hätte mich echt gerne vorher angekündigt, aber das war etwas schwierig«, entschuldigte Mo sich und sah sich im Garten um. Es war alles an seinem Platz. Die alten, knorrigen Apfelbäume standen noch da, die Rosen blühten, die Hortensien in Blau, Rosa und Weiß, die Beete, die von einer kurzen, gerade gestutzten Buchsbaumhecke umrundet wurden und gepflegt waren wie eh und je. Das kleine Rad der Holzmühle, die immer noch genau da stand, wo sie sich immer befunden hatte, drehte sich im Wind. Ein Pärchen lag auf zwei Holzsonnenliegen am Rand des Grundstücks, welches direkt an eines der vielen Felder grenzte und dem Blick viel Raum ließ.

Mo nickte zufrieden. »Es ist einfach so schön hier! Daran hat sich nichts geändert.«

Liebling sprang an dem langen Rock von Frau Witt hoch und kläffte, als würde er sich fragen, warum er denn bitte schön nicht begrüßt wurde.

»Na, und du bist ja auch wieder da«, begrüßte Frau Witt ihn und streichelte ihm über den Wuschelkopf. Dann kam sie langsam wieder hoch. So langsam, dass Mo sich fragte, ob die alte Dame Rückenprobleme hatte.

»Alles in Ordnung?«, fragte sie.

Frau Witt verzog das Gesicht. »Ja, ja. Alles bestens. Das ist nur der olle Rücken. Der will nicht mehr, wie ich will.«

»Meine Mutter war wohl schon hier mit Liebling, so wie der sich freut«, stellte Mo fest, während sie die überschwängliche Freude der beiden beobachtete.

»Ja, genau. Den lustigen kleinen Kerl kenne ich«, bestätigte Frau Witt. »Mach ihn ruhig von der Leine ab, der läuft schon nicht weg.«

Liebling sah zu ihnen hoch. Mo bückte sich und löste die Leine, die sie anschließend in den Fahrradkorb legte.

Frau Witt fasste Mo sanft an den Arm, als sie wieder vor ihr stand, und sah sie an. »Menschenskinder, Mo!«, sagte sie kopfschüttelnd. »Ich kann es noch gar nicht fassen, dass du jetzt wirklich da bist! Wenn ich das geahnt hätte, dass du heute kommst, dann hätte ich noch etwas gebacken. Deine Mutter hatte ja gesagt, dass du kommen würdest, aber nicht, wann. Aber weißt du was? Ich habe noch etwas Friesentorte. Die reicht für uns beide.«

»Ich hätte mich wirklich gerne angekündigt, das müssen Sie mir glauben, aber leider habe ich aktuell kein Handy, und nach einem Festnetz konnte ich gerade auch nicht fragen«, erklärte Mo und sah an Frau Witt vorbei zu der geöffneten weißen Haustür.

»Ich freue mich so, dass du da bist«, sagte Frau Witt erneut. »Alles andere kriegen wir schon hin. Komm, wir machen uns einen Friesentee«, meinte sie und riss Mo aus ihren Gedanken, die sich um die Frage drehten, wie es im Innern des Hauses wohl heute aussah. Hatte

Frau Witt alles so gelassen, wie es damals gewesen war? Nein, das konnte sie sich nicht vorstellen. Sicher hatte sie inzwischen neue Betten, Schränke, ja, vielleicht sogar eine neue Einbauküche gekauft.

»Oder möchtest du lieber einen schönen Pott Kaffee?«

»Ich? Ach, gerne einen Friesentee. Den hatte ich echt schon lange nicht mehr. Sonst trinke ich nie Tee, aber bei Ihnen mache ich eine Ausnahme. Da gehört das einfach dazu«, sagte Mo lächelnd und freute sich, dass sie hier war.

»Fein, so machen wir das. Komm rein«, forderte Frau Witt sie auf und ging vor in den Hausflur, in dem ein kühles Lüftchen ging, und weiter in die Küche. »Sind gerade alle ausgeflogen bei dem schönen Wetter. Aber das kennst du ja. Sobald die Sonne untergeht, kommen sie alle wieder.«

Mo folgte ihr ins Haus, wo es merklich frischer als draußen war, was ihr nach der Fahrradtour ganz recht war. Sie sah sich alles an, als befände sie sich in einem Museum. Die alten weißen quadratischen Kacheln mit den blauen Schiffen und Fischmotiven. Die Garderobe, die alte Hexe, den Ofen in der Ecke. Das Holzregal mit seinen gehäkelten Bordüren. Den Tisch, auf dem auch heute eine weiße, bestickte Decke lag. Auch der vertraute Duft nach frisch gebackenem Brot und Kuchen war da.

Mo spürte Erleichterung. Es sah alles genauso aus wie an dem Tag, als sie das Haus verlassen hatte. Keine neue Einbauküche, keine neuen Fliesen. Keine modernen Möbel. Es war die gemütliche, urige Küche, die sie kannte. Und mittendrin Frau Witt, die über das ganze runde, fröhliche Gesicht strahlte, während sie Wasser aufsetzte.

Wenn ich irgendwann alt bin, dachte Mo, *dann möchte ich so sein.*

»Es hat sich ja wirklich kaum etwas verändert. Das ist richtig schön. Alles sieht genauso aus wie damals«, stellte Mo fest, die das Gefühl hatte, in die Vergangenheit gereist zu sein. Sie sah sich in der Küche um, betrachtete die Gläser mit der selbst gemachten Marmelade, die auf dem Tisch standen und sicher nur darauf warteten, beschriftet zu werden, die verbeulten alten Milchkannen aus Blech in dem weißen, großen Spülbecken, mit denen sie früher manchmal zum Bauern gelaufen war, um frische Milch zu holen, die eckigen Porzellangefäße auf dem alten Holzregal über der Spüle, auf denen stand, was sich darin befand. Mehl, Zucker, Tee. Mo drehte sich zum Fenster um und blickte an den weißen Spitzengardinen vorbei hinaus über die Weide, auf der sie nun zwei dunkelbraune, grasende Pferde entdeckte. Vermutlich Trakehner. Die waren ihr als Kind immer zu groß gewesen, so schön sie die Tiere auch fand. Sie mochte die Deutschen Reitponys und Haflinger lieber.

»Na ja, eines hat sich doch geändert«, meinte Frau Witt und holte das Geschirr aus dem Schrank, an das

Mo sich auch noch erinnerte: weiße Porzellanteller mit einem blauen Blumenmuster. »Ich bin alt geworden«, schob sie hinterher. »Es fällt mir alles nicht mehr so leicht wie früher. Aber ich komme zurecht. Noch jedenfalls.«

Herr Witt lebte schon viele Jahre nicht mehr. Mo konnte sich kaum an ihn erinnern. Er hatte meist in der Hollywood-Schaukel gesessen und Zeitung gelesen. Anders kannte sie ihn gar nicht. Und eines Tages, als sie anreisten, war er nicht mehr da gewesen.

»Heiner ist schon mal vorgegangen«, hatte Frau Witt damals gesagt und ihr wie immer liebevoll über das glatte Haar gestrichen. Als Kind hatte sie es einfach so hingenommen. Natürlich hatte Mo verstanden, was sie meinte, aber sie war nie traurig gewesen deshalb. Vielleicht, weil Frau Witt es so gesagt hatte, wie sie es gesagt hatte. Als seien sie verabredet, für einen späteren Zeitpunkt. Und das war ja etwas Schönes. Nichts Trauriges.

Als sie ein paar Minuten später im Garten unter dem alten Apfelbaum saßen, dessen Blätter ihnen etwas Schatten bot, kam eine junge Familie mit zwei Töchtern gerade vom Strandbesuch zurück. Alle vier grüßten gut gelaunt und marschierten sonnengebräunt mit Schaufeln und bunten Plastikeimern an ihnen vorbei zum Haus.

»Und ich dachte schon, Sie stecken mit meiner Mutter unter einer Decke und schieben das ausgebuchte

Haus nur vor, damit ich im Heu bleibe«, meinte Mo augenzwinkernd.

»Ach, um Gottes willen, wo denkst du hin! Ich hätte dir sofort eine der Ferienwohnungen gegeben, wenn etwas frei gewesen wäre«, protestierte Frau Witt, während sie Mo und sich Tee einschenkte. Anschließend schnitt sie ein Stück von der Friesentorte ab, die aussah wie ein Kunstwerk, und legte es vorsichtig mit dem Tortenheber auf ihren Teller.

»Föl toonk«, bedankte Mo sich.

»Das hast du dir gemerkt?«, freute sich die alte Dame, die mit ihr und all den anderen Ferienkindern früher immer etwas Friesisch gesprochen hatte, und legte ihre sommersprossenüberflutete kleine Hand, die so viel geleistet hatte in diesem Leben, auf Mos.

»Klar! Es gibt Sachen, die vergisst man nie.« Mo zwinkerte Frau Witt zu, dann sah sie zu dem Stück Torte auf ihrem Teller. Mehrere Schichten feinster Blätterteig, dazwischen frische Schlagsahne von der Milch der Kühe, die hier nebenan grasten, und natürlich das weltbeste, selbst gemachte Pflaumenmus. Ein Traum!

»Das sieht so schön aus, dass man es gar nicht essen mag«, stellte Mo fest. »Aber auf der anderen Seite ... eigentlich kann ich es gar nicht abwarten!« Sie lachte Frau Witt an und stellte fest, dass sie tief in sich etwas spürte, das sie schon beinahe vergessen hatte. Ein tiefes Gefühl von Verbundenheit, Zufriedenheit und Ruhe.

Angekommen sein. Es war ein schönes Gefühl. Das musste Mo sich eingestehen.

»So schön, dass du da bist. Ich habe oft an dich gedacht, weißt du. Erzähl doch mal, was du jetzt so machst«, hörte sie Frau Witt sagen, die ihre Teetasse in diesem Moment wieder abstellte und nach der alten silbernen Kuchengabel griff.

Mo nahm auch einen Schluck Friesentee, der durch den Kandis wunderbar süß schmeckte, stellte die zierliche Tasse wieder ab und überlegte, wo sie anfangen sollte. Sie übersprang die Vergangenheit und erzählte von dem, was sie tat. Managerinnen und Manager zu coachen, in den Erfolg zu begleiten. Firmen umzustrukturieren, neu zu denken. Von ihrer großen Wohnung in Berlin, in der sie selten war. Von den Hotelzimmern, in denen sie oftmals schlief. Von dem Moment, als sie in Paris auf dem Flughafen stand und nicht mehr wusste, wo sie als Nächstes hinflog, erzählte sie nichts. Diesen Moment würde sie nie wieder vergessen. Er hatte etwas hinterlassen. Ein Gefühl, das sie seitdem begleitete und das sie verdrängte. Mitten in ihrer ganzen Struktur, diesem Netz, das sie um sich herum aufgebaut hatte und das sie hielt und ihrem Leben eine Form, eine Richtung gab, hatte sie die Orientierung verloren.

Sie war sich an diesem Tag vor etwa einem Jahr absolut sicher gewesen, dass sie wusste, wohin es ging. Erst als sie auf ihr Ticket gesehen hatte, hatte sie feststellen müssen, dass sie falschlag. Die Dame am Schalter hatte sie daraufhin gefragt, ob sie denn wisse, wo sie jetzt gerade sei. Es hatte ein paar Sekunden gedauert, dann hatte Mo die Antwort gehabt. Aber diese Sekunden, diese Leere, diese Orientierungslosigkeit, das Gefühl, sich in einem zeitlosen Vakuum zu befinden, das Piepen im rechten Ohr – das würde sie nicht mehr vergessen. Und niemandem davon erzählen.

Sie hatte sich danach oft gefragt, ob Hilde etwas gemerkt hatte. Ob sie es ihr angesehen hatte, dass etwas passiert war. Und ob das der Grund war, ihr nun Auszeit zu verordnen. Die Pflichtfreizeit. Kein Ehemann, kein Kind, kein Arzt konnte das. Aber Hilde. Wer auch sonst.

»Deine Mutter hat angedeutet, dass du viel arbeitest.« Frau Witt schnitt noch ein Stück Torte ab und sah sie fragend an.

»Nein, danke. Ich esse das hier erst auf.« Mo schüttelte leicht den Kopf. »Hat Hilde auch angedeutet, dass ich es gerne mache und nicht als Arbeit ansehe?«, fragte sie mit hochgezogenen Augenbrauen. Hildes ständige Kritik an ihrem Lebensmodell ging ihr auf den Nerv. »Meine Mutter sieht gerne das, was sie sehen will. Und macht das, was sie will. Ob andere wollen oder nicht.«

»Es hat ja aber auch etwas Schönes. Oder? Sonst würden wir zwei jetzt nicht hier unter dem Apfelbaum sitzen und Friesentorte essen«, stellte Frau Witt fest, und ein Lächeln huschte über ihr Gesicht. »Und außerdem ist das doch ihr Job. Zumindest ein Stück weit. Sie ist schließlich deine Mutter.«

Mo hörte Frau Witt zu, beobachtete sie und dachte, wie gerne sie sie mochte, und wie dankbar sie war, dass sie jetzt hier sein konnte. Klar. Aber der Weg hierher, der Grund, hatte damit nichts zu tun. Das war etwas anderes. Das wollte sie nur nicht in diesem Moment zum Thema machen. Es hätte der Stimmung nicht gutgetan. Und die war ausgesprochen gut. Nahezu perfekt. Mo überlegte, wann sie zuletzt so tiefenentspannt und glücklich gewesen war. Ohne dass dieses Glück mit einem Erfolg im Beruf in Zusammenhang stand.

Die Sonne schien von einem makellos hellblauen Himmel, die Vögel zwitscherten ihr Konzert in den Heckenrosen hinter ihnen, und Liebling schlummerte im Schatten unter dem Tisch.

»Ja, Sie haben schon recht«, stimmte Mo ihr also zu und schob sich die volle Kuchengabel in den Mund. »Mmmhhh … wie lecker!«, stellte sie kauend fest. Dann stutzte sie. »Irgendwie schmeckt die Torte heute anders. Oder bilde ich mir das nur ein?«

Frau Witt lächelte sie verschmitzt an, kam ein kleines Stück vor und flüsterte, obwohl niemand in unmittelbarer Nähe war, der es hätte hören können: »Das ist Friesentorte für Fortgeschrittene.«

Mo blickte auf ihren Teller und betrachtete das, was von dem Tortenstück übrig war, als würde sie die Antwort dort zwischen den Blätterteigböden finden.

»Die ist mit Schuss!«

»Mit Schuss?«, fragte Mo überrascht.

»Ja, mit Likörchen«, erklärte Frau Witt und lehnte sich zufrieden wieder zurück.

»Na, Sie sind mir ja eine!«, meinte Mo und schüttelte lachend den Kopf.

Frau Witt, das fiel ihr jetzt ein, machte nicht nur das weltbeste Pflaumenmus, die leckerste Friesentorte und die besten Waffeln mit Kirschen und Sahne. Sie machte auch Eierlikör selbst, der sie als Kind natürlich nicht interessiert hatte. Aber sie erinnerte sich daran, dass Hilde ihn sehr gern gemocht hatte. Ihr Vater dagegen zog vermutlich bis heute ein ordentliches Bier vor.

Während sie den Rest ihrer Torte genoss und dem Schreien der Möwen und dem Lachen der Kinder vom Nachbargrundstück lauschte, fiel ihr der Brief ihrer Mutter ein. Und das Foto.

Auf wen hast du dich immer am meisten gefreut,
wenn wir nach Föhr gefahren sind? Fahre hin,
und du wirst schon sehen …

Was hatte Hilde gemeint? Was würde sie hier noch entdecken? Mo sah zu Frau Witt, die gerade Tee nachschenkte, und überlegte, was die alte Dame von den Plänen ihrer Mutter wusste. Und was nicht.

»Ich hole uns noch mal etwas Schönes!«, sagte diese in dem Moment, noch bevor Mo eine Chance hatte, sie darauf anzusprechen. Frau Witt stand auf, strich Mo sanft über die Schulter und verschwand im Haus.

Mo beugte sich zu Liebling runter, der so tief und fest schlief, als wäre er den ganzen Weg hierher neben dem Rad hergelaufen und müsse sich jetzt unbedingt von der anstrengenden Fahrt erholen. Hundemüde sozusagen. Sie streichelte ihn mit dem Zeigefinger hinter seinen kleinen Schlappohren. Vor ein paar Tagen hätte sie davon Abstand genommen, ihm irgendeine Form von Aufmerksamkeit zu schenken geschweige denn ihn zu streicheln. Er war, das ließ sich nicht anders ausdrücken, kein Hund, in den man sich auf Anhieb verliebte und der einen dazu brachte, dass man über das Kleingedruckte im Mietvertrag nachdachte. Es sei denn, man hieß Hilde. Aber so eine Zwangswohngemeinschaft änderte eben auch manchmal die Sicht auf die Dinge. Oder auf Hunde. Zumal er wirklich etwas Lustiges an sich hatte, wenn er mit schiefem Kopf zu ihr hochsah. Da konnte man, wortwörtlich, sogar über den Unterbiss hinwegsehen. Mo lächelte und kraulte weiter.

Kurze Zeit später stand Frau Witt mit einer Flasche und zwei kleinen Gläsern in der Hand wieder am Tisch. »Das muss gefeiert werden, habe ich mir gerade überlegt, als ich dir von dem Geheimnis dieser Friesentorte erzählt habe. Wenn du schon nach all den Jahren wieder da bist, müssen wir darauf auch anstoßen!«, erklärte sie zu Mos Überraschung, stellte die Gläser ab und schenkte ihnen beiden ein.

»Aber den haben Sie nicht selbst gebrannt, oder?«

Frau Witt lachte auf. »Nein, den nicht. Wir haben ja hier eine Farm-Destille auf Föhr.« Sie machte mit der Flasche in der Hand eine Bewegung in Richtung Pferdewiese. »Bei Marret und Jan. Die Einzige übrigens in ganz Deutschland, die alles auf dem Hof selbst macht. Vom Getreideanbau bis zum Whiskeyverkauf. Sogar öko. Das ist ja heutzutage ganz wichtig. Und Gin gibt's hier bei uns auch, und Wein wird angebaut«, erzählte sie stolz.

»Ja, das hab ich schon gehört. Verrückt. Da wäre ich wirklich nie drauf gekommen.«

»Kannst mal sehen. Was wir hier alles so zaubern.« Frau Witt lächelte. »Ich mache ja auch allerhand selbst, aber das hier ist tatsächlich nur selbst gekauft. Es ist unser Nationalgetränk. Der Manhattan.«

Mo sah Frau Witt mit großen Augen an. So kannte sie sie gar nicht. Aber woher auch? Sie hatte damals höchstens Apfelsaft oder mal eine Limo angeboten bekommen.

»Sünjhaid!«, prostete Frau Witt ihr zu und hob das kleine Glas.

»Sünjhaid!«, wünschte auch Mo und kippte den Inhalt des Glases in einem Schluck runter. Vermutlich nicht im Sinne des Erfinders, stellte sie fest, als sie sah, dass Frau Witt nur nippte und ihr Glas dann wieder abstellte.

Mo spürte, wie sich augenblicklich eine angenehme

Wärme in ihr ausbreitete. Nicht, dass ihr kalt gewesen wäre, dazu gab es an diesem traumhaften Sommertag wirklich keinen Grund. Aber es fühlte sich trotzdem gut an.

»Uih. Gefährlich«, stellte Mo fest, der es etwas unangenehm war, dass sie gleich alles auf einmal getrunken hatte.

»Ja.« Frau Witt nickte. »Verdammt lecker! Den findest du nicht ohne Grund in jedem Kühlschrank auf der Insel.« Sie lachte.

»Scheint ja jung zu halten«, meinte Mo und stellte das Glas wieder ab.

»Auf alle Fälle! Schau mich an«, meinte Frau Witt amüsiert und schenkte Mo nach.

»Oh, danke. Ich glaube, das reicht, ich muss ja noch fahren«, unkte sie und deutete zu ihrem Rad, das sie an die Friesenmauer aus alten Feldsteinen gelehnt hatte.

»Meine Mutter hat mich gefragt, auf wen ich mich immer am meisten gefreut habe, wenn wir hierhergefahren sind.« Mo griff nach dem Glas und sah gedankenverloren hinein. Dann blickte sie wieder hoch. »Da sind sofort Sie mir in den Sinn gekommen. Als Erstes. Obwohl ich ja auch mit Frieda viel Zeit verbracht habe, aber das ist etwas anderes. Sie waren für mich immer wie eine Ersatz-Oma.«

Frau Witt blickte sie überrascht an, und Mo überlegte, ob sie tatsächlich Tränen in den Augen hatte, oder ob es vielleicht nur so aussah. »Das freut mich. Wirklich! Ihr wart auch immer meine Lieblingsgäste. Wir hatten einen ganz besonderen Draht zueinander. Ja, auf euch habe ich mich immer sehr gefreut, besonders auf dich, Mo.« Frau Witt lächelte sie mit ihrem sanftmütigen Lächeln an und nickte leicht, als wolle sie ihren Worten damit noch mehr Gewicht verleihen.

Eine Weile sprachen sie nicht. Jede für sich war weit weg in ihren Erinnerungen. Es gab nichts zu reden in diesem Moment. Es war das schönste Schweigen, das Mo je mit einer anderen Person geteilt hatte. Nicht einmal mit Dori konnte sie so schön schweigen. Vielleicht zehn Sekunden. Aber länger nicht, denn dann fiel ihrer Freundin hundertprozentig etwas ein, das sie ihr unbedingt erzählen musste.

Bei dem Gedanken musste Mo schmunzeln. Dori war wie ihre bessere Hälfte. Ja, das war so. Sie ergänzten sich wunderbar.

»Ich will ehrlich zu dir sein, mein Kind«, unterbrach die alte Dame schließlich die Stille.

»Ich werde das hier alles nicht mehr lange machen können. So schwer es mir fällt, aber … es geht eben nicht mehr. In den nächsten Tagen kommt ein Makler und schaut sich alles an, und ich, ja, ich suche mir etwas Kleines in der Nähe. Ich möchte nur, dass du das weißt, damit du deinen Besuch hier vielleicht noch etwas mehr genießt, als du es ja vermutlich sowieso schon tust. Es wird nur wahrscheinlich kein weiteres Mal geben.«

Mit diesen Sätzen riss Frau Witt sie nicht nur aus ihren Ferienerinnerungen, sie riss sie auch aus dem Moment im Garten. Das alles hier, was sie eben erst wiederentdeckt hatte, nach so vielen Jahren wiedergefunden hatte – das alles sollte es bald nicht mehr geben?! Sie hatte das Gefühl, als hätte man ihr den Stuhl ganz plötzlich unter dem Po weggerissen. So geschockt war sie.

»Sie … Sie wollen das Haus verkaufen?«, fragte sie entsetzt, obwohl das eine logische Konsequenz war, wenn sie ehrlich war. Es war nicht zu übersehen, dass die ältere Dame, die neben ihr saß, nicht mehr die agile Frau war, die sie als Kind gekannt hatte. Die auch mit ihnen Federball gespielt hatte oder Gummitwist. Natürlich konnte sie die drei Ferienwohnungen, die Küche, das ganze Haus nicht allein bewirtschaften. Es war eher die Frage, wie sie das bisher geschafft hatte. Hatte sie Hilfe? Unterstützung?

Eine Windböe hob die weiße Tischdecke an, die sich über die Teller legte. Mo stand auf, schob sie zurück und strich sie glatt.

Frau Witt holte tief Luft. »Ich kann das Haus nicht irgendwem geben. Angebote gibt es genug. Wie Sand am Meer. Wer das schon alles kaufen wollte, das glaubst du nicht«, sagte sie leise seufzend. »Ich habe fast mein ganzes Leben hier verbracht. Aber es ist Zeit. Und sicher wird die richtige Familie kommen, die es mit Leben füllt.« Gedankenverloren sah sie zu ihrem Haus, mit dem sie, da war Mo sich sicher, so unendlich viel verband. So viel Zeit, so viele unvergessliche Momente.

»Magst du es nicht übernehmen? Du bist doch so patent«, platzte es aus Frau Witt heraus, als wäre ihr in dieser Sekunde endlich die Lösung all ihrer Probleme in den Kopf geschossen.

Mo sah sie entsetzt an. »Ich?!«

»Ja. Du kennst es doch schon so lange und kannst dir ein kleines Büro einrichten oder mit deiner Familie hier leben. Wenn du irgendwann eine hast«, schlug Frau Witt begeistert vor.

Und als wäre das ein abgekartetes Spiel, liefen in dem Moment lachende Kinder aus dem Haus an ihnen vorbei Richtung Gartenpforte und weiter auf den Weg hinaus. Wie in einem dieser kitschigen Liebesfilme mit absehbarer Handlung und Happy-End-Garantie. Mo wartete einen Augenblick darauf, dass die immer noch frisch verliebten Eltern ihren bildhübschen Kindern Hand in Hand folgten. Aber sie kamen nicht.

»Das ist wirklich lieb. Ich weiß das echt zu schätzen, dass Sie da an mich denken, bitte nicht falsch verstehen«, versuchte Mo, die sich kerzengerade aufgesetzt hatte, sich zu entschuldigen. Aber ich bin wirklich gerne in Berlin. Also, ich meine … ich bin auch total gerne hier, aber ich habe ja meine Firma in Berlin. Das … Also, das kann ich gar nicht, ich wüsste gar nicht, wie ich das umsetzen sollte. Also … rein theoretisch. Und praktisch«, stotterte sie vor sich hin.

Liebling war wach geworden, kam unter dem Tisch hervorgekrochen, setzte sich neben ihren Gartenstuhl und gähnte sie mit weit aufgerissener Schnauze an.

Frau Witt lächelte sie milde an. »Ja, das verstehe ich doch. War auch nur so ein Gedanke, der mir gerade kam. Weil…« Sie stockte kurz, schluckte, und Mo spürte, wie schwer es ihr fiel, sich hiervon zu verabschieden. Auch wenn die alte Dame versuchte, es zu verbergen. »Du wärst jemand, dem ich das Haus von Herzen gerne übergeben würde. Dann wüsste ich, dass es ihm gut geht«, erklärte sie, während sie das Haus so liebevoll betrachtete, als wäre es ihr eigenes Kind. »Es würde mir das Herz rausreißen, wenn ich mitbekäme, dass die Käufer es abreißen, nur um die Fläche zu optimieren und am besten noch mehrere Ferienwohnungen draufzuklatschen. Ne!« Sie schüttelte entsetzt den Kopf, als würde diese Gefahr wirklich bestehen.

»Aber das ist doch sicher gar nicht erlaubt«, sagte Mo und sah stirnrunzelnd zu den Nachbargrundstücken. Zwar standen hier in Alkersum nicht die typischen Friesenhäuser dicht an dicht wie in Nieblum, dennoch konnte sie sich nicht vorstellen, dass es für ein größeres Mehrparteienhaus eine Baugenehmigung geben würde.

Mo kam aber noch ein ganz anderer Gedanke. »Ich muss Sie mal etwas fragen. Hat meine Mutter… Also, hat Hilde hier vielleicht ihre Finger im Spiel? Sollte ich deshalb zu Ihnen kommen?«

Frau Witt machte eine abwehrende Handbewegung. »Nein. Damit hat deine Mutter wirklich überhaupt nichts zu tun. Das war ein spontaner Gedanke«, sagte sie mit einer solchen Inbrunst, dass kein Zweifel an der Aussage bestand.

Mo nickte, während sie Liebling hinterhersah, der sich mit der Nase im Rasen auf die Suche nach dem machte, was er gewittert hatte.

Mo zuckte die Achseln. »Nach dem, was Hilde alles in die Wege geleitet hat, damit ich auf die Insel komme, hätte ich mir das gut vorstellen können. Lieber kauf ich Ihnen das Haus ab, um in Ruhe schlafen zu können, als eine weitere Nacht im Heuhotel zu verbringen«, stellte Mo lachend fest. »Obwohl Inga sich viel Mühe gibt und total sympathisch ist.«

Frau Witt nickte zustimmend. »Ja, Inga ist wirklich ein Schatz. Dabei hat die Arme es nicht leicht!«

»Das Gefühl habe ich auch. Sie arbeitet rund um die Uhr. Hat sie gar keinen Mann?«, fragte Mo neugierig.

Frau Witt sah sie mit einem Gesichtsausdruck an, der verriet, dass etwas nicht in Ordnung war. »Du weißt es gar nicht?«

Mo schüttelte irritiert den Kopf. »Nein. Was denn?«

Frau Witt faltete ihre Hände wie zum Gebet in der Kirche, legte sie in ihren Schoß und erzählte von dem Tag, an dem die schreckliche Nachricht von Haus zu Haus gegangen war. Bis es alle gewusst hatten. Ingas Mann war auf dem Festland, auf dem Weg zurück nach

Föhr, auf der Autobahn ums Leben gekommen. Ein tragischer Unfall, der das Leben von Inga und ihren Kindern von einer auf die nächste Sekunde komplett verändert hatte. Der aus Inga eine Witwe gemacht und den Kindern die Chance genommen hatte, ihren Vater noch einmal zu sehen.

»Das tut mir leid«, meinte Mo geschockt. »Das wusste ich wirklich nicht. Aber jetzt verstehe ich, warum ihr Bruder, Janne, so oft da ist und ihr hilft.«

»Ja. Ein feiner Kerl. Ist extra für seine Schwester zurück auf die Insel gekommen. Er hatte eigentlich gar nicht mehr hier gelebt. Aber ihre Mutter, die liebe Alma, ist nun auch schon eine Weile nicht mehr da, und der Vater, ja, der kann auch nicht mehr helfen.«

Mo biss sich auf die Lippe. Schlagartig überkam sie wieder das schlechte Gewissen.

»Mensch!«, platzte es aus Frau Witt heraus. »Jetzt hätte ich das vor lauter Aufregung fast vergessen! Ich habe ja noch etwas, das ich dir geben soll. Warte mal kurz.« Sie stand auf, reckte sich kurz und ging zum Haus.

Auch Mo stand auf. Liebling war aus ihrem Blickfeld verschwunden, und das machte sie fast genauso unruhig wie der nächste Umschlag ihrer Mutter. Denn das war es ganz bestimmt, was Frau Witt gerade aus dem Haus holte.

Sie ging zu dem hinteren Teil des Hauses, wo große Hortensienstauden wuchsen. Ein Weg aus kleinen, hellen Kiessteinen führte auf den Rasen, von dem aus man über die angrenzenden Wiesen bis zum nächsten windschiefen Knick sehen konnte. Möwen, Krähen, Pferde, ein paar Feldhasen. Nur kein Hund mit einem komischen Namen. Die Sonnenliegen, auf denen die beiden Gäste bei ihrer Ankunft gelegen hatten, waren leer.

»Liiiebling!«, rief sie so laut wie nötig und so leise wie möglich und hoffte, dass es nur einer hörte. Einer mit vier Pfoten.

Vor dem alten Strandkorb, in dem sie schon als Kind gesessen und Eis gegessen hatte, kniete ein Mädchen mit langen blonden Haaren und bunt geringeltem Kleid und streichelte Liebling, der auf der Sitzfläche lag und sich bereitwillig den Bauch kraulen ließ.

»Ach da bist du. Du Schlingel!«, stellte Mo amüsiert fest.

»Der ist so süß! So einen hätte ich auch gerne. Ist das deiner?«, wollte das Mädchen wissen, das Mo auf circa zehn Jahre schätzte. Oder zwölf? Nein. Eher acht. O mein Gott, dachte sie, sie hatte wirklich überhaupt keinen blassen Schimmer, wie alt das Mädchen hätte sein können.

»Ja, das ist meiner. Also, eigentlich nicht, aber im Moment. Ich bin sozusagen seine Ferienbegleitung.«

»Ach, wie toll!«

»Hm. Geht so.«

Das Mädchen hielt in der Bewegung inne und sah sie mit großen Augen an.

»Also, geht so, weil … weil es natürlich viel schöner wäre, wenn es nicht nur in den Ferien so wäre. Deshalb«, schob Mo schnell hinterher und erklärte: »Ich setze mich mal wieder zu Frau Witt da vorn an den Tisch. Okay? Wenn du keine Lust mehr auf die Kraulmassage hast, kannst du ihn mir gerne bringen. Wollen wir das so machen?«

»Abgemacht. Aber ich glaube, das dauert noch, bis ich keine Lust mehr habe«, gab das Mädchen glücklich strahlend zurück.

Als Mo sich wieder an den kleinen runden Tisch setzte, war Frau Witt schon zurück und reichte ihr einen Umschlag.

Mo nahm ihn wenig begeistert entgegen, was von Frau Witt nicht unbemerkt blieb. Schauspielern stand einfach nicht auf ihrer Talenteliste.

»Hilde hat hier etwas entdeckt«, erklärte Frau Witt. »Sie ist auf irgendetwas gestoßen in der Woche, als sie da war. Ich weiß nicht, was es ist, aber ich bin mir sicher, sie wird es dir noch sagen.« Sie deutete auf den Umschlag. »Oder es steht vielleicht sogar da drin. Wer weiß. Auf alle Fälle hat es sie sehr bewegt. Mir gegenüber hat sie nichts geäußert. Obwohl ich bei ihrem Besuch das Gefühl hatte, sie hätte gerne etwas gesagt. Na ja. Sie wird ihre Gründe gehabt haben.«

Schweigen, dachte Mo, ja, schweigen konnte ihre Mutter. Zumindest dann, wenn es drauf ankam.

Frau Witt erinnerte sich an früher, als sie sich regelmäßig gesehen hatten. Sie holte in ihren Erinnerungen weit aus und erzählte kleine Anekdoten von Mo und Frieda, die sie beide zum Lachen brachten und von dem Inhalt des Umschlages ablenkten, den Mo ungeöffnet weggesteckt hatte.

Als die ersten Feriengäste von ihren Ausflügen zurückkamen, deckten die beiden Frauen gemeinsam den Tisch ab und brachten alles in die Küche.

Mo rief Liebling, der zu ihrem Erstaunen sogar angelaufen kam, als hätte sie nicht seinen Namen, sondern »Leberwurstbrot! All you can eat!« gerufen. Frau Witt drückte sie zum Abschied erneut fest an sich. »Komm noch mal rum, bevor du wieder fährst! Hörst du?«

»Das mache ich auf alle Fälle. Versprochen!«

Mo verstaute Liebling im Korb, zog die Gartenpforte hinter sich zu, setzte sich aufs Rad und winkte.

»Adjis! Macht's gut«, rief Frau Witt. Die grundgute alte Dame stand vor ihrem Haus und winkte mit einem Leinentuch. Der weiße Schmetterlingsflieder ragte neben der Haustür über sie hinaus. Unzählige Schmetterlinge tanzten um die duftenden Blüten.

Es war und blieb ein wunderschöner Ort, dachte Mo.

»Adjis!«, rief sie zurück. »Und vielen Dank für alles!«

11.

Während der gesamten Fahrt zurück zum Heuhotel versuchte Mo, nicht an den Umschlag in ihrer Tasche zu denken. Sie genoss die weiche, frische Luft, jeden Tritt in die Pedale, die ganz persönliche Entdeckung der Langsamkeit – und erst als sie das Rad an der alten Steinmauer des Hofes anschloss, stellte sie amüsiert fest, dass sie doch eigentlich nach Wyk fahren wollte, um sich ein neues Handy zu kaufen. Wie hatte sie das vergessen können? Wo sie doch vor ein paar Tagen noch jede Wette eingegangen wäre, dass sie niemals einen Tag ohne Handy aushalten würde. Und nun war es schon der dritte seit ihrer Anreise. Verrückt! Aber jetzt noch einmal zurückzufahren kam nicht infrage. Zum einen war sie viel zu geschafft von der Radtour, zum anderen wären die Geschäfte bereits geschlossen, wenn sie in Wyk ankäme.

An ein Abendessen konnte sie nach der leckeren Torte noch nicht denken, aber Liebling bekam natürlich sein Döschen und frisches Wasser. Dann nahm sie den Umschlag, legte den Schlafsack so, dass sie sich im Heu auf ihn setzen konnte wie auf eine Decke, und versuchte, es sich etwas bequem zu machen. Ein Sessel oder einfach ihr weiches XXL-Sofa wären jetzt ein Traum.

Liebling sprang wie ein junges Reh über die kniehohe Holzabsperrung und landete neben ihr im Heu. Mo streichelte ihm über sein struppiges Fell, zupfte ein paar Gräser aus seinem Gesicht und betrachtete den Umschlag. Äußerlich sah er exakt aus wie der andere. Aber welche Botschaft steckte darin? Was für ein Foto, was für eine Erinnerung, was für ein Hinweis? Mo spürte eine angenehme Erschöpfung. So schwer sich ihre Beine anfühlten, so leicht war ihr Kopf. Der Druck, die Anspannung, die hohe Taktung, die sonst ihren Alltag bestimmte, waren wie weggeflogen, fiel ihr in diesem Moment auf. Sie konnte sich hier wirklich erholen, das musste sie zugeben. Trotz des ganzen Heus, des Geruches nach Kuhstall und der Gesamtsituation. Sie dachte an ihre Firma, an ihre beiden Mitarbeiter, an die nächsten Jobs. Sie wusste genau, dass sie direkt nach Föhr in Berlin einen Auftrag hatte. Aber egal, wie lange sie darüber nachdachte, sie kam nicht mehr darauf, was es war. War das auch ein Anzeichen von Erholung? Oder ein Grund, den Hausarzt aufzusuchen? Verwundert über sich selbst öffnete sie den Umschlag und zog einen Brief heraus, der definitiv nicht von ihrer Mutter war. Ihr Herz fing an zu pochen. Von wem war dieser, wie es schien, recht alte Brief? Die Handschrift war sehr klein, verschnörkelt, die Tinte an der einen oder anderen Stelle auffällig verwischt. Hatte die Person, die ihn verfasste, geweint? Hatte es dort, wo sie ihn schrieb, geregnet?

Mo entdeckte ein Datum, das sich oben rechts in der Ecke befand, und erschrak. Der Brief war nicht nur alt. Er war genau in *dem* Jahr geschrieben worden. In dem Jahr, als sie sechzehn gewesen war. In dem Jahr, als sie das letzte Mal mit ihren Eltern auf Föhr gewesen war. In dem Jahr, als sie aus ihrer heilen Welt gerissen worden war.

Es kann nichts Gutes sein, schoss es ihr durch den Kopf, und sie spürte ein bedrückendes Gefühl, ein Unwohlsein, das langsam von der Mitte ihres Körpers ausstrahlte und stärker wurde. Sie hörte auf, Liebling zu streicheln, setzte sich kerzengerade hin und schloss für einen Moment die Augen. Wenn sie den Brief jetzt einfach wieder in den Umschlag stecken würde, würde alles so bleiben, wie es war. Sie musste ihn nicht lesen. Keiner konnte sie dazu zwingen.

Zwischen ihr und dem Papier in ihren Händen lagen nur ein paar Zentimeter.

Und doch waren es Welten.

Es lag an ihr, ob es zu einer Fusion kommen würde. Oder eben nicht.

Es gab eine Möglichkeit, das, was sie noch nicht wusste, an einem Ort zu lassen, wo es sie nie erreichen würde. Sie musste den Brief einfach nur wieder zusammenfalten und zurück in den Umschlag stecken. Fertig.

Mo öffnete die Augen, betrachtete den Brief. Dann begann sie zu lesen.

Er war von einer Frau, die ihn hier auf Föhr verfasst

hatte. aber er war nicht von Hilde, so viel stand fest. Mo drehte das Papier um und sah auf der Rückseite einen Namen. *Sabine* stand dort in einer sehr weiblichen Handschrift. Ein ausladendes S, dessen unterer Teil an eine Welle, nein, an einen Sturm erinnerte. Mo drehte den Brief wieder um und fragte sich, warum sie hier Detektivin spielen musste. Warum ihre Mutter es immer wieder schaffte, sie in Situationen zu bringen, in denen sie überhaupt nicht sein wollte. Warum konnte sie denn nicht einfach mit Mo reden und ihr sagen, was sie sagen wollte? Was war denn um Himmels willen daran so schwer?

Mein Schatz,

jedem Anfang wohnt ein Zauber inne. Dies ist ein Anfang und ein Ende. Ich bin schwanger. Und wir beide wissen, von wem. Wir zwei hatten viel Zauber, am Anfang und immer wieder. Jedes Mal, wenn du auf die Insel gekommen bist, wenn du zu mir gekommen bist. Aber je länger wir uns kannten, desto klarer wurde mir auch, dass du niemals für immer bleiben würdest. Es zerriss mir das Herz, dich immer wieder gehen lassen zu müssen. Die Freude auf das nächste Wiedersehen gab mir Hoffnung, doch sie hielt nie lange und fuhr mit dir zurück aufs Festland. Immer wieder habe ich auf dich gewartet, habe ich gehofft.

Ich musste eine Entscheidung treffen. Für das Leben.

Wann auch immer Du diesen Brief liest, bitte komm nicht. Bitte lass uns diese jahrelange Liebe als das behalten, was sie *ist. Einmalig und wundervoll. Aber eben endlich. Ich werde sie nie vergessen, denn ich werde unser Kind jeden Tag sehen und an Dich denken.*

Ich möchte keinen Unterhalt, kein Geld. Ich möchte nur, dass Du weißt, dass dieses Kind nicht der Grund dafür sein soll, dass Du nach all den Jahren doch länger bleibst als einen Urlaub lang.

Es vor Dir zu verheimlichen, wäre nicht fair. Deshalb schreibe ich Dir. Ich möchte Dir nicht die Chance nehmen, unser Kind aufwachsen zu sehen. Darum geht es nicht.
Es geht darum, dass Du bereits eine Familie hast und sie nicht aufgrund eines schlechten Gewissens durch eine andere ersetzen sollst.

Ich wünsche Dir nur das Beste.

In Liebe
Sabine

Mo spürte, wie sich ihr Brustkorb hob und senkte. Sie atmete zu schnell, zu schwer. In ihrem Kopf überschlugen sich die Gedanken, in ihrem Bauch die Gefühle. Ihr wurde schlecht. Sie legte den Brief beiseite, stand langsam auf und ging in ihrer Kajüte den schmalen Weg zwischen Wand und Heukoje auf und ab. Sie musste nachdenken. Ordnung in ihre Gedanken kriegen. Ordnung, Struktur, Klarheit.

Was war das? Was sollte das alles? Warum ließ ihre Mutter ihr von Frau Witt diesen Brief übergeben? Einfach so. Ohne Erklärung? War Hilde eigentlich komplett verrückt?!

Mo beugte sich vor und griff nach dem Umschlag, der neben ihrem Schlafsack lag. Dabei riss sie ihn versehentlich auf. Ein quadratischer Notizzettel fiel heraus und segelte zu ihren Füßen, wo er auf den alten Steinen des ehemaligen Kuhstalls liegen blieb.

Liebling sprang aus dem Heu und sah sich das Blatt neugierig an.

Mo bückte sich wie in Zeitlupe und hob den Zettel auf.

Er war von Hilde. Doch noch eine Erklärung, dachte Mo, und ärgerte sich parallel noch mehr über ihre Mutter. Wie konnte eine Erklärung für all das hier bitte schön auf einen Notizzettel passen? Es hätte vermutlich nicht einmal in einen sechsbändigen Roman gepasst.

Moira, mein Engel! Du hast eine Halbschwester.
Sie lebt auf Föhr. Hilde

Moira setzte sich kopfschüttelnd auf die Holzkante ihres Feldbettes und stützte ihren Kopf in ihre Hände. Atmen, dachte sie. Einatmen, ausatmen. Ruhig bleiben. Dies war der Moment, in dem es vielleicht ganz gut war, dass sie kein Handy hatte. Sie hätte sonst erst Hilde angerufen und dann ihren Vater. Und sie hätte vermutlich nur geschrien.

Danach hätte sie die Nummern blockiert. Zumindest für eine Weile. Einfach, um ihnen zu zeigen, wie es war, wenn man nicht miteinander sprach.

Sie hatte eine Halbschwester. Okay. Aber warum sagte man ihr das jetzt? Und auf diese Weise? Hatte Hilde es tatsächlich in dieser einen Woche hier auf Föhr entdeckt? Und der Brief? Wo kam dieser alte Brief plötzlich her?

Mo stand wieder auf, sah noch einmal auf den Notizzettel in ihrer Hand, zerknüllte ihn und warf ihn ins Heu. Sie wusste nicht, auf wen sie wütender war. Auf Hilde oder auf Hans.

»Spinnen die denn jetzt beide?!«, platzte es aus ihr raus.

Liebling sah sie mit schiefem Kopf und gespitzten Ohren an.

»Mein Vater hat jahrelang eine Affäre, während wir hier Urlaub machen, und ich denke, ich hätte die schönste Ferienzeit von allen. Dann trennen sie sich, ohne mir eine Erklärung oder irgendeinen beschissenen Grund zu nennen. Und jetzt?! Jetzt schickt sie mich hierher. In diesen Kuhstall und lässt mir Briefe zukommen, auf denen endlich das steht, was alles erklärt. Nach all den Jahren.

Sie sind irre. Anders lässt es sich nicht erklären. Ich muss hier raus. Ganz schnell. Komm, Liebling!«, forderte sie den Hund auf und marschierte, ohne die große Holztür hinter sich zu schließen, den breiten Gang entlang, vorbei an den anderen Heu-Kajüten, auf den Hof – wo sie Janne direkt in die Arme lief.

»Hey! Da bist du ja. Sorry für die Verspätung, aber im Büro war doch noch etwas mehr los als erwartet«, begrüßte er sie freudestrahlend, erkannte aber sofort, dass etwas nicht stimmte. »Alles in Ordnung?«, fragte er mit besorgtem Gesichtsausdruck.

Mo ging wie ferngesteuert an ihm vorbei hinters Haus und weiter über das Grundstück, bis der Zaun zur angrenzenden Weide, auf der die Schafe grasten, sie stoppte.

Ihr Kopf drohte zu platzen, so fühlte es sich an. Am liebsten wäre sie einfach weitergegangen, weiter bis zu den Dünen, zum Strand, ins Watt.

Dieses Gefühl, das dann von ihrem Verstand eingeholt und zu Fall gebracht wurde, kannte sie nur zu gut. Von dem Tag, an dem sie erfahren hatte, dass ausgerechnet der Junge, in den sie sich in der Oberstufe unsterblich verliebt hatte, ins Ausland zog. Von damals, als ihre Eltern sich getrennt hatten. Von dem Tag, an dem ihr ein Falschfahrer entgegengekommen war, und sie gerade noch hatte ausweichen können. Von diesen Tagen, die einen rausrissen aus dem Moment. Und die Spuren hinterließen. Für immer.

»Kann ich irgendetwas für dich tun?«, hörte sie Janne hinter sich.

Zusammenreißen, weitermachen, so wie immer. Sie musste sich nur kurz sortieren, dann würde es gleich wieder gehen. Dann würde sie wieder funktionieren. Natürlich. So wie immer.

Mo drehte sich um und sah Janne an, der mit Liebling auf dem Arm neben einem Haufen Holz stand, das offensichtlich darauf wartete, gespalten zu werden. Eigentlich fehlten nur ein kariertes Hemd und eine Axt, dachte sie und musste tatsächlich kurz schmunzeln.

Sie holte tief Luft. »Nein, danke. Alles gut.«

Janne zog die Augenbrauen hoch. »Sieht aber gerade nicht so danach aus«, stellte er fest und ließ Liebling runter, der sofort zu ihr lief.

»Es ist … kompliziert.«

Janne nickte. »Das klingt nach einem Mann.«

»Ja. Ein Mann. Und eine Frau. Und noch eine andere Frau«, meinte Mo gedankenverloren. »Und jetzt auch noch plötzlich ein Kind, das aber, wenn ich richtig rechne, gar kein Kind mehr ist.«

Es folgte ein sehr lang gezogenes »Okaaaay«. Janne kam auf sie zu und blieb dicht vor ihr stehen. »Das klingt wirklich kompliziert. Also, wenn du nicht magst, wenn dir gerade nicht danach ist, dann können wir ja auch einfach einen anderen Tag an den Strand. Du bist doch, wenn ich das richtig verstanden habe, noch ein paar Tage hier, oder?«

»Ach, Gott. Das hatte ich überhaupt nicht mehr auf dem Zettel. Sorry!«, entschuldigte sich Mo. »Das ist überhaupt nicht meine Art. So etwas passiert mir eigentlich nie. Aber ich bin gerade wie ferngesteuert. Wortwörtlich.«

»Das sieht so aus«, gab er lächelnd zurück. »Mach dir nichts draus. Ist doch nicht so wild. Ich düse einfach los, und entweder kommst du noch nach, oder wir sehen uns einen anderen Abend. Falls du magst.«

»Nein. Also. Ich meine, doch. Ich mag, und ich komme mit. Ich glaube, das ist genau das Richtige jetzt! Ich muss raus. Und ich brauche einen Drink. Einen großen!«

»Das lässt sich einrichten«, meinte Janne und zwinkerte ihr zu. »Kommt Liebling mit?«

»Klar. Ich bin ja sein Freundeskreis«, erklärte Mo lachend. Immerhin. Es funktionierte noch.

Als sie zwanzig Minuten später mit einem kühlen Bier in der Hand am Strand stand und an Janne und seinen Surferfreunden vorbei aufs Meer sah, hatte sie immer noch das Gefühl, sich in einem Film zu befinden. Sie würde sicher jeden Moment aufwachen. Alles war so irreal. Es hatte mit der Überfahrt auf der Fähre angefangen, war mit Ingas Hotel weitergegangen, dem alten Fotoalbum, den Umschlägen, Frieda, die sie so lange nicht gesehen hatte, und natürlich Frau Witt heute Nachmittag, der Besuch in ihrem Haus und dann dieser Brief eben. Die Nachricht allein hätte gereicht. Sie war wie ein unerwartetes Beben, das erst ihre Vergangenheit und jetzt ihre Gegenwart erschütterte. Aber die Art, wie sie es erfahren hatte, war noch einmal eine ganz andere Geschichte.

Was war das nur für ein Tag, fragte sie sich und dachte noch einmal an den Moment, als Inga plötzlich an der Rezeption gestanden und erkannt hatte, dass Mo nicht da war, wo sie sie erwartet hatte. Bei ihrem Vater auf der Terrasse.

»Willst du darüber reden? Oder lieber nicht?«, fragte Janne vorsichtig, der direkt neben ihr stand, und hob die Flasche, um mit ihr anzustoßen. Er hatte einen Sonnenbrand auf der Nase, und sein Haar war noch etwas feucht. Er musste vorhin also auf dem Wasser gewesen sein, schlussfolgerte Mo.

Sie schlug mit ihrer Flasche sanft gegen seine, nahm einen großen Schluck und genoss das Gefühl der Kühle, das sich langsam in ihrem Brustkorb ausbreitete. Dann zwang sie sich, von der Flasche aufzusehen, Janne anzusehen, bevor sie sich wieder in ihren Gedanken verlor.

»Du musst auch nicht«, sagte er.

»Schon gut«, winkte sie ab. »Es ist eher die Frage, wo man da anfangen soll.«

»Da, wo es anfängt«, schlug Janne vor und sah sie mit diesem Blick an, den sie vorher noch nie so empfunden hatte. Er löste etwas in ihr aus. Sie war sich nur noch nicht sicher, was.

»Dann wird es eine sehr lange Nacht, und ich kann leider auch nicht garantieren, dass du noch wach bist, wenn ich fertig bin. Die Gefahr besteht, dass die Geschichte eine einschläfernde Wirkung auf dich hat«, meinte Mo lachend und nahm noch einen Schluck Bier. Gott sei Dank hatte sie sich einen Pullover mitgenommen, denn jetzt, wo die Sonne langsam unterging, wurde es merklich frischer.

»Also das, was du eben angedeutet hast, klingt alles andere als langweilig. Und außerdem verrate ich dir etwas.« Er beugte sich leicht zu ihr vor und flüsterte: »Ich bin zäh!«

Kaum hatte er das gesagt, flog eine Ladung Sand in hohem Bogen zu ihnen rüber. Die beiden duckten sich und drehten sich zu dem Übeltäter um. Liebling stand mit seinem weißen Hinterteil zu ihnen gewandt im Sand und hatte sich offenbar vorgenommen, den Strand umzugraben. Oder einen Deich parallel zu dem bereits vorhandenen zu bauen. Sicher war sicher.

»Das sieht sehr ambitioniert aus«, stellte Janne fest und klopfte sich den Sand vom Kapuzenpullover. »Vielleicht hat er alte Wikingerschätze erschnüffelt!«

»Ich tippe eher auf die Reste eines Wurstbrötchens«, sagte Mo amüsiert.

»Komm, wir setzen uns da vorn in den Strandkorb«, schlug Janne vor, als er sich wieder zu ihr umgedreht hatte. »Ich glaube, der gute Liebling ist erst einmal beschäftigt.«

Der gelbe Strandkorb stand so, dass sie Jannes Freunde, die in ihren kurzen Shorts, Flip-Flops und Kapuzenpullis um ein kleines Lagerfeuer standen, Liebling und das Meer sehen konnten. Amrum lag direkt vor ihnen. Warum waren sie früher nie auf die Nachbarinsel gefahren, fragte Mo sich. Warum hatten sie nie etwas anderes gemacht?

Während sie dem Gedanken nachhing, kam die Antwort von allein. Schlagartig war sie da. Hans hatte eine Affäre gehabt. Jahrelang. Auch das war sicher ein Grund gewesen, immer wieder hier und nicht woanders Urlaub zu machen.

Janne schlug die Beine übereinander, drehte sich etwas zu ihr, nahm noch einen Schluck Bier und sah sie neugierig an. »Warum warst du gerade so durcheinander?«

Mo sah vom Meer runter auf die Flasche in ihrer Hand. »Bin ich immer noch, und ich weiß auch nicht, ob es irgendwann wieder ganz weg sein wird. Sieht aktuell nicht danach aus«, murmelte sie kaum hörbar.

Janne nickte und sagte nichts. Er saß einfach nur da, drehte sich dem Meer zu und schwieg.

Nach einer Weile begann Mo zu erzählen. Der erste Satz war eine Hürde. Sie wusste weder, wo sie anfangen, noch wie sie von etwas erzählen sollte, was sie selbst nicht verstand. Es war ihr Job, vor wichtigen Menschen über etwas zu sprechen, das sie verstand. Aber das hier, das war nicht in Worte zu fassen. Und dann noch vor einem Fremden. Einem, den man attraktiv fand und mit dem man über andere Dinge reden sollte. Oder vielleicht auch gar nicht reden.

Mo hatte das Gefühl, immer noch neben sich zu stehen. Aber nach den ersten Sätzen, die stockend und mit längeren Pausen kamen, wurde ihre Erzählung langsam etwas flüssiger – bis es schließlich aus ihr raussprudelte und sie mehr und mehr die Wut verspürte, die sie nach dem Lesen des Notizzettels ihrer Mutter empfunden hatte. Kurz bevor ein Gefühl der Ohnmacht sie überrollt hatte.

Mo erzählte von ihren schönen Kindheitserinnerungen, von all den unvergesslichen Wochen auf Föhr, von dem abrupten Ende und dem plötzlichen Besuch hier auf der Insel, den sie – leider – nicht selbst geplant und dessen Überraschungen heute ihren Höhepunkt erreicht hatten. Vorerst zumindest, dachte Mo und nahm sich vor, bei der nächsten Steigerung sofort die Insel zu verlassen und auf direktem Weg zu ihrer Mutter zu fahren, um sie zur Rede zu stellen. Langsam reichte es wirklich.

Die Wut war wie eine Energiequelle, die ihr neues Leben einhauchte. Mo hatte ihre Schockstarre überwunden und redete sich in Rage.

Janne hörte ihr aufmerksam und sichtlich geschockt zu. Seine Augenbrauen hingen durchgehend viel zu hoch in seiner Stirn. Mit großen Augen folgte er ihren Erzählungen, immer wieder zwischendurch leicht kopfschüttelnd. Das tat gut, stellte Mo fest. Es einfach alles mal rauszulassen.

»So. Fertig«, schloss sie schließlich, stand auf und zeigte auf sein Bier. »Soll ich uns noch eins holen?«

Ein Lächeln huschte über Jannes Gesicht. »Gib mal her, ich mach das schon. Du kannst ja mal schauen, ob Liebling schon auf Erdöl gestoßen ist.«

Mo reichte ihm ihre leere Flasche und spürte schon wieder ihr Herz auffällig schnell schlagen.

»Danke. Das mache ich.«

»Weißt du, was mich so traurig macht? Dass jetzt nicht nur die Zeit nach unserem letzten Urlaub hier, die Trennung meiner Eltern, der Umzug, der Verkauf unseres Hauses, dieses ganze neue Leben, das ich nicht wollte, so … gebrochen ist, sondern auch die Zeit davor. Die, von der ich dachte, sie wäre heil. Alles wäre in Ordnung gewesen. Das ist das Schlimmste daran«, versuchte sie Janne zu erklären, nachdem er zurückgekommen war. »Die Lüge. Und die Illusion.«

Sie nahm einen Schluck von dem neuen Bier, stellte die Flasche neben sich auf das kleine Holzbrett des Strandkorbes, legte den Kopf in den Nacken und beobachtete die Möwen am Himmel, der sich inzwischen in die schönsten Orangetöne gefärbt hatte. »Es sieht aus, als säßen wir in einer Postkarte.«

»Das tun wir auch«, meinte Jannes. »Jeden Tag!«

Du vielleicht, dachte Mo, *aber ich reise in ein paar Tagen wieder ab.*

Liebling kam durch den Sand gelaufen und ließ sich wie ein schwerer, nasser Sack vor ihren Füßen fallen. Völlig fertig und erschöpft von seiner Umräumaktion.

»So etwas erzählt man vermutlich nur besten Freunden. Oder vielleicht besser gar nicht. Aber sicher nicht am ersten Abend, an dem man sich kennenlernt und freundlicherweise an den Strand eingeladen wird«, dachte Mo laut. »Sorry. Das wirft ein völlig falsches Licht auf mich. Eigentlich bin ich gar nicht so eine Motzkuh. Wir können ja noch mal von vorn anfangen«, schlug sie vor, stand auf, stellte sich vor Janne, hielt ihm die Hand hin und sagte: »Hi! Ich bin Mo. Na ja. Eigentlich heiße ich Moira, aber das weiß niemand. Außer meinem Personalausweis, und der kann schweigen. Ich bin vierunddreißig Jahre alt, ich lebe in Berlin, liebe meine Arbeit, kann eigentlich nicht ohne und wurde von meiner Mutter aus diesem Grund hier auf der Insel ausgesetzt. Medienfreie Zeit, sozusagen. Damit ich mich nicht langweile, hat sie mir ihren Hund mitgegeben und ein paar alte Fotos und Briefe.«

Janne stand auf, ergriff ihre Hand und sagte schmunzelnd: »Moin. Ich bin Janne. Ich heiße tatsächlich so. Das steht auch im Personalausweis. Ich bin dreiundvierzig, Insulaner, der lange weg war und dann wiedergekommen ist, um zu bleiben. Ich liebe meine Arbeit, als Architekt etwas zu erschaffen, das bleibt, kreativ zu sein, Ideen zu entwickeln, kann aber auch sehr gut ohne, denn ich liebe auch das Meer und bin lieber auf dem Wasser als am Schreibtisch. Und ich dachte bis vor ein paar Tagen, ich hätte alles, was ich brauche, um glücklich zu sein.«

Mo sah ihn mit großen Augen fragend an. »Und was ist dann passiert?«

Janne kam ein Stück näher. Im Grunde viel zu nah. Zumindest zu nah, um ihn noch scharf sehen zu können, stellte sie fest. Ihre Weitsichtigkeit machte ihr in diesem Moment einen Strich durch die Rechnung. Im Büro hatte sie für den seltenen Moment, dass sie etwas nicht lesen oder scharf sehen konnte, eine Brille. Aber hier, am Strand von Föhr, hatte sie nicht damit gerechnet, dass sie die Brille eventuell brauchen würde.

»Dann habe ich dich gesehen«, erklärte Janne mit rauer Stimme, kam noch näher, umfasste mit seinen braungebrannten, schönen Händen ihr Gesicht und küsste sie.

Mo war so überrascht und baff, dass sie nicht in der Lage war zu reagieren. Und warum auch? Wann hatte sie zuletzt jemanden so anziehend, attraktiv und sympathisch gefunden, so natürlich und nett? Dieser Jemand küsste sie einfach. Und das auch noch vor der schönsten, kitschigsten Kulisse, die man sich dafür hätte aussuchen können.

Noch nie – und das hieß etwas, wenn man Mitte dreißig war – hatte ein Mann sie *so* geküsst. Was passierte hier gerade? Mo war sprachlos.

»Das kommt einem Rosamunde-Pilcher-Film jetzt aber schon sehr nahe«, stellte sie verlegen fest, nachdem Janne sich von ihr gelöst hatte und ihr so lange und tief in die Augen sah, dass sie gar nicht wusste, was sie machen sollte. Außer solch einen Blödsinn von sich zu geben. Wie mit fünfzehn, dachte sie. Herzklopfen, abends am Strand knutschen, das hatte sie doch alles schon einmal, unweit von hier. Was war eigentlich aus Ingo geworden? Hoffentlich hatte ihre Mutter ihn nicht auch noch ausfindig gemacht, und der nächste Zettel führte Mo direkt zu ihm. In die Backstube seines Vaters am besten noch.

»Das musste ich machen. Ging nicht anders«, sagte Janne lässig und strich ihr eine Strähne aus dem Gesicht. »Ich hätte es mir nie verziehen, wenn ich dich nicht geküsst hätte. Dann wärst du wieder abgereist, und ich hätte die ganze Zeit überlegt, wie es wohl gewesen wäre, dich zu küssen.«

Mo lächelte ihn an. »Gott sei Dank hast du es gemacht. Ich glaube, das war das Beste, was mir hätte passieren können.«

»Guck. War doch ganz gut, dass du bei meiner Schwester im Heuhotel eingecheckt hast«, meinte Janne und zwinkerte ihr zu, während sie sich immer noch sehr nah gegenüberstanden und an den Händen hielten.

»Stimmt!«, meinte Mo, und nun küsste sie ihn.

Als sie ein paar Stunden später in ihrem Schlafsack lag und die Augen schloss, drehte sich alles. Was nicht nur an den Bieren lag, von denen sie definitiv zu viele gehabt hatte im Laufe des langen Abends, sondern auch an dem Gefühl, als hätte ihr jemand den Boden unter den Füßen weggerissen. Und an den Schmetterlingen im Bauch, die sie schon länger wahrgenommen, aber bisher professionell unterdrückt hatte. Doch jetzt, nach diesen Küssen, diesem Abend am Strand, diesem Ausbruch an Gefühlen, nachdem Janne ihr seine warme, viel zu große Jacke gegeben und sie mit dem Rad zurück zum Hotel begleitet hatte, nach diesem erneuten, viel zu guten Kuss waren sie nicht mehr aufzuhalten, die Heerscharen von Schmetterlingen. Dabei war es der absolut falsche Moment und vor allem auch Ort, um sich in jemanden zu vergucken. Bei den Männern, die sie sonst datete, war von Anfang an klar, wie es weitergehen würde. Nämlich gar nicht. Kein großes Aufsehen, keine Fragen, keine Verpflichtungen. Aber das hier, Janne, das war etwas anderes, das spürte sie, und genau das belagerte ihren Kopf und machte sie nervös. Sie hatte das erste Mal seit Jahren keine Ahnung, wie es weitergehen würde. Sie wusste nur, dass es weitergehen würde. Dieser Abend hatte kein Ende, anders als all die anderen Abende, die sie mit ihren Einmal-Männern verbracht hatte. Dieser Abend fühlte sich wie ein Anfang an. Ein Abend an einem Tag, der ihr Leben ohnehin schon durcheinandergewirbelt hatte.

Sie durfte nicht die Kontrolle verlieren, dachte Mo, und musste im nächsten Moment über sich selbst laut lachen. Sie konnte gar nicht mehr aufhören, so sehr lachte sie. Sie hatte weder Handy oder Rechner noch sonst irgendeine Möglichkeit, Kontakt mit dem Rest der Welt aufzunehmen, fuhr Rad statt Mini und mit dem Hund ihrer Mutter im Korb quer über die Insel ihrer Kindheit, weil Hilde ihr Zettel zukommen ließ. Sie knutschte wie ein Teenie am Strand mit einem Mann herum, der kurz davor war, ihr Lebensmodell über den Haufen zu werfen. Und dann hatte sie ja noch völlig unerwartet plötzlich eine Halbschwester.

Wie die Raupe Nimmersatt lag Mo in diesem roten Leihschlafsack im Heu, neben sich einen pupsenden, schnarchenden Hund, und lachte, bis sie Bauchschmerzen hatte.

Nur langsam beruhigte sie sich wieder. Es war einfach zu absurd. Jahrelang hatte sie Fragen gestellt und keine Antworten bekommen. Sie wusste nicht, auf wen sie wütender war. Auf ihren Vater, der ganz offensichtlich nicht der treue Familienvater war, für den sie ihn immer gehalten hatte. Oder auf ihre Mutter, die sie ungefragt mit den Folgen einer Vergangenheit konfrontierte, von der Mo nichts geahnt hatte.

Hund müsste man sein, dachte sie, während sie Liebling beim Schnarchen zuhörte, legte ihre Hand auf sein warmes Fell und spürte seinen regelmäßigen Herzschlag. Seine kalte Nase an ihrem Oberarm, versuchte sie schließlich, ihre Gedanken, die sich wie auf einem Karussell drehten, loszulassen und einzuschlafen.

12.

Es war die Wärme, die sie weckte, der Wunsch nach einer Kopfschmerztablette, einer Dusche und einer Kanne Kaffee. Ungefähr in dieser Reihenfolge.

Mo öffnete den Reißverschluss des Schlafsacks, kam ein Stück hochgekrochen und lehnte sich gegen die Steinwand. Es war definitiv wärmer als gestern.

Liebling öffnete kurz die Augen und schloss sie wieder. Mo tat es ihm nach. Von draußen, vom Feld, hörte sie das Geräusch eines Treckers. Die Vögel gaben ihr morgendliches Konzert, und auch die anderen Gäste schienen schon wach zu sein. Mo drehte langsam, in Zeitlupe, ihren Kopf erst in die eine, schließlich in die andere Richtung. Sie brauchte dringend ein richtiges Bett! O Mist, wie spät war es? Janne wollte sie doch um elf Uhr abholen und zum Strandhotel fahren, schoss es ihr durch den Kopf. *Gleich*, dachte sie, *gleich stehe ich auf*, schloss noch einmal kurz die Augen und ließ den Abend Revue passieren. Dann holte sie tief Luft, hob die Hände Richtung Decke, streckte sich und stieg schließlich aus dem Heu. Sie musste dringend packen. Und noch dringender kalt duschen.

Ihr Kopf fühlte sich an wie ein schwerer Medizinball. Nein, wie zwei Medizinbälle. Sie griff nach Handtuch und Kulturtasche und hoffte, niemandem auf dem Flur, der eigentlich ein breiter Stallweg war, zu begegnen, um ungesehen in der Dusche verschwinden zu können.

Pünktlich um elf saß Mo mit einer Sonnenbrille bewaffnet im Schatten der alten Obstbäume. Die Zeit hatte doch noch für alles gereicht, Kaffeetrinken inklusive. Links von ihr lag Liebling im Rasen, rechts standen Rollkoffer und Tasche, vor ihr auf dem runden Holztisch befanden sich ein Becher Kaffee, halb leer, ein Glas, ganz leer, und die Tablettenpackung, deren Inhalt hoffentlich zeitnah seine Wirkung erzielte. Von Minute zu Minute hatte sie das Gefühl, sich wieder ihrem persönlichen Normal-null-Zustand zu nähern. Zumindest ein Stück weit. Von der Mo, die sie gewesen war, bevor sie die Fähre betreten hatte, war sie hingegen noch Lichtjahre entfernt. Denn die Mo hatte die Kontrolle über ihr Leben. Aber immerhin fühlte sie sich wieder ein wenig wie ein Mensch, seit sie kalt geduscht hatte.

Das Fahrrad war zurück beim Radverleih, die Rechnung im Heuhotel bezahlt, und Inga hatte nichts mehr zu dem unglücklichen Vorfall von gestern gesagt. Das Zimmer mit Meerblick wartete. Es ging also bergauf. Oder anders ausgedrückt: Ihr Leben bekam wieder eine Form. Eine Struktur. Und ein Bett.

Während sie so dasaß, durch ihre Sonnenbrille, die das halbe Gesicht bedeckte, die Hühner im Garten beobachtete und auf Janne wartete, fragte sie sich, ob Hilde recht hatte. Ein bisschen vielleicht. Wo war die Mo, die die Welt besser machen wollte? Die Anführerin? Die Kämpferin? Kam diese Vollbremsung gerade im richtigen Moment? Aber warum? Sie war doch glücklich. Oder nicht?

»Hi, da bist du ja«, hörte sie Janne sagen, der in seiner gewohnt fröhlichen, leichten Art auf sie zukam und sie Gott sei Dank aus ihrem Gedankenwirrwarr riss.

Ihr Herz klopfte heftig. Wie sollte sie reagieren? Was war jetzt, wo nichts klar war, eine angemessene Begrüßung? Aufstehen, die Hand reichen? Aufstehen und umarmen? Mit oder ohne Kuss? Sie wusste nichts mehr, und das war kein gutes Zeichen.

Janne hatte damit weniger Probleme. Er nahm sie in den Arm, strich ihr mit der Hand über die Haare, küsste sie sanft auf die Wange und lächelte sie an.

»Guten Morgen«, sagte er und sah zu Liebling runter, der sich aufgerafft hatte und rekelte, als läge ein Halbmarathon hinter ihm. »Na, alles gut bei euch?«

»Ja, alles bestens«, murmelte Mo und beobachtete, wie Jannes Blick zum Tisch, der Tablettenpackung und zurück zu ihr wanderte.

»Oje. Das war wohl doch ein Bier zu viel.«

»Mindestens eins«, gab sie zu und versuchte dabei, irgendwie charmant zu lächeln – trotz des immer noch viel zu schweren Kopfes und des Gefühls, nicht ganz bei sich zu sein. »Aber immerhin hatte ich einen sehr schönen Abend, und es hat mich wunderbar abgelenkt.« Sie stand langsam auf. »Vielen Dank dafür. Das war unbezahlbar.«

»Das Ablenken oder … das andere?«

»Beides.«

»Na, dann bin ich ja beruhigt«, meinte Janne, griff voller Elan nach Rollkoffer und Tasche und ging vor, Richtung VW-Bus, den er am Rondell neben der großen alten Ulme vor dem Haupteingang geparkt hatte.

»Na, dann fahr ich dich doch mal mit Hund und Kater ins Hotel. Hast du die Tiere angemeldet?«

»Sehr lustig«, sagte Mo und wollte ihm gegen den Arm boxen, hielt aber in der Bewegung inne und musste geschockt feststellen, dass sie es tatsächlich nicht getan hatte. Noch ein Indiz dafür, dass sie jegliche Kontrolle verloren hatte.

»So ein Mist. Daran habe ich gar nicht gedacht! Muss daran liegen, dass ich sonst ja keinen Hund habe«, stellte sie zu ihrer Entschuldigung fest und sah zu Liebling runter, der sie wieder einmal mit schräg gelegtem Kopf ansah. »Was mache ich denn, wenn ich ihn nicht mit auf das Zimmer nehmen darf?«

Janne zeigte, ohne hinzusehen, auf das alte Backsteingebäude hinter sich, aus dem Mo gerade erst ausgezogen war. »Ich glaube, ich wüsste da was.« Als er Mos verzweifelten Blick sah, schob er schnell hinterher: »Das wird schon. Du bist schließlich nicht die einzige Hundebesitzerin auf dieser Insel.«

»Ich bin überhaupt gar keine Hundebesitzerin. Weder auf der Insel noch sonst irgendwo«, sagte Mo.

»Aber einen Kater hast du. Und der gehört nur dir. Ganz allein.« Janne lachte und ging vor.

»Noch. Nicht mehr lange. Der wollte sich gerade verabschieden«, erklärte Mo, gab Liebling ein Zeichen und folgte Janne zum Wagen.

Das neue, hochmoderne Wellnessresort lag direkt am Wasser und war, das erkannte man schon an der breiten Auffahrt, die zu dem großen Eingangsportal führte, das absolute Gegenteil von dem, was Mo bisher erlebt hatte. Vom Heu zur High Society. So viel stand fest.

Janne hielt seinen alten VW-Bus direkt vor dem riesigen Eingang, stieg aus und öffnete ihr gentlemanlike die Tür, während Mo noch damit beschäftigt war, Tasche, Hundeleine samt Hund und ihre Jacke zusammenzupacken. Es gab Zeiten, da war sie schneller, musste sie sich eingestehen. Und aufgeräumter. Insgesamt.

»Drück mir mal die Daumen, dass sie uns reinlassen«, sagte Mo, nachdem sie sich aus dem Sitz des Wagens geschält hatte, und sah zu Liebling runter, dem das alles zu viel Action war. Er war mit der Gesamtsituation nicht zufrieden, daran ließ er keinen Zweifel. Mo musste ihn, als wäre er wieder der alte lethargische Hilde-Hund, hinter sich herziehen. Vielleicht hatte das Heu doch eine Wirkung. »Wenn du so ein Theater machst, kannst du mit Janne direkt zurück zu Inga fahren«, schimpfte sie.

»Ich müsste vorher noch ein paar Stunden ins Büro. Aber danach lässt sich das einrichten«, erklärte Janne und nahm ihr die Leine ab. »Komm, ich bring euch rein zur Rezeption.«

Die Glastüren öffneten sich automatisch, und sie betraten den lichtdurchfluteten, hellen Eingangsbereich, durch den man an übergroßen, frischen Blumensträußen und Designerstühlen vorbei den blauen Himmel und die ruhige Nordsee sehen konnte. Die Glasfront am Ende des Gebäudes ließ den Blick über eine Terrasse mit modernen, schönen Möbeln zum Strand und weiter auf das offene Meer frei.

»Herzlich willkommen im Wellnessresort. Was kann ich für Sie tun?«, hörte Mo die freundliche Stimme der Dame an der Rezeption links von sich.

»Hallo, guten Morgen. Ich habe ein Zimmer reserviert. Auf den Namen Meißner. Mo Meißner.«

Die junge Frau in dem adretten Kostüm sah auf ihren Bildschirm, fand offensichtlich, wonach sie gesucht hatte, griff nach einer Zimmerkarte, Kurkarte und weiteren Unterlagen und legte sie vor Mo auf den Tresen. »So, da habe ich schon einmal ein paar Sachen für Ihren Aufenthalt bei uns zusammengestellt. Hatten Sie eine gute Anreise?«

Mo drehte sich zu Janne, lächelte ihn an, dann sah sie wieder zu der Dame vom Empfang und nickte. »Ja, die hatten wir. Es waren knapp zehn Minuten. Apropos wir. Ich habe in der Eile ganz vergessen, meinen Hund mit anzumelden.«

»Das ist kein Problem«, erklärte die Rezeptionsdame. »Dann füge ich ihn kurz hinzu, und die Zimmerdame bringt Ihnen ein Hundebett und einen Wasser- und Futternapf aufs Zimmer.«

Janne kam an ihre Seite, legte seine Hand auf ihre Schulter und flüsterte ihr ins Ohr: »Ich muss ein paar Stunden arbeiten. Danach könnte ich dich abholen, und wir gehen essen. Vom Picknickkorb in der Postkarte bis zur weißen Tischdecke und Menü ist alles drin.«

Es war keine Frage. Es war ein liebevolles Angebot. Mo überlegte. In ihrem Kopf türmten sich in diesem Moment ganz andere Fragen, die weiter reichten als bis zum Dessert. Was würde das hier werden, wenn sie ihrem Gefühl folgte und ausnahmsweise nicht ihrem Verstand? Die Antwort, die sie ahnte, beunruhigte sie.

»Ich glaube, ich brauche etwas Zeit, um den Kopf freizubekommen, und mindestens noch einen Liter Kaffee«, sagte Mo nachdenklich und erkannte sofort seine Enttäuschung. »Aber über ein Essen mit dir würde ich mich sehr freuen. Egal ob am Tisch oder in der Postkarte.«

Ein Lächeln huschte über sein Gesicht. »Dann denke ich mir etwas Schönes aus und hole dich um«, er überlegte kurz, »neunzehn Uhr ab. Reicht das zum Kopf freibekommen?«

»Ich werde mir Mühe geben.« Mo grinste. »Und sonst mache ich nach dem Essen damit halt weiter.«

Janne nahm sie in den Arm, küsste sie kurz, viel zu kurz, auf die Lippen und ging.

Mo sah ihm nach. An der Glastür drehte er sich noch einmal um und winkte ihr zu.

Die Dame an der Rezeption wartete geduldig.

»Oh, sorry«, sagte Mo, nachdem sie sich wieder umgedreht hatte.

»Kein Problem. Dies ist Ihre Zimmerkarte.« Sie schob Mo die Unterlagen entgegen und erklärte, was wo und von wann bis wann zu finden war. Frühstück, Abendessen und Spa-Bereich.

Mo bedankte sich, steckte alles erleichtert ein und machte sich auf den Weg in ihr neues Zimmer. Sie konnte sich nicht daran erinnern, wann sie sich zuletzt so sehr auf ein Bett gefreut hatte. Und auf eine Wanne.

Sie wurde nicht enttäuscht. Das Zimmer war traumhaft schön. Hell, modern, in angenehmen, sanften Tönen, die sich dem Strand und den Farben des Himmels anpassten, eingerichtet. Mit bodentiefen Fenstern, so wie im gesamten Haus, und einer weißen, frei stehenden Wanne. Aber all das war nichts gegen den sensationellen Panoramablick auf das weite Watt, das Meer und den Horizont.

Mo stellte ihre Sachen ab, löste Lieblings Leine, öffnete die Tür zur Dachterrasse, ließ die frische, salzige Luft durch ihre Haare und in ihr Zimmer strömen und nahm ein paar tiefe Atemzüge. Dann streifte sie ihre Schuhe ab und ließ sich aufs Bett fallen.

»O mein Gott, IST DAS SCHÖN!«, stellte sie fest und genoss das Gefühl der Matratze unter sich. Jetzt wusste sie, was Dori meinte, nachdem sie von einem ihrer Selbstfindungstrips letzten Sommer zurückgekommen war, bei dem sie auf einem Baum geschlafen hatte. Angebunden mit Profi-Klettergurten auf den unbequemen Ästen einer Kiefer in Südfrankreich. Nach dieser Nacht war jedes Bett das beste der Welt, hatte Dori damals lachend erzählt, und Mo hatte nur ein weiteres Mal fasziniert den Kopf geschüttelt über die verrückten Ideen ihrer Freundin. Immerhin konnte sie jetzt auch mal eine etwas ungewöhnlichere Geschichte erzählen als die üblichen aus ihrem durchstrukturierten, durchschnittlichen Leben.

Wozu so weit fahren, wenn es Föhr gibt?, dachte sie und musste schmunzeln. Mit Abstand betrachtet, war das, was sie in den letzten Tagen erlebt hatte, sicher lustig und reichte bestimmt für einen Film. Aber eben nur mit Abstand. Wobei sie sich ja gerade mitten in der Wendung der Geschichte befand, überlegte sie. Von jetzt an musste es doch bergauf gehen. Es sei denn, es kämen noch mehr Umschläge mit Überraschungen.

Sie hatte hier ja ein Telefon, schoss es ihr in dem Moment durch den Kopf. Mo stützte sich auf dem Kopfkissen auf den Ellbogen ab, griff nach dem Telefon, das auf dem Nachttisch neben ihr stand und wählte Doris

Nummer. Dann lehnte sie sich bequem zurück und sah, während sie wartete, raus in den Himmel, an dem Möwen ihre Kreise zogen und nur wenige, hauchdünne Wolken wie hingepustet hingen. Die Sonne schien, da konnte man, egal, wie müde man war, nicht im Hotelzimmer auf dem Bett rumliegen, beschloss sie. Sie war noch nie diejenige gewesen, die lange irgendwo im Urlaub rumhängen konnte. Es sollte ja Menschen geben, die schon morgens ihr Badehandtuch auf der Liege deponierten, um dort den kompletten Tag zu verbringen. Zu dieser Fraktion Urlauber gehörte sie nicht.

»Hildebrand«, hörte sie die Stimme ihrer Freundin an ihrem Ohr.

Sofort erstrahlte ihr Gesicht. Sie kam noch ein Stück höher, setzte sich auf und sagte etwas, das sie schon oft gesagt hatte, aber dieses Mal auch wirklich spürte: »Hi Dori! Wie schön, dass du da bist.«

»Mo! Mein Gott, ich habe mir schon Sorgen gemacht! Ich hätte beinahe eine Vermisstenanzeige aufgegeben. Ich habe dir mindestens achttausend WhatsApp-Nachrichten geschickt. Ist dir dein Handy geklaut worden?«

»Ja, so kann man es auch sehen.«

»Was ist denn los? Du antwortest doch sonst immer innerhalb von dreieinhalb Sekunden!«

»Hilde hatte die lustige Idee, mein Handy aus der Tasche zu nehmen und zu verschwinden, bevor die

Fähre abgelegt hat. Ich war nur kurz weg, und als ich wiederkam, war sie weg. Samt Handy.«

»Nicht dein Ernst?!«

»Doch. Und das war erst der Anfang.«

»Wie? Was ist denn passiert? Und warum ist sie überhaupt von der Fähre gegangen? Ihr wolltet doch zusammen Urlaub machen?«

»Dachte ich auch, aber dann kam alles anders.«

Mo gab Liebling ein Zeichen, zu ihr aufs Bett zu springen, was er sich nicht zweimal sagen ließ. Mit einem Satz stand er wedelnd neben ihr und freute sich offensichtlich genauso über die Heualternative wie sie.

Mo erzählte, während sie in den strahlenden Himmel sah und Liebling, der sich neben sie gelegt hatte, kraulte, von den letzten Tagen, den Nächten im Heu, von den Umschlägen ihrer Mutter, dem ganzen verrückten Plan, von dem sie nichts geahnt hatte, von ihrer anfänglichen Wut, ihren Fahrradtouren und ihrer Freude, jetzt in diesem Bett zu liegen. Und von Janne.

»Und?«, wollte Dori wissen.

»Was meinst du?«, fragte Mo.

»Na, wie geht es jetzt weiter?«

»Jetzt freue ich mich erst mal über mein Hotelzimmer, und dann gehen wir an den Strand. Liebling und ich«, schob sie hinterher, damit nicht der Eindruck entstand, sie würde gleich Händchen haltend mit einem fremden Mann im Strandkorb liegen.

»Das meine ich nicht.«

»Ich weiß«, gab sie zu. »Ganz ehrlich. Ich habe keine Ahnung. Darüber mache ich mir jetzt keine Gedanken.«

»Sicher?«, hakte Dori nach, und Mo sah ihr Gesicht vor sich, als säße sie ihr direkt gegenüber auf dem Bett. Sie konnte ihrer Freundin einfach nichts vormachen.

»Was soll ich denn machen? Ein Mann auf Föhr. Wie soll das gehen?«

»Wenn man etwas will, findet man einen Weg. Wenn man nicht will, findet man Gründe«, meinte Dori. Das hatte sie vermutlich von einem ihrer Seminare zur Persönlichkeitsentwicklung.

»Vielleicht ist das ein Zeichen«, hörte sie Dori laut nachdenken.

»Was denn für ein Zeichen? Dass ich öfter mal ans Meer muss?«, wollte Mo wissen und lachte.

»Dass du doch mal über einen neuen Beziehungsstatus nachdenkst«, erklärte Dori und trank einen Schluck. Vermutlich Yogi-Tee, tippte Mo.

»Ja, kann sein. Jetzt habe ich meinen Schlafstatus geändert. Das reicht fürs Erste«, stellte sie immer noch voller Freude über das Zimmer fest.

Die beiden telefonierten noch eine ganze Weile, bis Dori schließlich auflegen musste, weil es an ihrer Tür klingelte. Ihre Mutter hatte sich zu einem spontanen Besuch angekündigt. »Melde dich mal wieder. Das klingt ja alles zu spannend!«, sagte sie zum Abschied hastig. Dann legten beide auf.

Der warme Sommerwind trug das Lachen der Möwen und der Kinder vom Strand zu Mo hoch. Sie fragte sich, was ihre eigene Mutter wohl gerade machte, was sie sich von dieser Schnitzeljagd erhoffte und was der ausschlaggebende Grund gewesen war, das alles hier zu inszenieren.

Mo stand vom Bett auf, ging zu ihrer Tasche und holte das alte Fotoalbum und die Umschläge heraus. Dann öffnete sie einen nach dem anderen, faltete sie auseinander, die Blätter und Fotos, und legte alles vor sich auf den Couchtisch. Auch den zerknüllten Notizzettel ihrer Mutter, den sie zuletzt gelesen, ins Heu geworfen und dann doch wieder rausgeholt hatte. Irgendetwas in ihr hatte gesagt: *Nimm ihn mit.*

Da lagen sie alle, die kleinen und großen Hinweise ihrer Mutter. Mit ihren kleinen und großen Auswirkungen auf ihr Leben. Im Grunde hatte der kleinste Zettel die größte Veränderung gebracht. Eine Halbschwester. Per Post.

Mo schloss für einen Moment die Augen und versuchte, Ordnung in ihren Kopf zu bringen und das Karussell zu stoppen. Für den Moment.

Sie öffnete die Augen wieder und ließ ihren Blick in Zeitlupe über das, was vor ihr lag, wandern.

Der erste Brief, den sie auf der Fähre entdeckt hatte. Das alte Foto, auf dem sie mit Sonnenhut am Strand von Wyk saß. Die Frage auf der Rückseite, auf wen sie sich immer am meisten gefreut hatte, wenn sie nach

Föhr gefahren waren. Der zweite Umschlag, den Inga ihr gegeben hatte. Ein weiteres vergilbtes Foto. Mo mit Cowboyhut auf dem Kopf, Frieda neben sich. Der Hinweis mit dem Scheunencafé. Der schöne Abend mit Frieda am Strand. Und der dritte Umschlag, den Frau Witt ihr gegeben hatte. Mit dem Brief, der nicht von Hilde war.

Vor ein paar Tagen hatte ihr Leben noch eine Struktur gehabt. Doch jetzt lag alles auf ein paar Zetteln vor ihr, und sie versuchte, es wie ein Puzzle neu zusammenzusetzen. Dabei war sie doch eigentlich diejenige, die anderen half, Zusammenhänge zu erkennen, neue Wege zu gehen, umzustrukturieren, neu anzufangen, etwas zu wagen, neu zu denken. Und jetzt? Jetzt saß sie hier und versuchte zu verstehen, was vor vielen Jahren passiert war.

Es reicht, beschloss Mo. Sie hatte endgültig genug davon, fremdgesteuert von ihrer verrückten Mutter die Tage auf dieser Insel zu verbringen, anstatt sich wirklich mal zu erholen und das zu machen, wonach ihr der Sinn stand. Champagner in der Wanne trinken zum Beispiel. Sie griff nach dem Festnetztelefon und wählte die Nummer ihrer Mutter.

Es klingelte. Mo spürte, wie ihr Herz anfing zu rasen, und sie wusste, dass die Wahrscheinlichkeit hoch war, dass ihr das, was sie gleich sagen würde, eventuell später leidtun würde.

Es klingelte und klingelte, aber keiner nahm ab. Vielleicht auch besser so, entschied Mo und legte auf. Dann nahm sie den Hörer noch einmal hoch und wählte die Nummer von Frau Witt, die so kurz war, dass sie sie sich hatte merken können.

Auch dieses Mal klingelte es sehr lange, aber mit Erfolg.

Frau Witt erklärte, dass sie gerade in der Küche beschäftigt sei, sich aber über Gesellschaft sehr freuen würde.

Das passte Mo wunderbar. Sie musste raus, sich bewegen und den Kopf freibekommen. »Komm, Liebling«, sagte sie bestimmt. »Wir holen ein paar Pralinen, besorgen uns ein Rad und radeln nach Alkersum«, erklärte sie einem nicht sonderlich begeisterten Hund, der sich schließlich aber doch aufraffte und bereitwillig das Zimmer verließ.

13.

Das Rad sah wunderschön aus. Es war nagelneu, hatte einen geflochtenen Korb am Lenkrad für Liebling und entsprach insgesamt viel mehr ihrem Geschmack als das alte. Mo hatte ihre Erfahrung, die sie vom ersten Verleih mitgenommen hatte, natürlich gleich auf dem Silbertablett präsentiert und fühlte sich schon wie ein Vollprofi, als man ihr das Rad entgegenschob und den Schlüssel fürs Schloss in die Hand drückte. Während sie das schwedenblaue, schön geschwungene Rad betrachtete, kam ihr der Gedanke, sich vielleicht selbst eines anzuschaffen. Eigentlich war es eine gute Idee. Sie brauchte keinen Parkplatz zu suchen, kam mal raus und bewegte sich. Auf alle Fälle war das eine Überlegung wert. Sie setzte Liebling in den Korb und fuhr los.

Frau Witt freute sich über die Pralinen, die Mo auf dem Weg zum Fahrradverleih in einem kleinen Spezialitätengeschäft in Wyk gekauft hatte. »Mit Schuss!«, sagte sie mit einem Augenzwinkern, machte Liebling von der Leine ab und folgte Frau Witt in die Küche.

»Vielen Dank! Aber das wäre wirklich nicht nötig gewesen. Das größte Geschenk bist doch du. Komm rein, ich backe gerade.«

Mo ging erneut durch den Flur, betrachtete wieder

die Holztreppe, die nach oben in ihre Vergangenheit führte, und stand schließlich in der Küche, deren Fenster heute weit geöffnet waren. Es roch wunderbar süß nach frisch gebackenem Kuchen. Sie zog die leichte Strickjacke aus, legte sie über einen der zwei weißen alten Holzstühle und setzte sich auf die Eckbank an der anderen Seite des Tisches, sodass sie Frau Witt sehen konnte. Vor ihr auf dem Tisch waren Schüsseln mit Äpfeln aus dem Garten und Kirschen, ein Holzbrett und ein kleines Messer.

»Kann ich Ihnen vielleicht helfen?«, bot sie an, während Liebling sich unterm Tisch neben ihren Füßen fallen ließ.

Frau Witt, die gerade den Wasserkocher füllte, um Teewasser aufzusetzen, drehte sich zu ihr um. »Das ist lieb. Wenn du magst, schneide gerne die Äpfel in dicke Scheiben. Einen gedeckten Apfelkuchen habe ich schon fertig. Möchtest du ein Stück? Ist auch ohne Rosinen.«

»Das haben Sie sich gemerkt?«, fragte Mo erstaunt, griff nach Äpfeln und Messer und fragte sich, wie die alte Dame das nur machte. Bei all den Gästen, die sie in den ganzen Jahren hier gehabt hatte.

»Ja, natürlich. So etwas merke ich mir doch, wenn mein Lieblingsgast etwas nicht mag.«

»Jetzt fühle ich mich aber gebauchpinselt!«, freute Mo sich. »Wenn er ohne Rosinen ist, nehme ich natürlich sehr gerne ein Stück. Da kann man ja nicht Nein sagen! Und bei dem ganzen Geradel hier auf Föhr habe ich auch in der Tat ordentlich Hunger.«

Frau Witt setzte den Wasserkocher ab, nahm den letzten Blätterteigboden, legte ihn auf die Friesentorte, die sie gerade zauberte, strich die Sahne glatt und wischte sich die Hände an der Schürze ab. »Dann hole ich dir mal ein Stück«, sagte sie und ging aus der Küche.

Die Torten und Kuchen standen im Essraum in einer alten Glasvitrine. Auch das hatte sich nicht geändert.

Während Mo einen Apfel in Scheiben schnitt, dachte sie, wie schön es war, dass sich hier nichts verändert hatte. Wie gerne würde sie das von ihrem eigenen Zuhause sagen. Dem alten Haus, in dem schon ihre Großeltern gelebt hatten und in dem jetzt eine andere Familie lebte. Dem wilden Garten mit den Beeten, in denen Hilde Gemüse angebaut hatte, der jetzt aber eine einzige Rasenfläche war.

Sie hob den Blick, als Frau Witt mit einem stolzen Lächeln im Gesicht das Stück Kuchen auf dem Friesengeschirr vor ihr abstellte. »Lass es dir schmecken. Der Tee ist auch gleich fertig. Oder möchtest du lieber Kaffee?«, fragte sie, während sie den Tee in der blauweiß geblümten Teekanne aufgoss.

»Ehrlich gesagt, gerne«, gab Mo zu und sah auf den Teller vor sich. »Oh, vielen Dank! Der sieht ja superlecker aus. Wie immer«, freute sie sich, legte das Messer beiseite, griff nach der alten, silbernen Kuchengabel und probierte genüsslich ein Stück. »Ein Traum!«, stellte sie mit vollem Mund fest und nahm sich wieder das Messer, um weiterzumachen.

»Das freut mich«, sagte Frau Witt, griff nach der Dose, in der sich das Kaffeepulver befand, gab zwei Löffel in den Filter der Kanne, die sie bereitgestellt hatte, und goss das brühend heiße Wasser darüber. Es roch wunderbar.

»Frau Witt?!«, hörten sie eine Frauenstimme von draußen rufen. Vermutlich ein Gast, tippte Mo.

»Jaaa, Moment!«, rief Frau Witt zurück, stellte den Wasserkocher beiseite und verschwand nach draußen.

Mo nahm noch ein Stück von dem Kuchen und sah sich in der Küche um. Was passierte mit dem Haus, wenn es erst einmal verkauft war? Würde es jemand renovieren und weiter als Ferienhaus vermieten? Oder alles rausreißen, umbauen und selbst bewohnen, so, dass sie es vermutlich nie wieder betreten könnte? War das heute vielleicht sogar schon ihr letzter Besuch hier? Bei dem Gedanken wurde ihr schwer ums Herz. Große Gefühlsduseleien waren nicht ihr Ding, und trotzdem ertappte sie sich dabei, wie sie in Gedanken die Räume durchging und überlegte, was sie machen würde, wenn es ihr Haus wäre. Nur in Gedanken, verstand sich. Mehr nicht. Was sollte sie auch mit einem Haus auf Föhr. Sie lebte in Berlin. Aber das Einrichten und Gestalten von Räumen hatte sie immer schon geliebt. Nicht ohne Grund hatte sie eine Architekturzeitschrift seit Jahren abonniert und nicht irgendeine Modezeitschrift. Und außerdem, sie könnte es ja auch vermieten. Vor ihrem inneren Auge renovierte sie das Haus, riss die Bäder raus, die alten, kleinen Küchen oben in den Ferienwohnungen, falls diese dort noch waren, überlegte, welche Wände eventuell nicht tragend waren, sodass man sie rausnehmen konnte, um größere Räume zu schaffen. Sie fragte sich, was ein neues Reetdach wohl kosten würde, was an weiteren Arbeiten notwendig wäre, in welchen Farben sie die Zimmer streichen und wo sie ihr Schlafzimmer einrichten würde. Und dass sie dort dann das Fenster gerne bodentief hätte, um einen schönen, weiten Blick über die Felder zu haben.

Vermutlich war es eh unbezahlbar und utopisch, überlegte sie und wischte den Gedanken schnell beiseite, als Frau Witt zurück in die Küche kam.

Sie griff nach den schönen, alten Tassen, stellte zwei auf den Tisch zu Mo und schenkte erst ihr den Kaffee, dann sich selbst Tee ein. Anschließend holte sie Kandis, frische Sahne und Milch und setzte sich zu ihr.

Einen Moment sagte niemand etwas. Durch das geöffnete Fenster drangen Stimmen, der Gesang der Vögel und eine leichte Brise frische Luft zu ihnen in die Küche.

»Wussten Sie von der Affäre meines Vaters?«, fragte Mo plötzlich unvermittelt. »Hat er diese andere Frau hier getroffen? Wenn ich mit meiner Mutter am Strand war?« Sie spürte, wie ihr Herz pochte in der Erwartung dessen, was kommen würde.

Ihr Vater war ein Einzelgänger und selten bei irgendwelchen Ausflügen dabei gewesen. Der Gedanke war also nicht abwegig. Bis jetzt hatte sie es auf seine Leidenschaft für die Fotografie geschoben. Aber es hatte noch eine andere Leidenschaft gegeben.

Frau Witt schüttelte den Kopf. »Nein, davon wusste ich nichts«, antwortete Frau Witt knapp.

Mo nahm die Gabel und stach damit ein Stück Kuchen ab, ließ es aber gedankenverloren auf dem Teller liegen, sah es an und dachte zurück an die Zeit, als sie das letzte Mal hier Urlaub gemacht hatten. Sie war mitten in der Pubertät und mit anderen Dingen beschäftigt gewesen. Und sie hatte nicht den leisesten Verdacht gehabt, dass etwas nicht stimmte. Aber Frau Witt – die musste doch irgendetwas mitbekommen haben!

»Ich habe davon erst erfahren, als deine Mutter den Brief fand«, begann die alte Dame in dem Moment zu erzählen und sah dabei in ihre Teetasse, über deren Henkel sie sanft mit dem Daumen strich.

Mo wartete. Sie wollte nicht drängen und hoffte doch, dass sie noch mehr erfahren würde. Mehr von dem, was man vor ihr geheim gehalten hatte.

»Dein Vater war an dem Nachmittag nicht da, und du, ja, du warst wahrscheinlich mit den anderen unterwegs, denke ich. Mit deiner Freundin. Ihr wolltet eigentlich zum Reiten, aber deine Mutter hatte an dem Tag Kopfschmerzen und hatte sich im Garten in den Schatten gelegt. Als sie dann irgendwann aufstand, um nach oben in eure Ferienwohnung zu gehen, fand sie den Brief, der unter der Tür klemmte. Ein grauer Briefumschlag«, schob sie nach, und Mo musste sofort an die Umschläge denken, die ihre Mutter für sie vorbereitet hatte.

»Und meine Mutter hat ihn gelesen«, schlussfolgerte Mo.

Frau Witt nickte. »Ja, sie hat ihn gelesen, stand völlig unter Schock, was man ja verstehen kann, hat alles zusammengepackt, ist zu mir runtergekommen und hat mir gesagt, dass sie abreisen werde.«

»Mit mir«, ergänzte Mo und sah aus dem Fenster auf die Wiese, auf der heute keine Pferde grasten. Was hatte sie an dem Tag gemacht, der alles verändert hatte? War sie mit Frieda am Strand gewesen? Hatte sie auf ihrem Lieblingsbaum gesessen? Hatte sie mit den anderen Kindern eine Fahrradtour durchs Dorf gemacht? Hatten sie sich alle ein Eis bei dem kleinen Krämerladen geholt? Sie konnte sich nicht mehr daran erinnern. Woran sie sich erinnerte, war die Fahrt mit der Fähre zurück zum Festland. Wie sauer sie auf Hilde gewesen war, die ihre Ferien auf Föhr einfach ohne jede Ankündigung beendet hatte. Wie sie weinend an Deck saß, wie die anderen Leute sie ansahen, weil sie ihre Mutter lauthals beschimpfte, weil sie nicht verstand, was los war. Und weil sie keine richtige Antwort auf ihre Fragen bekam.

»Und mein Vater? Ich meine, er muss doch auch

irgendwie reagiert haben. Was hat er denn gesagt, als er zurückkam und wir weg waren?«

Frau Witt zuckte mit den Schultern, hob den Blick und sah sie an. »Das kann ich dir nicht sagen, Mo. Das hat er nicht mit mir besprochen. Ich bin ja nur die Vermieterin. Er kam irgendwann zurück, bemerkte eure Abwesenheit, fragte sich sicherlich, wo ihr wäret, packte auch und fuhr, weil es für diesen Tag schon zu spät war, am nächsten Tag. Das weiß ich noch. Aber ansonsten kann ich dir nichts sagen, was ihn betrifft. Hilde hatte ihm, das erinnere ich noch, einen Zettel in der Wohnung hinterlassen. Was draufstand, weiß ich natürlich nicht. Ich bin wirklich nicht indiskret, das weißt du. Aber ich gehe davon aus, dass es eine Erklärung für eure Abreise war. Mit Gewissheit kann ich dir das nicht sagen. Den Brief, den sie gefunden hatte, hat sie ja mitgenommen. Oder?«

Mo nickte. »Aber dann hat mein Vater ja vielleicht nie erfahren, dass diese Frau schwanger war«, überlegte sie laut.

»Doch, doch. Das hat er. Da bin ich mir sehr sicher«, erklärte Frau Witt und nahm einen Schluck von dem Tee, in den sie inzwischen etwas Kandis und flüssige Sahne getan hatte. »Hilde erwähnte es, als sie kürzlich hier war. Wir haben natürlich auch darüber gesprochen. Dein Vater hat auf alle Fälle davon erfahren. Hilde hat ihm ja von dem Brief erzählt, der eigentlich für ihn bestimmt war.«

Mo stützte ihren Ellenbogen auf dem alten Küchentisch ab und legte ihr Kinn in die Hand.

»Na ja, und hier auf der Insel war es ja auch nicht lange ein Geheimnis. Eine Schwangere ohne Mann, so etwas spricht sich schnell rum. Und eine Alleinerziehende fällt natürlich auch auf. Da haben sich viele das Maul zerrissen. Das kannst du mir glauben. Mir tat sie ja immer leid. So allein mit dem Kind, das ist nicht einfach.«

Mo sah sie an. »Das hat Hilde mir geschrieben, dass ich eine Schwester, also ich meine, eine Halbschwester habe.«

»Ich glaube, sie heißt Marie. Ganz sicher bin ich aber nicht.«

Mo und Marie. Das klang ja fast wie Hanni und Nanni, dachte sie und spürte, dass sie diese ganzen Informationen der letzten Tage erst einmal sacken lassen musste. Sie wurde das Gefühl nicht los, das sie seit Tagen hatte. Dass all das hier nur ein Traum war.

Einen langen Augenblick sagten die beiden Frauen nichts.

»Sie kennen sie persönlich?«, durchbrach Mo die Stille.

»Na ja, kennen ist zu viel gesagt. Aber hier kennt ja im Grunde jeder jeden, wenn du so willst«, meinte Frau Witt und trank einen Schluck. »Ihre Mutter hat ein Teegeschäft. Hier in Nieblum.« Sie wies mit dem Kinn in Richtung des Nachbardorfes.

Mo deutete auf Frau Witts Tasse. »Ist der Tee auch von ihr?«

»Ja. Sie hat einfach den besten Friesentee, den man kriegen kann.«

»Und ihre Tochter? Wissen Sie, was die so macht?«

Frau Witt schüttelte den Kopf. »Nein. Ich habe mal gehört, dass sie unten am Strand bei der Surfschule jobbt. Aber ob das noch so ist, kann ich dir nicht sagen. Sie müsste ja jetzt auch schon neunzehn sein, oder? Vielleicht ist sie auch irgendwo auf dem Festland und studiert.« Frau Witt zuckte mit den Schultern.

Mo fragte sich, wie ihre Halbschwester wohl aussah, und ob sie sie erkennen würde, wenn sie ihr irgendwo begegnete. Und ob sie das überhaupt wollte.

Jemand klopfte an den Türrahmen der Küchentür und riss sie aus ihren Gedanken. Es war eine junge Frau mit einem Baby auf dem Arm. Der Kleine quietschte vor Vergnügen und strahlte Mo an, als würde er sich freuen, sie endlich mal wiederzusehen.

Die blonde Frau hatte ein rotes Gesicht von der Sonne und sah leicht verschwitzt aus. »Entschuldigen Sie bitte die Störung …«, begann sie, wurde aber gleich von Frau Witt, die aufstand, freundlich unterbrochen.

»Sie stören nicht. Was kann ich für Sie tun?«

»Das Mückennetz oben, bei uns am Fenster, ist locker, und an der einen Seite kommen jetzt leider nachts die ganzen Mücken rein. Ich denke, es liegt an dem Klettband.«

»Ich komme mal eben mit. Das lässt sich ja schnell ändern. Von dem Klettband habe ich noch eins in der Abstellkammer.«

Mo fragte sich, warum sie noch nie das Bedürfnis nach einem Baby gehabt hatte. Sie fand Babys und Kleinkinder niedlich. Mehr aber auch nicht. Dass sich das, wie Hilde hoffte, irgendwann noch einmal ändern würde, bezweifelte sie. Das würde sie doch bestimmt spüren. Aber da war nichts. Keine Sehnsucht, keine tickende Uhr. Wie groß musste diese Sehnsucht bei der heimlichen Freundin ihres Vaters gewesen sein? Dass sie es auf sich genommen hatte, das Kind allein großzuziehen? Und was hatte Hans unternommen, um sie zu unterstützen?

»So, da bin ich wieder«, hörte sie Frau Witt sagen, die in dem Augenblick in die Küche kam und sich schwer atmend wieder zu ihr an den Tisch setzte.

»Ach ja, ich bin halt nicht mehr die Jüngste«, stellte sie schnaufend fest. »Morgen kommt der Makler. Mal schauen, was der sagt.« Frau Witt griff nach der Teetasse, nahm einen Schluck, stellte sie wieder ab und sah aus dem Fenster, wo Kinder lachend durch den Garten liefen. »Das werde ich vermissen. Die Kinder, die Familien. Ich war ja im Grunde nie allein hier. Vielleicht mal um die Weihnachtsfeiertage rum, aber sonst nicht.«

Mo nickte verständnisvoll und legte ihre Hand auf die von Frau Witt. »Sie werden auch dort, wo Sie dann wohnen, nicht allein sein. Da bin ich ganz sicher. Sie haben doch gerade gesagt: Hier kennt jeder jeden. Also werden sicher Menschen in Ihrer näheren Umgebung sein, die Sie schon kennen. Vielleicht ja auch eine junge Familie mit Kindern, die dann mal zu Ihnen rüberkommt«, versuchte Mo sie aufzumuntern, wusste aber, dass nichts dieses Leben hier für Frau Witt ersetzen würde. Es waren tröstende Worte, die kein Trost waren.

Frau Witt erzählte von einer kleinen ebenerdigen Wohnung in Nieblum, die sie gerne beziehen würde. Dann müsse sie auch nicht so weit gehen, wenn sie etwas brauche. Es gab ja im Grunde alles im Dorf, und sonst war da noch der Bus nach Wyk. Außerdem hätte sie auch die Möglichkeit, jederzeit zurück hierherzukommen. Um nach ihrem Haus zu sehen.

»Je nachdem, was hiermit geschieht«, schob sie nach und sah sich in der Küche um. Dann stand sie auf und räumte den Tisch ab.

Mo half ihr.

»Aber so weit ist es ja noch nicht. Und so lange mache ich hier weiter und kümmere mich mal um die Torte.« Frau Witt hielt in der Bewegung inne. »Wenn du möchtest, kann ich dir das Rezept geben. Dann kannst du die Friesentorte für Fortgeschrittene ja mal für deine Freunde in Berlin machen. Ich bin gespannt, was die dazu sagen!«

»Gerne«, freute sich Mo und trug das Geschirr zum Spülbecken. »Aber so, wie Sie die machen, werde ich es niemals hinbekommen. Ich habe zwei linke Hände, was Kochen und Backen betrifft. Vermutlich liegen nachher alle unterm Tisch und schnarchen, weil ich zu viel Likör reingemacht habe.« Mo lachte und beobachtete dabei Frau Witt, die in langsamen Bewegungen die Arbeitsfläche aufräumte.

»Ich hole kurz das Rezept. Ich habe es in einem Ordner, im Bücherregal. Moment«, sagte die alte Dame und verschwand aus der Küche.

»Ich gehe schon mal raus«, rief Mo ihr hinterher. Sie weckte Liebling und lief mit ihm raus vor das Haus, wo es im Vergleich zur Küche mehr als mollig warm war. Es fühlte sich an wie in einer Biosauna, obwohl sich der Eingangsbereich gerade im Schatten befand.

»Na, das kann ja was werden, wenn wir beide gleich zurückfahren«, meinte Mo zu Liebling, der sofort umdrehte, wieder zurück in den kühlen Flur tapste und es sich dort neben einem Paar alten Gartenschuhen gemütlich machte.

»So, nun habe ich es gefunden. Hier ist es«, hörte sie Frau Witt sagen, die in dem Moment aus dem Wohnzimmer kam. Mo erkannte sofort den Umschlag, den sie in der einen Hand hielt, während sie in der anderen ein DIN-A4-Blatt in einer Klarsichtfolie betrachtete, das sie Mo jetzt entgegenhielt.

»Bitte schön. Viel Spaß damit!«

Mo nahm das Rezept entgegen und sah auf die Handschrift von Frau Witt, die das Rezept für die Friesentorte mit Füllfederhalter auf das Blankoblatt geschrieben hatte. So gerade und ordentlich, dass es den Anschein machte, als hätte es Linien gegeben, wo keine waren. Das Blatt war leicht vergilbt und musste schon einige Male aus der Klarsichtfolie rausgenommen worden sein. Es trug Spuren von Fettfingern und Teigklecksen, die man versucht hatte zu entfernen.

»Aber dann haben Sie es nicht mehr«, stellte Mo nachdenklich fest. »Das ist ja das Original.«

»Das muss ich auch nicht, Liebes. Selbst wenn ich eines Tages in meiner neuen Küche Lust bekomme zu backen, dann schaffe ich es nach all den Jahren auch ohne das Rezept. Da mach dir mal keine Gedanken.«

Mo sah fragend zu dem Umschlag, den Frau Witt in der anderen Hand hielt.

»Ja, und dann habe ich hier noch einen Umschlag von deiner Mutter. Sie bat mich, ihn dir erst später zu geben, wenn du den ersten geöffnet hast, sofern wir uns dann noch einmal sehen. Aber das haben wir ja Gott sei Dank. Was mich wirklich sehr freut!«

Mo seufzte. Es ließ sich nicht unterdrücken. Sie war einfach keine gute Schauspielerin. Und warum auch? Was hatte sie vor Frau Witt zu verbergen?

Sie schüttelte den Kopf und fragte sich, wie viele Umschläge wohl noch auf sie warteten und wo.

»Danke«, murmelte sie, obwohl sie es nicht so meinte, und nahm den Umschlag.

Frau Witt fasste sie liebevoll am Oberarm und sah ihr tief in die Augen. »Fahr mal zur Surfschule, und schau dich dort um. Vielleicht triffst du Marie ja. Hilde hat etwas erfahren, das sie sehr bewegt hat. Sie hat da etwas angedeutet, aber was genau es ist, kann ich dir nicht sagen. Du findest es schon raus«, meinte sie zuversichtlich und drückte Mo an sich.

»Ja, mal schauen. Ich denke darüber nach.«

Frau Witt löste sich wieder von ihr, und Mo sah eine Schwere im Gesichtsausdruck der alten Dame, die sie auch in ihrem eigenen Herzen spürte.

»Vielleicht steht ja etwas in dem Brief, das dir weiterhilft«, versuchte Frau Witt sie zu motivieren. Aber es klang hohl. Ohne jede Energie. So, als wollte sie nur einfach irgendetwas sagen, um den Abschied zu erleichtern.

Das war nicht die Frau Witt, die sie kannte.

»Ich habe, ehrlich gesagt, nicht wirklich große Lust, diesen Umschlag zu öffnen. Wer weiß, welche Familiengeheimnisse da drin stecken? Vielleicht lass ich ihn vorsichtshalber zu«, überlegte Mo erneut.

Da war er wieder. Der Moment, in dem sie Dori gerne angerufen hätte. Einfach so. Oder ihr zumindest eine Sprachnachricht gesendet hätte. Weil das hier alles so verrückt war, dass sie vermutlich eine ganze Woche brauchen würde, um ihr alles zu erzählen, was ihr hier gerade passierte. Bis ins kleinste Detail natürlich. Und selbst dann würde Dori vermutlich denken, sie spönne.

Neben dem Heuhotel, das ja noch einigermaßen lustig war, wenn man es erzählte, kam jetzt noch eine

Halbschwester dazu. Wie lustig sie das fand, wusste sie allerdings noch nicht so genau.

»Föl toonk für den leckeren Kuchen«, bedankte Mo sich schließlich. Sie konnte diesen Moment nicht ewig in die Länge ziehen. Das war auch gar nicht ihre Art. Das hier war einfach nur ein Haus, versuchte sie sich zu sagen. Ein Haus mit Erinnerungen. Und die würden bleiben. Die konnte ihr keiner nehmen. Frau Witt würde sicher etwas Schönes, Neues finden.

»Und vielen Dank auch für das Rezept. Ich bin gespannt, was dabei rauskommt, wenn ich es versuche. Ich kann ja ein paar Beweisfotos machen. Auf alle Fälle melde ich mich dann. Spätestens!«

»Mach das sehr gerne, Liebes. Ich freue mich immer, von dir zu hören. Adjis, Mo. Pass auf dich auf!«

Mo rief Liebling, nahm ihn auf den Arm, setzte ihn in den Fahrradkorb, steckte Umschlag und Rezept daneben und winkte zum Abschied. »Adjis, Frau Witt! Wir sehen uns ganz bald wieder!«

14.

Das Hotelzimmer war komplett ausgekühlt. Als Mo die Tür öffnete, hatte sie das Gefühl, in einen Kühlschrank zu gehen. Sie ließ Liebling von der Leine, machte die Klimaanlage aus, öffnete die große Glasschiebetür zum Balkon und genoss die Seeluft, die ins Zimmer strömte. Der Blick war atemberaubend. Wer wollte da schon nach Mallorca, dachte sie und musste im gleichen Moment über sich selbst schmunzeln. Ausgerechnet sie dachte so etwas. Das hatte vor ein paar Tagen noch ganz anders ausgesehen, stellte sie fest, als hinter ihr das Telefon am Bett klingelte. Mo erschrak. Zum einen, weil sie den Ton gar nicht kannte, zum anderen – wer konnte das sein? Eigentlich nur Janne, schlussfolgerte sie, ging zu dem Apparat und wollte gerade abnehmen, als sie über die Nummer stolperte. Sie konnte sich zwar keine Namen merken, aber Nummern dafür umso besser, und das hier war nicht Jannes Handynummer, die er ihr auf einen Notizzettel geschrieben hatte. Es war die Nummer ihrer Mutter!

Mo stand wie angewurzelt vor dem Telefon, das unablässig klingelte, und starrte es an wie einen Fremdkörper. Woher wusste Hilde, dass sie hier war? Hatte Inga ihr die Nummer gegeben? Oder Frau Witt? Ach nein, Frau Witt hatte ihre Nummer ja gar nicht, erinnerte sie sich.

Während sie Hilde vor ein paar Stunden noch liebend gerne gesprochen, nein, zur Rede gestellt hätte, hatte sie jetzt, in diesem Moment, überhaupt keine Lust, mit ihr zu sprechen. Es wäre so oder so ein Monolog geworden. Und zwar Mos. Ein ganzer Fragenkatalog hatte sich inzwischen in ihrem Kopf angesammelt.

Das Telefon verstummte.

Mo ließ die angehaltene Luft raus, ging zur Minibar, holte sich ein kaltes Bier, öffnete es und setzte sich damit auf den Balkon.

»Komm, Liebling!«, rief sie und gab ihm ein Zeichen, zu ihr auf die Liege zu hüpfen. Sie überlegte, wann sie zuletzt – von gestern Abend abgesehen – so gerne ein Bier getrunken hatte. Champagner, Wein, Gin, aber nie Bier. *Passt ja. Ich mache hier im Grunde ausschließlich Dinge, die ich sonst nicht tue*, stellte sie fest.

Während sie das erfrischende Bier trank und jeden Schluck genoss, der sie von innen kühlte, musste sie immer wieder an das Haus von Frau Witt denken. Die Frage, was Hilde wollte, wurde von ihr erfolgreich verdrängt. Mo schloss die Augen, genoss die Geräusche des Strandlebens, die Rufe der Möwen, den leichten Wind. Sie stellte sich vor, die Flügeltür zu öffnen und das Haus von Frau Witt zu betreten, das in ihrer Vorstellung leer war. Leer und kühl. Es roch, wie es immer roch. Nach altem Friesenhaus, nach Selbstgebackenem, nach Frau Witt. Ein Geruch, ein Duft, den man nicht beschreiben konnte. Der Kindheit bedeutete. Und ein Stück Heimat.

Während sie durch die Räume ging und die Gedanken, die sie bei Frau Witt in der Küche schon gehabt hatte, fortsetzte, fiel ihr das Gedicht wieder ein, das sie als Kind geschrieben hatte.

Ich baue dir ein Haus am Rande der Stadt, von dem jeder etwas hat. Aus Fantasiebausteinen …

Ein Haus für jeden, ein Haus für Menschen, die es brauchten. Warum hatte sie das Gedicht, diesen Wunsch, ein Haus für alle zu bauen, vergessen? Welche Träume, welche Wünsche und Ziele hatte sie noch vergessen?

Mo merkte, wie sie langsam wegnickte, und öffnete die Augen.

Einen Moment lang sah sie mit zusammengekniffenen Augen in den hellblauen Himmel, dann beugte sie sich vor, griff nach der grünen Flasche, die nicht mehr kalt war, und trank den letzten Schluck. Die Hitze wich einer angenehmen Sommerwärme.

Langsam nahm sie Lieblings Pfote von ihrem Bein, der es sich darauf gemütlich gemacht hatte, stand auf, ging rein, holte sich ein kaltes Wasser und griff nach dem Umschlag ihrer Mutter, den sie auf den Couchtisch gelegt hatte.

Zurück auf der Liege, setzte sie sich in den Schneidersitz, öffnete den Umschlag und zog ein altes, quadratisches Foto raus, das sie selbst vor dem Haus von Frau Witt zeigte. In geblümtem Trägerkleid, den Kopf leicht schräg gelegt, lachte sie in die Kamera, die ihr Vater vermutlich hielt.

Aber das fröhliche Kind, das ihr zuwinkte, nahm Mo nicht wahr. Ihr Blick fokussierte etwas anderes. Das Haus. Es ließ ihr einfach keine Ruhe. War Frau Witts Haus das aus ihrem Gedicht? Ein Haus für alle? Sollte es so kommen, dass sie sich das fragte? Hatte Hilde genau das gewollt? Dass sie sich an ihre Träume erinnerte? War das der Plan, oder war es Zufall? Irgendwie passte so viel Strategie gar nicht zu Hilde.

Mo drehte das Foto um. Doch da stand nichts. Keine Botschaft, keine Aufforderung, irgendwohin zu fahren. Nichts. Sie legte das Bild beiseite und sah aufs Meer.

Es ging gar nicht darum, dass sie hier auf der Insel eine »medienfreie« Zeit hatte, schoss es ihr auf einmal durch den Kopf. Vielleicht war das anfangs Hildes Gedanke gewesen, aber dann war alles anders gekommen. Ihre Mutter wollte aus irgendeinem Grund, dass sie die Wahrheit erfuhr.

Dabei hätte Hilde es ihr doch auch einfach sagen können. Und zwar vor zwanzig Jahren! Als sie vierzehn war und danach gefragt hatte. Immer und immer wieder.

Hilde konnte im Grunde froh sein, dass sie nicht ans Telefon gegangen war. Sonst hätte sie sie nämlich gefragt, ob sie eigentlich noch bei Trost war, sie hier auf der Insel auszusetzen, ihr jede Kommunikationsmöglichkeit zu nehmen und sie stattdessen mit einem Umschlag-Marathon zu beschäftigen, um ihr dann auf einem Notizzettel mitzuteilen, dass sie eine Halbschwester hatte!

Und was war überhaupt mit Hans? Den musste sie auch dringend sprechen.

Mo stand auf und griff nach ihrer Tasche. Sie brauchte jetzt einfach ein Handy. Es reichte, beschloss sie, und rief Liebling.

GESCHLOSSEN stand auf dem Zettel, der hinter der Glastür des Geschäfts in Wyk hing. Und das nicht nur heute, wie Mo leicht verzweifelt in dem klein gedruckten Text darunter las. Es hatte einen Wasserschaden gegeben, und bis auf Weiteres war der Telekommunikationsladen in der Fußgängerzone geschlossen.

»Na prima«, seufzte Mo und sah zu Liebling runter, der neben ihr saß und hechelte. Ihm war es nachweislich immer noch zu warm. »Tja, es soll wohl irgendwie nicht sein. Oder wie siehst du das?« Liebling drehte sich um und sah einer kleinen braunen Pudeldame hinterher, die er wohl spannender fand als die geschlossene Glastür, vor der er saß.

Mo war kurz davor, den nächsten Passanten, der an ihr vorbeilief, zu fragen, ob es noch einen weiteren Laden gab, der Handys verkaufte, kam dann aber zu dem Schluss, dass es schlauer war, in einem Geschäft nachzufragen, als einen Urlauber anzusprechen. Und obwohl die benachbarten Läden geöffnet waren, was man an den Kleiderständern vor den Türen erkannte, blieb sie stehen. Sie war hin- und hergerissen zwischen der Enttäuschung, dass das Geschäft geschlossen war, und einem anderen, neuen Gefühl, das sie irritierte. Sie mochte es sich nicht eingestehen, aber wenn sie ehrlich zu sich selbst war, dann war sie fast ein bisschen erleichtert. War es ein Zeichen dafür, dass sie den Entzug überwunden hatte und »trocken« war? Konnte dies eventuell sogar der Beginn einer Zeit sein, die sie tatsächlich auch ohne Handy genießen konnte? Entspannt und befreit. Nicht erreichbar. Das war der wahre Luxus, dachte Mo, ließ ihr Rad, das sie an einem Fahrradständer angeschlossen hatte, stehen und ging, bevor sie es sich anders überlegten konnte, mit Liebling, der lieber der Pudeldame gefolgt wäre, Richtung Strand.

Es war Ebbe und das Watt und das wenige Wasser, in dem sich der Himmel spiegelte, wirkten, als könne man bis zu den Halligen laufen. Eine Illusion. Genau wie ihre traumhaft schöne Kindheit und beginnende Jugend. Nichts war so, wie sie bisher gedacht hatte. Hans war kein treuer Familienvater, Hilde keine Schuldige, die ohne Grund mit ihr die Insel und das gemeinsame Leben verlassen hatte. Sie war kein Einzelkind.

Mo hatte sich in all den Jahren nach der Trennung vieles vorgestellt. Einen ganzen Gedankenpalast hatte sie gebaut. Aber kein einziger Stein ihres Palasts stand jetzt noch auf dem anderen. Der Brief und der kleine Notizzettel hatten alles zum Einsturz gebracht.

Während Mo sich gedankenverloren von Liebling über die Promenade ziehen ließ, streifte ihr Blick die spielenden Kinder im hellen Sand. Sie liefen mit ihren kleinen bunten Plastikeimern halb nackt durch den Matsch, suchten, buddelten und bauten. So wie sie es damals gemacht hatte. Und sie alle hatten ein Bild, eine Vorstellung von ihrer Familie, welches sie immer bei sich trugen. Mo fragte sich, bei welchem Kind dieses Bild der Wirklichkeit entsprach und bei welchem es Illusion war. Und ob sie es eines Tages erfahren würden.

Liebling war stehen geblieben, und Mo konnte in letzter Sekunde verhindern, über ihn zu stolpern und einer älteren Dame, die ihr samt Rollator entgegenrollte, in das Einkaufsnetz zu fallen.

Als sie sich wieder gesammelt und bei der Dame für den Schrecken entschuldigt hatte, sah sie am Strand den Schriftzug *Surfschule*. Mo schnappte sich Liebling, nahm ihn auf den Arm und trug ihn die Stufen von der Promenade zum Strand hinunter.

Die Surfschule bestand aus weißen Containern, die der Aufbewahrung von Brettern, Neoprenanzügen, Segeln und anderen Utensilien dienten. Daneben befand sich eine Strandbar, von der aus sich entspannte Chill-out-Musik über den Strand ausbreitete, die Mo an ihren Urlaub auf Ibiza erinnerte. Sie entdeckte einen freien Platz und setzte sich so, dass sie aufs Meer sehen, aber auch die Surfschule unauffällig beobachten konnte. Liebling legte sich in den Schatten des kleinen Tisches. Braun gebrannte, gut gelaunte junge Menschen, die offenbar gerade ihren Kurs beendet hatten, trugen SUP-Bretter vom Strand zurück zur Surfschule, unterhielten sich, lachten. Bei den Wellen mussten sie sehr weit rausgegangen sein mit ihren Brettern, dachte Mo und beobachtete im gleichen Moment, wie eine dunkelhaarige, recht junge Frau aus einem der weißen Container kam und freundlich Anweisungen gab, wo was hingestellt werden sollte.

»Moin! Was kann ich dir bringen?«, hörte sie neben sich eine Männerstimme fragen und erschrak. Sie war so in Gedanken, dass sie völlig vergessen hatte, wo sie war.

»Ich nehme gerne ein Wasser. Danke.«

»Geht klar. Und der kleine Lümmel da unten? Auch ein Schälchen?«

»Oh, das wäre nett. Danke! Sehr aufmerksam«, freute sie sich und sah wieder zu der jungen Frau rüber, die sich angeregt unterhielt. Mo versuchte, eine Ähnlichkeit zu finden. Mit Hans. Aber egal, wie lange sie suchte, sie fand keine. Nicht den Hauch. Aber musste das zwangsläufig sein? Sah man ihr an, wer ihr Vater war? Nicht wirklich, musste Mo sich eingestehen. Sie war, das sagte man ihr, seit sie ein Kleinkind gewesen war, ihrer Mutter wie aus dem Gesicht geschnitten. Ob es ihr passte oder nicht.

Der nette Kellner mit dem verschmitzten Lächeln kam mit einem Hundenapf Wasser und einem Tablett mit einem Glas und einer kleinen Flasche Wasser zurück. Er bückte sich und stellte Liebling den Napf vor die Nase.

»Jetzt habe ich gar nicht gefragt, ob du es laut oder leise möchtest?«

Mo sah ihn fragend an.

»Mit oder ohne Kohlensäure?«

»Ach so, das ist mir eigentlich egal. Was hast du denn mitgebracht?«

»Laut«, sagte er und deutete auf die Flasche.

»Dann laut«, stimmte Mo zu und machte etwas Platz, damit er das Wasser auf dem kleinen Beistelltisch abstellen und einschenken konnte. »Es war lange genug leise«, schob sie hinterher.

Der Kellner hielt in der Bewegung inne und sah sie an. »Irgendwann muss damit ja mal Schluss sein.«

Mo hatte in diesem kurzen Moment das Gefühl, er würde verstehen, was sie meinte. »Danke«, sagte sie und meinte damit nicht das Wasser, sondern das, was sie für einen viel zu kurzen Augenblick verband.

»Gerne.« Langsam drehte er sich zum Nachbartisch, an dem niemand mehr saß, sammelte die leeren Gläser ein und verschwand wieder Richtung Bar.

Dieses ganze Schweigen, leise die Wahrheit verdrängen – das musste aufhören. Und vielleicht funktionierte genau das nur, wenn sie sich auf die Suche nach ihrer

Schwester machte. Ihrer Halbschwester. Wie das klang. Eine halbe Schwester. Bekloppt.

Also, es brauchte eine Struktur. Die Suche, und das Ganze. *Ein Ziel ohne Plan ist nur ein Wunsch*, war einer dieser schlauen Sätze, die sie den Führungskräften gerne am Ende ihres Coachings mit auf den Weg gab. Hausaufgaben machen. Jetzt war sie es, die ihre Hausaufgaben machen musste. Und zwar fix. Ihr lief die Zeit davon. Es sei denn … Nein, sie konnte nicht länger bleiben. Mo verdrängte den Gedanken schnell wieder. Auch wenn das Haus sich immer wieder in ihren Kopf schlich.

Was hatte Hilde rausbekommen, als sie hier auf Föhr gewesen war? Mo griff nach dem kalten Glas, nahm einen großen Schluck und genoss das Gefühl der Kühle, die sich in ihrem Oberkörper ausbreitete. Sie hätte sich besser mit Sonnencreme einschmieren müssen. Seit Tagen hatte sie einen leichten Sonnenbrand im Gesicht und auf dem Dekolleté, der sicher nicht davon besser wurde, dass sie schon wieder in der Sonne saß.

Ihr Blick wanderte zu den Katamaranen, die am Strand lagen, vorbei an spielenden Kindern, Müttern, die sich unterhielten, einem älteren Pärchen, das Hand in Hand barfuß am Strand spazieren ging, bis raus aufs Meer, über dem Möwen ihre Bahnen zogen.

Das ältere Paar erinnerte sie daran, dass sie ihrem ersten festen Freund, den sie damals mit siebzehn hatte, bei einem Spaziergang am Wasser erzählt hatte, dass Schwäne ein Leben lang zusammenblieben.

»Die sehen ja auch alle gleich aus. Da lohnt es sich eh nicht, was anderes auszuprobieren«, hatte er trocken festgestellt. Kurz danach hatte Mo die Beziehung beendet. Es war Zeit gewesen, etwas anderes auszuprobieren. Und das war bis heute so geblieben. Sie war einfach kein Schwan. Wobei Janne Gefühle in ihr weckte, die vermutlich eher in die Schwanenrichtung gingen. Ob sie wollte oder nicht.

Wenige Meter von Mo und Liebling entfernt sortierte die junge Frau in der Surf- und Segelschule das Equipment, während die Surfschüler sich angeregt über ihre Fortschritte unterhielten.

Mo nahm ihren Mut zusammen, zahlte ihr Wasser und verließ die Bar. Zielstrebig ging sie auf die junge Frau zu. Was hatte sie zu verlieren? Gar nichts. Das Einzige, was passieren konnte, war, dass sie sich über Mo wunderte. Aber das war ihr komplett egal. Von dem, was andere über sie dachten, hatte sie sich schon vor Jahren freigemacht.

»Hi!«

»Moin«, grüßte die Frau zurück, hängte den nassen Neoprenanzug, den sie in den Händen hielt, weg und sah Mo aus runden Knopfaugen auffordernd an. »Kann ich dir irgendwie weiterhelfen?«

»Ja, das wäre schön«, fing Mo an, sah kurz zu Liebling runter. Dann sah sie wieder hoch, der Frau direkt in die Augen. »Bist du Marie?«

Bei der Frage pochte ihr Herz, als hinge ihre Zukunft,

ihr gesamtes Leben davon ab. Stand ihre Schwester vor ihr? Und wenn ja? Was sollte sie dann sagen? Hatte sie diese Frage überhaupt zu Ende gedacht?

Nein, dachte sie und hörte diese vier Buchstaben parallel aus dem Mund der Frau, die ihr gegenüberstand, und die ihre Hand jetzt mit einem orangefarbenen Haarband zu einem Pferdezopf zusammenfasste. Es kam ihr vor, als hätte sie Mos Gedanken gelesen und für sie ausgesprochen.

»Alles okay?«, fragte die Frau nach, und Mo merkte, dass ihre Gedanken abgeschweift waren. War es die Erleichterung? Oder die Sonne? War es diese ganze skurrile Situation?

»Ich … ja, alles bestens. Ich war nur kurz woanders. Sorry. Vielen Dank!«, sagte sie und schnalzte mit der Zunge, um Liebling zu signalisieren, dass es weiterging.

»Marie ist sicher im Teegeschäft von ihrer Mutter. Sie hilft da jetzt regelmäßig aus.«

»In Nieblum?«, fragte Mo.

»Ja, genau. Im Grunde ist sie da jeden Tag, seit ihre Mutter krank ist«, erklärte die junge Frau und zuckte bedauernd mit den Schultern. »Tja, manchmal kommt eben alles anders, als man denkt.«

»Wie meinst du das?«, hakte Mo vorsichtig nach.

»Na ja, eigentlich wollte sie jetzt nach dem Abi ein paar Monate ins Ausland. Dafür hat sie hier gejobbt. Um es sich leisten zu können, aber jetzt … Sie kann ihre Mutter ja hier nicht alleinlassen mit dem Geschäft.«

Mo nickte nachdenklich. »Ja, klar. Das geht natürlich nicht, da hast du völlig recht«, sagte sie in einem Tonfall, als wüsste sie natürlich Bescheid und würde Marie seit Jahren kennen. »Ich schaue einfach mal bei ihr vorbei. Vielen Dank und einen schönen Abend noch. Hast ja bald Feierabend, oder?«

»Na ja, ein bisschen dauert es noch, ist ja erst kurz nach fünf, aber danke! Grüß Marie mal von mir. Wir vermissen sie hier. Mit ihr ist es immer so lustig!«

»Mach ich«, versprach Mo, winkte und ging mit Liebling über den Strand zurück nach Wyk.

Obwohl Mo durch und durch Kaffeetrinkerin war und auch nicht vorhatte, daran irgendetwas zu ändern, war sie fasziniert von dem Duft, der ihr entgegenströmte, als sie den Teeladen betrat.

Die alte Holztür des Fachwerkhauses stand einladend offen. Rechts und links davon befanden sich Weidenkörbe in verschiedenen Größen, in denen sich Teedosen, Servietten und andere schöne Accessoires tummelten, die alle ein Thema hatten: die Nordsee. Muscheln, Möwen und andere Mitbringsel warteten darauf, von den Touristen mitgenommen zu werden.

»Mach Sitz, Liebling! Ich bin gleich wieder da«, erklärte Mo dem kleinen Hund, erntete einen leicht gelangweilten Blick, gefolgt von einem ergebenen Schnaufen. Mit einem nahezu geräuschlosen Plumps lag Liebling neben der Tür auf den Steinen. »Das ist Platz, nicht Sitz«, amüsierte sich Mo und machte einen Schritt zur Seite, um eine sympathische, ältere Frau durchzulassen, die in dem Augenblick aus dem Laden kam. »Adjis, Marie!«, rief die sonnengebräunte Frau, hob noch kurz den Arm und ging.

»Adjis, Frau Dolberg!«, hörte Mo es aus dem Laden und trat ein.

Es sah aus wie in einem Puppenhaus. Überall gab es schöne, bunte und geblümte Teetassen und Teekannen. In den Regalen standen große Behälter mit unterschiedlichen Sorten losen Tees, bereits abgefüllte, kleine Süßigkeiten, Kekse, weiße und braune Kandisstäbe und schöne, stilvolle Karten. Mo nahm eine Teepackung aus dem Regal und tat so, als würde sie diese Sorte ganz besonders interessieren.

Hinter dem alten Holztresen stand ganz offensichtlich Marie, die nur kurz aufblickte, »Hallo« sagte und sich dann gleich wieder dem Auspacken von Waren widmete.

Mo erkannte sie sofort. Es waren die Augen, die sie an Hans erinnerten. Der Blick. Die Schwere dahinter. Die Melancholie.

Hans hatte solche Momente. Dann war er mit seiner Kamera losgezogen und hatte die Einsamkeit gesucht. Oder auch nicht, dachte Mo im gleichen Moment und stellte den Tee wieder zurück ins Regal, dessen Bretter von gehäkelten Bordüren verziert waren. Mo fragte sich, ob Maries Mutter sie selbst gemacht hatte, und drehte sich zu ihr um. Sie konnte die junge Frau auch ohne vorgetäuschtes Interesse beobachten. Marie merkte es sowieso nicht. Sie war zu sehr in ihre Arbeit vertieft. Sie war nach wie vor dabei, einen Karton auszupacken und den Inhalt in ein Regal hinter sich einzusortieren.

Marie trug ein schlichtes schwarzes T-Shirt, mehr konnte Mo von hier aus nicht sehen. Ihr fielen viele Dinge ein, während sie ihre Halbschwester heimlich beobachtete. »Lustig« gehörte nicht dazu. Aber wenn man vorgehabt hatte, ins Ausland zu gehen, die Insel für ein paar Monate zu verlassen, sich darauf lange gefreut und dafür gespart hatte und es dann nicht möglich war – ja, dann war das wohl auch alles andere als lustig.

»Wenn der Tee so schmecken würde, wie er riecht, dann würde ich ja alles sofort mitnehmen und nie wieder Kaffee trinken«, sagte sie mit einem Lächeln auf den Lippen und hoffte, dadurch Maries Aufmerksamkeit zu gewinnen.

Marie blickte auf. »Ja, die riechen wirklich toll, aber schmecken tun sie anders. Lecker, aber anders. Das stimmt schon.«

»Das klingt, als wenn du gar kein so großer Teefan bist«, meinte Mo und ging mit Herzklopfen langsam einen Schritt auf Marie zu.

»Für ein Verkaufsgespräch ist das jetzt sicher nicht förderlich und auch nicht smart, aber ich trinke tatsächlich nur Kaffee«, gab Marie zu und hob unschuldig die Hände. »Da bin ich ganz ehrlich.«

»Das ist ja lustig«, stellte Mo fest. »Ich bin auch Kaffeetrinkerin. Hab es immer mal wieder mit Tee versucht. Ehrlich! Ich habe mir wirklich Mühe gegeben, Tee zu mögen, aber es ging einfach nicht. Der Tee und ich, wir werden einfach keine Freunde in diesem Leben.«

Marie huschte ein Lächeln über die Lippen, das ihr stand. Sie war hübsch, jung und vermutlich auch manchmal lustig.

»Und was kann ich dann für Sie tun?«, fragte Marie und musste jetzt doch grinsen. Für mehr als einen Augenblick.

»Das ist eine berechtigte Frage«, sagte Mo, nur um irgendetwas zu sagen und Zeit zu schinden, um über eine passende Antwort nachzudenken, eine, die die junge Frau ihr abnehmen würde und die genau so ehrlich war wie Maries Antwort. »Ich könnte dir jetzt sagen, dass ich einen Tee für eine Freundin kaufen möchte. Als Mitbringsel aus meinem Urlaub, der eigentlich etwas anderes ist, aber das wäre nicht die Wahrheit«, hörte Mo sich sagen und spürte ihr Herz klopfen. War sie noch ganz bei Trost?! Was war das denn? Unüberlegt und unvorbereitet. Und vor allem nicht zu Ende gedacht.

Marie hielt in der Bewegung inne und sah sie fragend an.

»Ich habe ein persönliches Anliegen. Aber das würde ich lieber in Ruhe besprechen, wenn es passt.«

»Sind Sie vom Pflegeteam?«

Mo sah sie fragend an und schüttelte den Kopf. »Nein.«

»Ach so, dann geht es um den Laden?«

Mo runzelte die Stirn. »Diesen?«

»Ja. Aber wir können das alles abkürzen. Ich verkaufe ihn nicht. Also, meine Mutter verkauft ihn nicht, meinte ich. Tut mir leid.«

»Ach so. Nein. Darum geht es nicht. Ich wusste gar nicht, dass …«

»Ach so. Sorry. Aber in letzter Zeit kommen immer mal wieder Leute und fragen. Es hat sich wohl rumgesprochen, wie es meiner Mutter geht«, erklärte Marie, sah auf ihre Armbanduhr und packte zügig weiter die Ware aus. »Worum geht es denn dann?«, hakte sie nach, ohne Mo dabei anzusehen.

Was machst du hier?, schoss es Mo durch den Kopf. *Du kannst doch nicht einfach hier reinschneien und deiner Halbschwester, die vermutlich nichts von deiner Existenz weiß, sagen, dass es dich gibt. Ohne irgendeine Ankündigung. Aber wie, wie um Gottes willen soll man so etwas denn auch ankündigen?*

»Ich würde das wirklich gerne in Ruhe besprechen, wenn es mal passt«, murmelte Mo und dachte: *Bitte am besten heute noch. Oder morgen. Ich reise nämlich bald wieder ab.*

Liebling bellte plötzlich vor der Tür, als müsse er seine Burg beschützen. Mo ging schnell zu ihm raus und sah sich um, auf der Suche nach dem Grund für seinen plötzlichen Tobsuchtsanfall. Doch da war nichts zu sehen. Abgesehen von Urlauberinnen und Urlaubern, die rechts und links am Eingang vorbeigingen. Mit Eiswaffeln, Einkaufstüten und Bollerwagen bewaffnet.

»Ist das Ihrer? Der sieht ja lustig aus.«

Mo drehte sich um. Marie stand direkt hinter ihr, schob sich an ihr vorbei und ging nun auf Liebling zu.

»Ja. In der Tat. Er hat etwas leicht Skurriles an sich. Vielleicht auch lustig. Auf alle Fälle ist er ein Unikat.«

»Ihr Unikat?«

»Nicht wirklich. Er gehört eigentlich meiner Mutter. Aber sie hat uns für diese Woche zwangsverheiratet.«

Marie beugte sich zu Liebling runter, der sofort aufhörte, sich wie ein unbändiger Löwe zu benehmen, sich auf den Rücken legte, seinen hellrosafarbenen Bauch mit den wenigen weißen Haaren zur Verfügung stellte und sich ergab.

»Das ist ein Kompliment«, stellte Mo lachend fest, während sie Marie beobachtete, die Liebling den Bauch kraulte.

»Ich wollte immer einen Hund haben«, sagte Marie. »Seit ich ein kleines Kind war. Aber leider ging es nie.«

Ne, natürlich nicht. Deine Mutter hatte den Laden, und zu Hause war sonst niemand, schlussfolgerte Mo. Das Mädchen tat ihr leid. Sie selbst hatte einen Vater. Marie nicht. Dabei war es nicht ihre Entscheidung, sondern die ihrer Mutter gewesen. Aber sie musste es mittragen. Dieses Leben. Ohne richtige Familie, ohne kleinen Hund. Vielleicht hatte es ja auch Vorteile, überlegte Mo und versuchte sich vorzustellen, wie es ohne Hans gewesen wäre.

In ihr wuchs der Wunsch, etwas wiedergutzumachen, das sie nicht zu verantworten hatte.

Marie strich noch einmal über Lieblings Bauch, dann stand sie auf und sah Mo direkt in die Augen. Für den Bruchteil einer Sekunde hatte Mo das Gefühl, Marie wisse bereits alles. In ihren Augen war so eine Tiefe, so eine Selbstverständlichkeit, so ein Wille! So etwas hatte sie lange nicht erlebt. Sehr lange nicht.

Dann war der Moment vorüber. Marie ging an ihr vorbei in den Laden. »Ich muss jetzt abschließen. Morgen um zehn Uhr bin ich wieder da. Wollten Sie noch etwas haben?«, fragte sie, und Mo spürte den Druck, der auf ihr lag.

»Alles bestens. Dann wünsche ich dir einen schönen Feierabend, und ich schaue einfach noch mal rein. Ist ja nicht eilig«, flunkerte sie, um aus der Nummer wieder rauszukommen, in die sie sich selbst manövriert hatte. »Wir sind noch ein paar Tage da.«

Mo sah zu Liebling runter, löste seine Leine und winkte zum Abschied. Sie hatte das Gefühl, schnell weitergehen zu müssen, bevor Marie auf die Idee käme und nachfragen würde, warum sie sich so merkwürdig verhielt. Was war nur mit ihr los? So unstrukturiert war sie doch sonst nicht. Was hatte sie sich dabei gedacht? Einfach in den Teeladen zu gehen und Marie so direkt anzusprechen? Ohne Ankündigung, ohne Beziehungsaufbau, ohne irgendeine Überlegung, wie es weitergehen könnte. Für sie beide.

Kopfschüttelnd über sich selbst, setzte Mo Liebling in den Fahrradkorb und radelte zurück zum Hotel.

15.

Das ist pure Entschleunigung, dachte sie, während sie die alte Baumallee entlangfuhr und die Bewegung und die Luft genoss. *Ich werde mir in Berlin ein Rad kaufen*, beschloss Mo in diesem Moment. Ein Rad und manchmal etwas mehr Langsamkeit. Die gab es leider auch nicht umsonst, aber sie war jeden Cent wert.

Zeit war Geld. Und ihre Zeit hier auf der Insel lief ab. Dieser Gedanke wäre vor ein paar Tagen mit Freude und einem Gefühl von Erleichterung verbunden gewesen. Vermutlich hätte sie innerlich die Tage, nein, die Stunden gezählt und wäre einen halben Tag zu früh an der Fähre gewesen, nur um so schnell wie möglich zurück nach Berlin in ihr Büro zu kommen. Aber jetzt? Jetzt schwang eine Anspannung mit, die sie irritierte. Es war eine Mischung aus Stress, weil sie wusste, dass sie Janne nicht mehr lange würde sehen können, der Erkenntnis, wie gut ihr diese Auszeit tat, und dem Gedanken, ob sie nicht vielleicht einfach verlängern sollte. Fragen musste sie ja niemanden. Sie müsste es einfach nur sagen. Oder schreiben. Wenn sie ein Handy hätte. Und organisieren. Beziehungsweise delegieren.

»Ach, egal. Ich kümmere mich morgen drum«, sagte sie mehr zu sich selbst als zu Liebling, dessen Köpfchen aus dem Korb ragte und der mit flatternden Ohren dem Ziel entgegensah.

»Welcher Tag ist eigentlich morgen?«, fragte sie sich. Wie lustig. Wann hatte sie zuletzt vergessen, welcher Tag war? Bei dem Gedanken musste sie laut lachen. Ein junges Pärchen, an dem sie vorbeifuhr, als sie auf den Vorplatz vom Hotel abbog, drehte sich amüsiert nach ihr um.

Mo radelte den breiten Weg, der rechts und links von wunderschön angelegten Beeten gesäumt war, entlang und wollte gerade vom Rad steigen, um es an dem Fahrradständer anzuschließen – als sie der Schlag traf. Das konnte nicht sein!

Sie duckte sich, trat in die Pedale und verschwand so schnell es ging hinter einem Busch. Ihr Herz raste. Was war das denn?! Sie traute ihren Augen nicht.

Hilde stand vor dem Eingang des Hotels. Mo war sich absolut sicher, dass es ihre Mutter war, die sie dort gerade gesehen hatte. Warum um Himmels willen war sie da? Woher wusste sie, dass Mo hier eingecheckt hatte, und seit wann war sie überhaupt auf der Insel? Und die wichtigste Frage: Was wollte sie? Wollte sie ihr Handy und Rechner wiedergeben? Hatte Mo alle Umschläge erhalten? Hatte sie alle Hinweise, die Hilde ihr geben wollte, bekommen? Was hatte ihre Mutter auf der Insel entdeckt, das sie so beschäftigte? Es musste noch etwas geben, schlussfolgerte Mo.

Was sie aber noch mehr beschäftigte, war die Frage,

warum diese Frau einfach immer machte, was sie wollte. Konnte sie sich nicht wenigstens an ihre eigenen Vorgaben halten? Mo spürte, wie der alte Ärger über diese ganze Aktion in ihr hochkam, von dem sie gedacht hatte, er wäre so gut wie vergessen. Zu früh gefreut.

Mit der rechten Hand drückte sie die dünnen Zweige des Schilfgrases leicht zur Seite, um möglichst unbemerkt beobachten zu können, was ihre Mutter trieb. Und in der Tat hatte sie offenbar einen Plan, denn sie ging ins Hotel. Nicht allein, sondern mit einem Koffer. Das wurde ja immer besser. Mo hatte das Gefühl, gleich zu explodieren. In solchen Fällen, kurz vor Verlust der Kontrolle, rief sie eigentlich Dori an. Dori hätte sie jetzt beruhigt, ihr geholfen, ihre eigene Mitte, wo auch immer die war – aktuell vermutlich an der Hotelbar –, wiederzufinden und ein paarmal tief ein- und wieder auszuatmen. Alles loszulassen. Inklusive ihrer verrückten Mutter. Kinder konnte man ja irgendwo abgeben, beim Vater, Babysitter, der Freundin. Aber Mütter? Gab es da irgendwelche Möglichkeiten, von denen Mo noch nichts wusste?

Sie schob das Rad hinter dem Busch hervor und mit gesenktem Blick, als würde das irgendetwas bringen, langsam Richtung Fahrradständer, schloss es an, hob Liebling aus dem Korb und schlich mit ihm wie eine Spionin zurück zur Straße. Ihre Mutter war vermutlich gerade an der Rezeption und checkte ein. Entweder ging sie danach auf ihr Zimmer, oder sie setzte sich, nachdem sie festgestellt hatte, dass Mo und Liebling nicht da waren, in die Lobby und hypnotisierte den Haupteingang. *Pustekuchen*, dachte Mo. Heute wollte sie nur noch einen anderen Zweibeiner treffen, und das war Janne. Und das ließ sie sich von Hilde ganz sicher nicht mit irgendwelchen wilden Plänen, Zetteln, Hinweisen oder was auch immer verderben. Basta!

Sie ging die Straße entlang bis zur nächsten Möglichkeit, zum Strand zu gelangen, bog rechts ab, lief die Promenade bis zur hoteleigenen Strandbar zurück und dann mit gesenktem Blick die Stufen zur Rückseite des Hotels wieder hoch, mit Liebling an der Leine und Herzklopfen unter ihrer weißen Bluse, das sich anfühlte, als müsse man es von außen sehen können. Wie 007 schlich sie durch die gläserne Tür, streifte die Lobby, huschte links zur Treppe und an den alten Schwarz-Weiß-Aufnahmen von Badegästen am Strand vorbei das Treppenhaus hoch bis in ihr Zimmer.

Kaum fiel die Tür hinter ihr ins Schloss, rutschte sie erleichtert mit dem Rücken an der schweren Holztür zu Boden und blieb dort sitzen, als hätte sie untrainiert einen Triathlon gemacht und wäre nach vier Tagen endlich im Ziel angekommen.

Was war eigentlich los? Stimmte irgendetwas mit den Sternen, dem Mond oder eventuell dem ganzen Universum nicht? Oder bildetet sie sich nur ein, dass sie gerade jegliche Kontrolle über ihr Leben verlor? Wenn Dori sie jetzt sehen würde, wie sie schwer atmend, mit einem hechelnden Hund auf dem Schoß, hinter der Hotelzimmertür saß und froh war, dass ihre Flucht unentdeckt geblieben war, würde sie einen hysterischen Lachanfall bekommen. Zu Recht! Im Grunde war es auch wirklich unfassbar skurril.

Mo setzte Liebling neben sich, streichelte ihn ein paarmal, gefolgt von einem »Alles gut! Alles gut!«, um zu signalisieren, dass alles okay war, was natürlich nicht der Wahrheit entsprach. Aber sollte sie einer südeuropäischen Straßenmischung jetzt wirklich erklären, was sie selbst nicht verstand? Nein. Vermutlich hätte sie das auch gesagt, wenn Liebling nicht im Raum gewesen wäre. Einfach, um sich selbst zu beruhigen. Denn das war dringend nötig. In ihr kochte ein altbekanntes Gefühl hoch, das nicht gut war. Zumindest war es keine gute Basis, um ihre Mutter zu treffen. Also gab es nur eine Möglichkeit: Von jetzt an bis zu dem Zeitpunkt, an dem die Fähre zurück nach Dagebüll ablegen würde, auf der Flucht leben. Sie hatte auf alles Mögliche Lust. Nur nicht auf Hilde. Allerdings, überlegte sie, könnte sie ihr Liebling im Tausch gegen ihr Handy geben. Sie strich dem kleinen Wollknäuel mit den schiefen Zähnen übers Fell und beschloss, genau das nicht zu tun. Was war schon ein Handy gegen dieses wuschelige Wesen?

Mo zuckte zusammen. Direkt hinter ihr klopfte jemand an die Tür, und sie war fest davon überzeugt, dass es nicht der Room Service war. Erstens war das Zimmer bereits gemacht, und zweitens hatte sie nichts bestellt. In der Hoffnung, dass Liebling jetzt nicht anfing zu bellen, stellte sie sich tot und hielt sogar, wie sie nach ein paar Sekunden selbst feststellte, die Luft an.

Noch einmal wurde geklopft, und noch einmal zuckte sie zusammen. Natürlich hätte sie aufstehen und durch den Spion sehen können, aber ihre Angst, entdeckt zu werden, war zu groß. Wie in einem schlechten Film blieb Mo sitzen, als wäre sie ein buntes Holzstäbchen im Mikadospiel. Bloß nicht so bewegen, dass man dadurch eine Reaktion der Umgebung auslöste.

»Mo?«, hörte sie hinter sich Jannes tiefe Stimme. Ein Stein, nein, ein ganzer Felsen rutschte von ihrem Herzen.

»Ja! Moment!«, rief sie zurück, stand auf und öffnete die Tür.

Janne sah sie fragend und leicht belustigt an.

»Hast du hinter der Tür gesessen?«, wollte er wissen.

Mo blickte zu der Stelle, an der sie gerade noch gesessen und so getan hatte, als wäre sie aus einem Stück gegossen.

»Ich? Wieso? Ich war nur gerade …«, versuchte sie sich rauszureden, stockte, sah um die Ecke in den Flur des Hotels, rechts, links, dann wieder zu Janne, zog ihn an seinem hellblauen T-Shirt in ihr Zimmer und schloss schnell die Tür hinter ihm.

»Okay. Du bist also doch eine Spionin. Hab ich es mir doch gedacht. Von wegen Coachin und so«, meinte er lachend, nahm sie in den Arm und küsste sie. Innerhalb eines Wimpernschlags fühlte sie sich wieder wie mit vierzehn. Mo schloss die Augen und wusste instinktiv: Das hier war mehr als nur ein Urlaubsflirt. Es war seit Jahren der erste Flirt mit Folgen, der nicht von ihr geplant war. Kein Checken des Profils auf den üblichen Seiten, kein Scannen des Gegenübers, kein Abschätzen der Situation. Es war tatsächlich komplett unvorhersehbar.

Als Janne sie irgendwann losließ und ansah, ihr liebevoll über den Kopf, das sonnengebräunte Gesicht strich, schüttelte sie, über sich selbst erstaunt, den Kopf und stellte verlegen fest: »Das war so nicht geplant.«

»Der Plan ist, keinen Plan zu haben, sage ich ja gerne, wenn ich gefragt werde, was ich denn im Urlaub noch so plane«, meinte Janne. »Ohne ist einfach manchmal am schönsten. Aber nur manchmal.« Er drehte sich um und deutete auf den Rucksack auf seinem Rücken. Offensichtlich konnte er ihr nicht nur weiche Knie zaubern, sondern auch Gedanken lesen.

Er lächelte sie beruhigend an. »Keine Angst! Wir campen nicht im Freien. Versprochen. Indianerehrenwort.«

»Ich habe mich ja in den letzten Tagen schon ziemlich weit aus meiner Komfortzone herausbewegt, aber ich muss zugeben, ich bin sehr erleichtert. Das hier«, sie wies auf ihr Hotelzimmer, das Sofa, das Bett, die Dachterrasse, »ist doch einfach mehr meine Welt. Sorry!«

Janne stellte den offensichtlich recht schwer bepackten Rucksack ab. »Dafür musst du dich nicht entschuldigen. Du hast ja bewiesen, dass du es versucht hast. Auch, wenn es nicht ganz freiwillig war.«

»Dem ist wohl so. Und da wären wir auch schon beim Thema«, erklärte Mo. »Beziehungsweise dem Grund, warum ich nicht sofort die Tür geöffnet habe.«

Janne wartete und sah sie geduldig an.

»Meine Mutter ist hier plötzlich aufgetaucht. Sie stand eben, als ich zurückkam, plötzlich vorm Hotel! Dabei dachte ich, sie wäre überhaupt nicht auf der Insel. Ich hab sie am Anleger gesehen, als die Fähre ablegte. Mit meinen Sachen in der Hand.«

»Und du bist sicher, dass sie es war?«, hakte Janne nach.

»Ja. Definitiv. Das war Hilde! Leider keine Fata Morgana. Niemand hat heutzutage noch so hennarot gefärbte Haare und trägt selbst gehäkelte Kleider«, stellte Mo fest, ging zur Dachterrasse und öffnete die Tür. »Was hast du denn nun in deinem Rucksack, wenn es kein Zelt ist?«, wollte sie mit einem Augenzwinkern wissen.

»Alles, was man braucht, wenn die Mutter plötzlich vorm Hotel steht und man eigentlich am Strand ein Picknick machen wollte«, sagte er, griff nach dem Rucksack, ging auf Mo zu, umarmte sie und schaffte es, dass sie für einen langen Augenblick vergaß, worüber sie gerade gesprochen hatten.

»Ich habe unser Dachterrassen-Meerblick-Picknick dabei«, erklärte er, nachdem er sie wieder losgelassen hatte.

»Nicht dein Ernst?«

»Doch. Das Überlebenspaket, mit dem wir mindestens drei Tage durchkommen, ohne das Zimmer verlassen und eventuell deine Mutter treffen zu müssen«, meinte er schmunzelnd.

»Wie lustig ist das denn?«, freute sie sich. »Ein Dachterrassen-Picknick hatte ich in der Tat noch nie. Und drei Tage sollten reichen. Bis dahin hat sie sicher aufgegeben und ist weitergezogen.«

»Ach, und sonst hätte ich auch genug Kontakte. Dann lassen wir einfach den Rucksack an einem Seil runter, und einer meiner Jungs füllt ihn mit Lebensmitteln«, schlug Janne mit einem Augenzwinkern vor, öffnete den Rucksack und zauberte lauter Behälter mit offensichtlich selbst gemachten Leckereien, einem Baguette, einer Flasche Wein und sogar Gläsern daraus hervor.

Mo kam aus dem Staunen nicht mehr raus, als er nach und nach die Deckel der kleinen Behälter öffnete und sie den Inhalt sah. Nichts Gekauftes, wie sie feststellte. Sondern mit viel Liebe gemachte Salate, Pasten, eingelegte Gewürzgurken, Käsewürfel, Tapas. Sogar Teller, Servietten, Besteck hatte Janne dabei. Während sie ihm zusah, wie er alles, was er vorbereitet und mitgebracht hatte, auf den Tisch der Dachterrasse stellte, spürte sie, dass er in ihr Gefühle auslöste, die sie noch nie bei einem Mann gehabt hatte. Tiefer, stärker, überwältigender.

Aber da war noch ein anderes Gefühl. Eines, das sie verdrängt hatte. Sie hatte ein schlechtes Gewissen. Denn es gab etwas, das er nicht von ihr wusste. Etwas, das sie getan hatte. Oder auch nicht getan hatte.

»Janne, ich muss dir etwas sagen«, begann sie und hoffte, dieser Abend würde so schön weitergehen, wie er gerade begonnen hatte, und nicht abrupt enden. Aber sie konnte so nicht weitermachen. Es ging nicht. Er musste wissen, dass sie einen Fehler gemacht hatte.

Janne zog einen Flaschenöffner aus dem Rucksack, öffnete den Weißwein, der sogar gekühlt war, schenkte ihr und sich selbst etwas ein und hielt ihr das Glas zum Prosten entgegen.

Sie nahm es und sah es gedankenverloren an.

»Was ist denn los?«, wunderte sich Janne.

Mo atmete langsam tief ein und wieder aus. Dann begann sie von dem Morgen zu erzählen, an dem Inga sie gefragt hatte, ob sie auf ihren Vater aufpassen könne. Von dem Gedanken, ihnen kurz einen Kaffee zu holen, und der Versuchung, schnell einmal nach ihren Mails zu sehen. Von der Zeit, die dann vergangen war, und die sich nicht so lange angefühlt hatte. Und von dem Schrecken, als Inga plötzlich vor ihr gestanden hatte. Enttäuscht. Von der Erleichterung, dass seinem Vater nichts passiert war. Und von den Gewissensbissen, die sie plagten. Dem Was-wäre-wenn …

Janne sagte lange nichts, dann nahm er sein Glas. »Auf jetzt«, sagte er. »Es ist nichts passiert. Jerre geht es gut – so weit man das sagen kann. Ich glaube auch nicht, dass er von allein aufgestanden wäre. Und Inga wird dir sicher längst verziehen haben. Sonst hätte sie mir davon erzählt. Und das hat sie nicht. Also ein gutes Zeichen.«

»Ich möchte mich auf alle Fälle noch mal bei ihr entschuldigen. Das ist längst überfällig.«

Janne gab ihr einen Kuss. »Was gestern war, können wir nicht ändern.« Er hob das Glas. »Auf jetzt.«

»Auf jetzt«, sagte Mo, stieß sanft mit ihrem Glas gegen seines und küsste ihn erleichtert. »Und auf alles, was noch kommt«, ergänzte sie, nachdem sie sich wieder losgelassen hatten.

Dann setzten sie sich auf das graue Outdoor-Sofa, von dem aus man aufs Meer sehen konnte.

»So, und nun sag mal, warum du vor deiner Mutter flüchtest. Ist es, weil sie dich hier samt Hund ausgesetzt hat?«

Mo blickte in ihr Glas. War es halb voll oder halb leer?

Sie fing an zu erzählen. Alles, was sie beschäftigte, bewegte und nicht losließ.

»Etwas geballt in den letzten Tagen«, meinte sie schließlich und stellte ihr Glas auf dem flachen Tisch ab, das leer war und nichts anderes. »Zumindest privat. So eine Ansammlung von Themen bin ich in meinem Privatleben nicht gewohnt. Das kenne ich nur beruflich. Und da lässt es sich auch irgendwie besser handeln.«

»Wow. Ja, das reicht definitiv für einen Film«, stellte Janne fest, dem man ansah, dass es ihn bewegte.

»Mindestens. Es tendiert eher Richtung Mehrteiler«, gab sie ihm recht, während Janne nachschenkte.

Mo spürte seinen Blick auf ihr.

»Aber wenn du ein Drehbuch darüber schreibst und einen Film machst, kannst du ja auch den weiteren Verlauf bestimmen.«

Mo sah ihn lange an. Seine Augen, die so viel Ruhe ausstrahlten, seine hellen Haare, die ans Meer, seine Haut, die an den Sommer erinnerte. Der Sommer, der ihr Leben gerade veränderte. Egal, wie das hier ausging und was nach dem Jetzt kam.

»Ja, das ist wohl so. Ich muss mir allerdings noch über das Ende Gedanken machen.«

»Ach, gibt es da verschiedene Möglichkeiten?«, hakte Janne neugierig nach.

»Auf alle Fälle! Unzählige. Ich könnte eine verheiratete Frau sein, mein Mann hier jeden Moment aufkreuzen und dich in einem Eifersuchtsanfall von der Dachterrasse werfen.«

»Woher hat er die Zimmerkarte, wenn du doch heimlich hier bist?«

»Er ist der Hoteldirektor«, überlegte Mo.

»Dann hätte er dir aber auch schon früher ein Zimmer organisieren können«, gab Janne zu bedenken.

»Stimmt! Hmmm … dann fällt das weg.«

Die beiden fingen an zu lachen.

»Puh! Da bin ich aber, ehrlich gesagt, ganz beruhigt. Zumal ich aktuell nicht gut durchtrainiert bin. Wer weiß, ob ich mich hätte wehren können.«

»Okay, andere Idee. Ziemlich kitschig, aber so etwas lieben die Menschen ja, habe ich gehört …«

»Sie lieben sich, bis der Tod sie scheidet«, unterbrach er sie, nahm ihren Kopf in seine Hände und küsste sie.

Nein, so wird der Film nicht enden, dachte Mo, während sie sich küssten. *So nicht.*

Auch wenn er der beste Küsser war, den sie je erlebt hatte. Aber süß, dass er so romantisch war. Sehr süß.

16.

Nachdem Janne sich am nächsten Morgen schweren Herzens von ihr losgerissen hatte, da er einen wichtigen Termin auf dem Festland hatte und erst spät oder vielleicht sogar erst am Tag darauf zurückkommen würde, blieb Mo noch einen Moment liegen. Sie genoss das Schreien der Möwen, den Wind, der durch die geöffnete Terrassentür zu ihr rüberwehte und der heute etwas frischer war als sonst, beobachtete die Wolken am Himmel und das Kribbeln, das sie in ihrem Bauch spürte, und von dem sie fast vergessen hatte, wie es sich anfühlte.

Liebling lag neben ihr und genoss die Streicheleinheiten hinterm Ohr. Er hatte sich wie selbstverständlich mittlerweile nicht nur in ihr Herz, sondern auch in ihr Bett geschlichen.

Vielleicht waren ihre Bilder, die sie von anderen Menschen, Orten, Dingen hatte, falsch. Oder einfach überholungsbedürftig, überlegte sie. Nicht nur das von Liebling, den sie bis vor ein paar Tagen nur ungern in ihre Nähe, geschweige denn in ihr Bett gelassen hätte. Auch das von Föhr. Der Insel ihrer Kindheit und Jugend, die sie so geliebt und doch nie wieder besucht hatte. Sie wäre niemals auf die Idee gekommen, hier Urlaub zu machen. Sie hätte auf alle Fälle die Südsee vorgezogen. Würde sie jetzt auch noch.

Aber sie konnte es sich hier inzwischen auch gut vorstellen. Sehr gut sogar. So gut, dass ihr ein kleines Haus in Alkersum nicht mehr aus dem Kopf ging. Und das war noch nicht alles. Zu diesem putzigen Haus gesellte sich in ihrem Kopf und auch in ihrem Herzen ein Mann.

Mo holte tief Luft, kam ein Stück hoch und lehnte sich hinten am Bett an. Sie musste nachdenken. Dringend. Und das ging nicht im Liegen. Es passierte etwas, das sie nicht mehr unter Kontrolle hatte. Sie brauchte Struktur.

In solchen Momenten griff sie normalerweise zu ihrem Kalender wie andere zur Zigarette und ging die nächsten Termine durch. Uhrzeiten, Kunden, Meetingpläne. Alles, was ihrem Leben Halt gab. Sie nahm den Hörer vom Telefon neben dem Bett und wählte die Nummer ihrer Firma.

Jule, die seit drei Jahren bei ihr angestellt war und die ihr gemeinsam mit Martin in ihrer Abwesenheit und auch sonst den Rücken freihielt, nahm nach dem zweiten Klingeln ab und ratterte ihre Begrüßung runter.

Mo spürte eine riesige Erleichterung. Weil Jule da war. Weil sie sofort abnahm. Weil es offensichtlich funktionierte. Das Leben ohne sie, im Büro.

»Hallo? Wer ist denn da? Ich kann Sie leider nicht hören«, hörte sie Jule fragen.

»Ich bin's. Mo. Ich …«

»Mo! Ach, du bist es. Warum sagst du denn nichts? Ist alles in Ordnung? Brauchst du Hilfe?«

»Ich? Nein. Mir geht es bestens. Ich wollte nur mal hören, wie es so läuft.«

Sie kam noch ein Stück höher und lauschte der recht hektischen Berichterstattung ihrer Mitarbeiterin, die durchblicken ließ, dass sie für derlei Fragen gerade absolut keine Zeit hatte. Mo fragte sich, ob sie immer so schnell sprach oder es ihr nur so vorkam. Es klang, als wäre das Telefon auf doppelte Geschwindigkeit gestellt. So wie bei den Sprachnachrichten am Handy. Eigentlich liebte Mo diese Funktion. Bei besonders langsam kommunizierenden Menschen konnte man dadurch enorm viel Zeit sparen. Aber jetzt? Jetzt war es wie eine Infusion Stress, die durch die Leitung in ihr Ohr drang und sich von dort langsam in ihrem Körper ausbreitete.

Mo schloss die Augen und versuchte, sich auf das, was sie hörte, zu konzentrieren, merkte aber, wie sehr es sie anstrengte. Diese Hektik, dieser Schwall an Informationen, diese Dichte an Details, an Hintergründen, an allem. Es fühlte sich an wie ein verbaler Tsunami, der sie überrollte.

»Und du so? Alles gut?«

Die Fragen rissen sie aus ihrer Konzentration und erinnerten sie sofort an das typisch amerikanische »How are you?«, bei dem derjenige, der fragte, nie wirklich daran interessiert war zu erfahren, wie es der anderen

Person ging. Es ging um reine Höflichkeit. Mehr nicht. Genau diesen Tiefgang hatte die Frage ihrer Angestellten.

»Ich? Ja, ich ...«

»Du, Mo, sorry, aber ich habe hier gerade einen Anrufer auf der anderen Leitung! Ist noch etwas Wichtiges, sonst ...«

»Ja.«

»Ja?«, fragte Jule irritiert, und Mo spürte beinahe körperlich ihre Anspannung, ihren Stress, den der eingehende Anruf auslöste.

»Hol mal Luft.«

»Wie meinst du das?«, fragte Jule irritiert.

»Hol mal tief Luft, und entspann dich. Wenn es wichtig ist, dann ruft die Person sicher noch mal an.«

Stille.

»Mo? Ist wirklich alles in Ordnung? Kannst du frei sprechen, oder ist jemand bei dir?«

»Nein, hier ist keiner. Außer dem Hund meiner Mutter, der zur Feier des Tages nicht pupst. Es ist also alles in Ordnung. Wirklich«, bestätigte sie und sah in den wolkenlosen Himmel. »Ich wollte nur sagen, dass ich noch etwas bleibe.«

»Wie meinst du das?«

»Ich bleibe noch ein paar Tage.«

Mo hörte ein sehr lang gezogenes »Okaaaay«, das eher wie eine Bestätigung, eine Erkenntnis klang, dass Mo wirklich ernsthaft in Schwierigkeiten steckte.

»Und warum, wenn ich fragen darf?«, hörte sie Jule am anderen Ende der Leitung, die jetzt tatsächlich eine Spur ruhiger sprach.

»Weil es hier«, Mo sah sich um, »ganz schön ist.«

»Aha.«

Stille.

»Und wie lange, also, ich meine, wie lange bleibst du noch, weil es so schön ist? Ich meine nur, also, hier klappt alles, nicht falsch verstehen, aber da wird es ja vermutlich noch eine ganze Weile sehr schön sein.«

»Ich muss hier noch ein paar Sachen«, Mo dachte kurz darüber nach, welches Wort Jule am besten verstehen würde, »regeln. Vielleicht noch ein paar Tage. Eine Woche. Oder etwas mehr«, hörte sie sich sagen und spürte dabei eine tiefe, innere Zufriedenheit. Es war, als hätte sie etwas geschafft, von dem sie nie gedacht hätte, dass sie es jemals schaffen würde.

Das Gefühl breitete sich in ihr aus. Es fühlte sich gut an. Verdammt gut.

»Äh, aber du weißt schon noch, dass nächste Woche das Meeting mit dem Aufsichtsrat ist?«

»Du wünschst dir doch seit Monaten eine neue Herausforderung«, entgegnete Mo.

»Bitte? Das meinst du nicht ernst, oder?«

»Doch. Das meine ich genau so. Ich habe vor meiner Abfahrt alles Wichtige zusammengefasst. Du findest das Dokument unter dem Datum im Hauptordner. Du kannst das. Das weiß ich. Du kannst wunderbar präsentieren, bist smart, feinfühlig, durchschaust Situationen, Zusammenhänge, erkennst Menschen. Du bist – im Grunde – meine bessere Hälfte.«

Es fühlte sich gut an. Delegieren. Warum hatte sie das nicht schon viel früher getan? Warum hatte sie bisher immer alles allein gemacht, alles an sich gerissen? Jedes gottverdammte Coaching?

»Mo, das … das hast du noch nie zu mir gesagt, und ich weiß das auch wirklich, wirklich zu schätzen, aber ich werde einfach das Gefühl nicht los, dass irgendetwas mit dir ist.«

Eventuell zu feinfühlig, überlegte Mo. Was hatte sie gerade gesagt? Situationen durchschauen? Menschen erkennen? Nun gut.

»Es ist wirklich alles gut. Ich habe mich nur eventuell, also, ganz vielleicht, ein wenig …«

»Ja?«

»Verguckt.«

»Verguckt?!«, fragte Jule, als wäre es ansteckend.

»Ja.«

»Etwa in einen Mann?«, fragte sie, als wäre der Gedanke völlig abwegig.

»In ein Haus«, konterte Mo schnell, der bei dem Gedanken, sich jetzt schon zu dem, was sie mit Janne hatte, zu bekennen, nicht ganz wohl war. Es war einfach zu früh.

»Ein Haus?«

»Ja.«

»Das ist alles?«

»Na ja, nicht ganz, aber das erzähle ich euch in Ruhe.«

»Du machst mir Angst, Mo«, hörte sie ihre Mitarbeiterin sagen.

»Na ja. Solange es nur das ist.« Mo kraulte Liebling über den Bauch, der sich inzwischen bereitwillig auf den Rücken gedreht hatte.

Die beiden tauschten noch kurz ein paar Informationen aus, damit Jule dem Termin entspannt entgegensehen konnte, was sie sicherlich trotzdem nicht tat, dann verabschiedeten sie sich.

Mo schüttelte den Kopf. War es die Nordseeluft? War das vielleicht einfach zu viel Sauerstoff für sie, die sich sonst nur in klimatisierten Räumen oder in Großstädten mit sechsspurigen Stadtautobahnen bewegte? Oder dieser Flashback?

»Tja, Liebling. Wer hätte gedacht, dass es mal so weit kommt? Wir beide im Doppelbett, Jule übernimmt meinen nächsten Termin, ich krieg eine Schwester und verliebe mich in einen Mann, ohne seinen Lebenslauf zu kennen. Einen Abenteurer. Sorry. Architekten. Mit Hang zum Abenteuer. Na ja, zumindest passt er nicht in mein bisheriges Beuteschema.«

Liebling sah sie an, als hätte sie »Ball« oder »Wurst« gesagt, was vermutlich daran lag, dass sie aufgehört hatte, ihn zu kraulen.

»Komm, wir gehen mal raus. Du musst doch bestimmt schon ganz dringend. Und ich brauche einen

Kaffee. Wir müssen uns hier irgendwie rausschleichen und schauen, wo wir in Ruhe frühstücken können. Ohne entdeckt zu werden.« Mo sah den Hund nachdenklich an. »Warte mal! Ich habe eine Idee. Vielleicht sollte ich dir das Fell färben. Was meinst du? Schwarz? Zur Tarnung?«

Liebling drehte sich zurück auf den Bauch, setzte sich auf und sah sie mit schiefem Kopf an.

»Na gut. Dann bleibst du, wie du bist. Aber wir müssen wirklich vorsichtig sein!«, mahnte sie und zwinkerte ihm kumpelhaft zu.

Es war ein ausgesprochen erfolgreicher Vormittag. Weder Mo noch ihr Begleiter flogen auf. Das Katz-und Maus-Spiel war allerdings etwas anstrengend. Es machte hungrig, durstig und frustrierte etwas, denn die gelaufenen Schritte am Strand entlang Richtung Utersum und zurück konnte sie noch nicht einmal zählen. Wie denn auch? Dabei hätte ihre App ihr vermutlich für diesen Tag einen Rekord angezeigt und automatisch Blumen nach Hause geschickt. Davon war sie überzeugt. Die Kurve in der Statistik wäre komplett durch die Decke gegangen, und sie hätte vor Dori wunderbar damit prahlen können. Dabei kam ihr ein Gedanke: Was wäre, wenn sie sich Liebling in Zukunft einfach hin und wieder mal auslieh, das Handy am Geschirr befestigte und in der Mittagspause mit ihm im Park Ball spielte? Dann würde sie ihr Battle mit Dori haushoch gewinnen. Das einzige Problem war, dass sie ja eigentlich nie eine Mittagspause machte. Aber dafür gab es sicher auch eine Lösung. Dann würde sie das eine oder andere Meeting halt mit Kopfhörern auf dem Kopf und Hundeleine in der Hand im Park verbringen. Oder doch mal früher das Büro verlassen.

Das durch kalten Entzug schwer erkämpfte Gefühl von Freiheit war gerade allerdings schon wieder weg. Im Grunde genommen exakt, seitdem sie Hilde gesehen hatte. Statt eines Handys, das sie davon hätte abhalten können, frei zu sein, war sie jetzt auf der Flucht. Auch nicht viel besser.

So albern es auch war, sie traute sich den ganzen Tag nicht zurück zum Hotel und machte den Spaziergang ihres Lebens. Denn der Gedanke, den Tag in einem gemieteten Strandkorb zu verbringen, löste in ihr die Angst aus, Hilde würde jede Sekunde freudestrahlend um die Ecke des blau-weiß gestreiften Plastikstoffes schauen und fröhlich »Huhu! Da bist du ja!« rufen. Und sich natürlich neben sie setzen.

Sie traute ihrer Mutter wirklich alles zu. Auch, dass sie jeden einzelnen Strandkorb auf ganz Föhr inspizierte.

Nein, da lief sie lieber. Wandern lag schließlich voll im Trend. Wie es dazu hatte kommen können, war ihr ein Rätsel. Also das mit dem Trend. Wozu ging man bitte schön wandern? Also, die anderen. Warum sie selbst das machte, wusste sie ja.

Normalerweise hätte sie vor solch einem Ganztagsausflug einen Plan gemacht, die Wetter-App gecheckt, dann noch mal auf anderen Onlineseiten nachgesehen, ob sich die Angaben deckten, und sich dementsprechend auf alles vorbereitet, was von oben hätte kommen können. Dass sie das nicht getan hatte, rächte sich nun: Der Wind hatte zugenommen, was nicht weiter wild war, aber kurze Zeit später hatte eine Wolke über ihr alles, was sie nicht mehr tragen konnte, abgeworfen. Punktgenau auf Mo. So war es ihr zumindest vorgekommen.

»Regen ist unschuldiges H_2O«, hatte ein älterer Mann ihr gut gelaunt zugerufen, als sie mit Liebling an der Leine auf der Suche nach einem Unterstand an ihm vorbeigerannt war.

Irgendwann gab sie auf. Hier am Strand gab es nichts außer Wasser zur Rechten, Strand und Düne mit angrenzender Wiese zur Linken. Warum lief sie also, als ginge es um ihr Leben? Sie wurde langsamer, bis sie schließlich sogar stehen blieb. Sie war klitschnass. Liebling war klitschnass. Warum beeilte sie sich also?

Mo schloss die Augen, legte den Kopf in den Nacken und dachte an das, was der Mann gesagt hatte. Unschuldiges H_2O. Wie lustig! Ein Lächeln breitete sich auf ihrem Gesicht aus, und Mo fragte sich, warum sie noch nie so im Regen gestanden hatte. Ganz bewusst, ohne davor wegzulaufen. Er fühlte sich weich, erfrischend und irgendwie sogar angenehm an.

Es waren nur noch wenige Meter zum Hotel, die sie danach einfach langsam und entspannt zurücklegte. Sie fragte sich, ob es eine Steigerung von nass gab, und kam zu dem Schluss: Nein. Normalerweise kam sie nicht als Miss-Wet-T-Shirt in teure Hotel-Lobbys und ließ sich von in erster Linie männlichen Hotelgästen länger als üblich anstarren. Aber was war im Moment schon normal?

17.

Von dem akkurat geschnittenen Bob, der eigentlich aussah, als hätte ihr Friseur Wasserwaage und Geodreieck benutzt, hatte sie sich schon lange verabschiedet. Die weißen Blusen hatten hier auch kaum Verwendung gefunden. Aber das, was sie jetzt im Spiegel des Aufzugs sah, löste einen Lachanfall aus, der vermutlich bis in die Tiefgarage zu hören war.

Sie sah aus wie eine Panzerknackerin. Eigentlich fehlte nur noch eine Nummer auf ihrem gestreiften T-Shirt. Die Mascara befand sich nicht mehr auf ihren Wimpern, sondern darunter. Ihr Haar sah aus wie das eines Playmobil-Männchens, und der Rest erinnerte an eine dieser lustigen Küchenschürzen, auf denen halb nackte Körper in nassen T-Shirts zu sehen waren, sodass es aussah, als würde die Person, vornehmlich grillende Männer, solch eine Figur haben.

Es grenzte also an ein Wunder, dass nicht irgendwelche Security-Typen sie davon abgehalten hatten, das Hotel zu betreten. Selbst wenn Hilde sich irgendwo in der Lobby aufgehalten hätte, um sie abzufangen – sie hätte ihre Tochter niemals erkannt. Sie, die Frau, die eine deutliche Spur direkt bis zu ihrem Zimmer legte. Man brauchte nur den Pfützen zu folgen. Zumindest bis zum Fahrstuhl. Danach änderte sich der Schwierigkeitsgrad.

Als Mo endlich an ihrem Zimmer angekommen war und die Tür geöffnet hatte, trat sie beinahe auf einen Briefumschlag, den jemand unter der Tür durchgeschoben hatte.

Ihre Laune, die trotz des Regens und ihres Anblicks im Aufzug erstaunlich gut war, sank unter null. Oder noch etwas tiefer.

Sie bückte sich nach dem Umschlag, legte ihn auf den Couchtisch, rubbelte Liebling trocken, gab ihm Futter, bestellte sich ein Sandwich aufs Zimmer und sprang unter die Dusche.

Mit dem Umschlag in der Hand ging sie eine Viertelstunde später flink durchs Zimmer. Auf und ab. Von links nach rechts. Alles unter dem fragenden Blick eines Vierbeiners, dem ihr Verhalten offenbar nicht ganz geheuer war.

Schließlich blieb sie stehen, öffnete den Umschlag und zog einen handschriftlichen Brief ihrer Mutter heraus. Keinen Notizzettel. Einen ganzen Brief.

Mo setzte sich mit einem tiefen Seufzer auf die Couch und begann zu lesen.

Ihr Magen knurrte. Ein Mittagssnack war nach der Tour mehr als überfällig, dachte sie und hoffte, dass es jeden Moment an der Tür klopfen würde.

Sie las weiter, was Hilde schrieb. Dass sie schon lange versucht hätte, zu ihr durchzudringen. Nicht so, wie Mo jetzt vermutlich denken würde, sondern anders. Die Mo, die sie ganz tief in ihrem Herzen war, die wollte sie erreichen. Aber ihre Versuche in der Vergangenheit waren fehlgeschlagen, sie hatte nicht zu ihr vordringen können. Deshalb hatte sie diesen Weg gewählt, hatte sie auf diese Reise geschickt. Natürlich hatte sie gewusst, dass Mo keine Lust gehabt hatte. Sie war ja nicht dumm. Sie kannte ihre Tochter. Und sie wollte Mo auf ihre Halbschwester aufmerksam machen. Von der sie selbst bis zu ihrer Reise nach Föhr vor ein paar Wochen gar nicht gewusst hatte, dass sie hier lebte. Natürlich hatte sie es geahnt, aber sicher war sie nicht gewesen. Es waren ja viele Jahre vergangen seitdem. Sie hatte nicht einmal gewusst, dass es ein Mädchen war. Aber durch einen Zufall, einen Besuch im Teeladen, durch das Namensschild der Inhaberin, durch eine kurze Nachfrage, ob sie die Tochter sei oder eine Angestellte, war sie auf Marie gestoßen. Hilde hatte Mo die Chance geben wollen, zumindest von Marie zu erfahren und dann selbst zu entscheiden, was sie machen wollte. Und sie würde Mo Laptop und Handy wiedergeben, sobald sie sich bei ihr meldete. Sie habe ein Zimmer in einem kleinen Hotel um die Ecke.

»In Liebe, Hilde«, endete der Brief. Darunter stand der Name eines Hotels.

Es klopfte. Mo legte den Brief beiseite, öffnete die Tür und nahm endlich ihre Bestellung vom Room Service entgegen. *Vielleicht hätte ich zwei bestellen sollen,* überlegte sie beim Anblick des Sandwiches, ließ die Tür hinter sich ins Schloss fallen und setzte sich wieder auf die Couch. Während sie aß, betrachtete sie den Brief ihrer Mutter und fragte sich, warum sie es nicht mitbekommen hatte, dass Hilde offensichtlich mehrere Versuche unternommen hatte, mit ihr in Kontakt zu treten. Oder übertrieb ihre Mutter wieder einmal? Mo dachte darüber nach, wann sie sie – vor diesem Ausflug – zuletzt gesehen hatte, was sie gemacht hatten, worüber sie sich unterhalten hatten. Sie kam nicht drauf. War es zu Hildes Geburtstag im April gewesen? Aber das hieße ja, dass sie sich wirklich mehrere Wochen, nein, drei Monate sogar nicht gesehen hatten. Konnte das sein? Mo griff nach der Serviette und wischte sich damit über den Mund. Es war ihr gar nicht so lange vorgekommen.

Sie nahm einen großen Schluck Wasser und lehnte sich zurück. Hilde meinte gar nicht die seltenen Treffen, sie meinte etwas anderes. Etwas, das Mo offenbar nicht wahrgenommen hatte. Oder nicht hatte wahrnehmen wollen. Weil es meistens kompliziert war mit ihrer Mutter und oftmals nicht gut endete. Es gab zu viele unausgesprochene Themen. Und zu wenig Antworten.

Mos Überlegungen blieben bei dem Auslöser für all das Komplizierte, Unausgesprochene hängen. Aber nicht lange. Dann drifteten ihre Gedanken ab, flüchteten vor den anstrengenden zu den leichten, schönen Erinnerungen, die sie mit Föhr verband. Die scheinbar endlosen Sommer, diese schönsten Wochen des Jahres, das schmelzende bunte Wassereis am Strand, das über ihre Hand in den Sand tropfte, das Lachen ihrer Freundin, die Hitze in ihrem Zelt im Garten von Frau Witt. Plötzlich war all das wieder da. Präsenter als je zuvor.

Mit Schrecken fiel ihr in dem Moment etwas ein: Kam nicht heute der Immobilienmakler zu Frau Witt? Hatte sie nicht so etwas gesagt?

Mo überkam ein Gefühl von Panik. War es schon zu spät? War der Vertrag mit dem Makler schon unterschrieben? Oder das Haus vielleicht sogar schon verkauft? In dem Moment hatte sie das Gefühl, als würde jemand ihre Sandburg am Strand kaputt machen und ihr all ihre Erinnerungen nehmen.

Mit einem Satz sprang sie von der Couch, griff nach Umhängetasche, Zimmerkarte und Hundeleine und lief mit Liebling, so schnell sie konnte, aus dem Zimmer durch das Hotel zu ihrem Fahrrad. Unter den irritierten Blicken von Liebling, dem das alles definitiv zu hektisch war, radelte sie vom Hotelparkplatz runter, links die Baumallee entlang, aus Wyk raus, die Landstraße Richtung Nieblum und bog schließlich rechts ab nach Alkersum.

Die Strecke kam ihr viel länger vor als sonst. Jeder Kilometer war unendlich lang. Der Wind musste natürlich, wie sollte es anders sein, von vorn kommen, als wolle jemand prüfen, ob sie das, was sie hier gerade tat, was sie vorhatte, wirklich wollte.

Sie hörte erst auf, in die Pedale zu treten, als sie völlig außer Atem vor dem Haus von Frau Witt ankam. Das Deo hatte längst versagt, und ihr Shirt klebte an ihrem Oberkörper.

Direkt vor der Pforte stand ein großer schwarzer SUV mit der Aufschrift einer Immobilienfirma.

»Mist!«, entfuhr es Mo, die vom Rad sprang, die Pforte öffnete, ihr Rad samt Hund durchschob, es hektisch abstellte, Liebling rausließ und ums Haus rannte.

Sie hatte vermutet, dass Frau Witt mit ihrem Besucher unterm Apfelbaum saß oder das Grundstück begutachtete. Aber hier entdeckte sie nur ein Pärchen, das an einem der runden Holztische neben der wundervoll lila blühenden Hortensienhecke saß und Karten spielte, und einen älteren Herrn, der offensichtlich ein ungeplantes Mittagsschläfchen im Strandkorb machte. Eine Zeitschrift lag schlaff in seiner Hand, der Strohhut hing schief auf seinem Kopf. Wie er so dasaß, erinnerte er Mo an Herrn Witt.

Sie lief samt Liebling, der lieber mal kurz das Grundstück durchmarkiert und in jedem Busch seine Visitenkarte gelassen hätte, zur geöffneten Haustür. Sie trat in den wie immer recht dunklen, kühlen Gang, lauschte kurz und rief dann: »Frau Witt?«

»Ja?«, hörte sie die Stimme der alten Dame, die sich offensichtlich im Wohnzimmer befand.

Mo ging den Flur entlang und klopfte an die Tür.

Frau Witt saß mit einem jungen Mann, der einen

teuren Anzug und eine viel zu große Uhr trug, an ihrem Wohnzimmertisch und betrachtete Unterlagen, die zwischen den beiden lagen. In ihrer Hand hielt sie einen dicken, schwarz glänzenden Kugelschreiber, der teuer aussah und ganz sicher nicht ihrer war.

Als sie Mo erkannte, legte sie den Stift aus der Hand, stand auf und kam auf sie zu. »Mo! Das ist ja schön, dass du kommst. Ich bin gerade noch in einem Gespräch mit… mit…« Sie stockte und drehte sich zu ihrem Gast um, auf dessen Namen sie nicht kam.

»Hendrikson«, half er weiter. »Daniel Hendrikson.«

»Ach, ja. Natürlich! Entschuldigen Sie bitte!« Sie wandte sich wieder Mo zu. »Magst du dir etwas Kaltes zu trinken nehmen? In der Küche steht selbst gemachter Apfelsaft im Kühlschrank. Ich komme gleich zu dir.«

»Danke, das ist total lieb, darauf komme ich auf alle Fälle zurück, ich bin nämlich in der Tat etwas aus der Puste. Aber ich wollte eigentlich etwas anderes«, begann Mo und stockte.

Herr Hendrikson, der nur etwas zu glatt, an dem aber ansonsten nichts falsch war, sah sie geübt professionell freundlich an. Noch, dachte Mo. Das dürfte sich gleich ändern, sofern sie nicht schon zu spät war. Ihr Herz pochte stärker als gerade beim Fahrradfahren. Sie sah zu Liebling runter, als könne er ihr irgendwie weiterhelfen, hob den Blick wieder und tat das erste Mal seit Langem etwas komplett Undurchdachtes, vielleicht sogar Unvernünftiges, Abenteuerliches, Unabsehbares.

»Ich kaufe das Haus!«, platzte es aus ihr heraus.

Frau Witt sah sie mit weit aufgerissenen Augen an. Sie war völlig baff. Im nächsten Moment fiel sie Mo freudestrahlend um den Hals. Über die Schulter von Frau Witt blickte Mo zu Herrn Hendrikson, der weniger begeistert war, kopfschüttelnd nach dem Kugelschreiber griff und die Unterlagen zusammenschob.

»Sie beiden kennen sich, vermute ich«, sagte er steif.

Frau Witt löste sich von Mo, strich ihr immer wieder über den Arm, als könne sie ihr Glück gar nicht fassen, und sagte leise: »Kindchen! Kindchen! Was du mir für eine Freude machst! Du kannst es dir ja gar nicht vorstellen!«

Mo nickte dem jungen Mann zu. »Ja. Wir kennen uns. Schon viele Jahre, nicht wahr, Frau Witt?«

Die beiden Frauen strahlten sich an.

»Ja. Wir kennen uns schon lange«, bestätigte die alte Dame, die nun Tränen in den Augen hatte.

Hendrikson zögerte noch einen Augenblick, dann stand er auf. »Dann werde ich hier nicht weiter gebraucht. Richtig?«

»Richtig!«, stimmten die beiden Frauen wie aus der Pistole geschossen zu und mussten kurz darüber lachen.

Sichtlich unzufrieden nahm Hendrikson seine Sachen vom Tisch. »Na, dann wünsche ich Ihnen viel Freude mit dem Haus, und falls Sie es doch eines Tages mal …«

»Nein, danke. Ich behalte es«, unterbrach Mo den Makler und sah zu Frau Witt. »Das ist unser Haus.«

»Das klingt gut«, sagte er, ohne es so zu meinen, und verabschiedete sich knapp. »Die Damen, ich wünsche noch einen angenehmen Tag.« Er gab ihnen die Hand, dann ging er aus dem Wohnzimmer.

Frau Witt nahm Mo erneut in den Arm und drückte sie, als hätte sie ihr Leben gerettet. Und vielleicht war das ja auch so. Das Haus war ein großer Teil ihres Lebens, und es würde weiter ein Teil davon bleiben. So stellte Mo es sich vor.

»Und du bist wirklich ganz sicher, dass du das möchtest?«, fragte Frau Witt vorsichtig nach.

»Ja, absolut! Ich habe zwar überhaupt keinen blassen Schimmer, was«, sie sah sich kurz um und zuckte mit den Schultern, »das Haus kostet und muss auch zugeben, dass ich keinen Plan habe, was für mich eine neue Erfahrung ist. Aber wir schaffen das schon. Oder?«

»Auf alle Fälle! Da mach dir mal keine Gedanken. Mir ist es wichtiger, dass du es übernimmst, als dass ein Haufen Geld auf dem Konto liegt. Davon hat keiner was, wenn ich mal nicht mehr bin. Ich hätte gerne eine kleine Wohnung, das reicht mir. Und der Rest findet sich schon. Aber jetzt gibt es erst mal ein Likörchen«, meinte Frau Witt, zwinkerte Mo zu, beugte sich leicht vor und streichelte Liebling über den Kopf. »Und du bekommst zur Feier des Tages ein Stück von meiner besten Wurst. Na komm!« »Prost! Auf uns!«

»Auf uns! Und auf das Haus«, sagte Mo, stieß mit dem kleinen Kristallglas gegen das von Frau Witt und kippte den Likör in einem Schluck runter.

Dann stellte sie das Glas ab und holte tief Luft. Liebling lag zu ihren Füßen und atmete die Wurst in einem Stück ein.

»Verrückt. Ich glaube, so etwas habe ich wirklich noch nie gemacht.«

»Ein Haus gekauft?«, tippte Frau Witt.

»Ne, stimmt, das auch nicht. Aber ich meinte etwas anderes. Meinem Gefühl folgen. Ohne darüber nachzudenken, zu planen, zu durchdenken, zu kalkulieren. Ich wusste einfach nur, ich möchte das Ganze hier – das Haus und alles, was ich damit verbinde – erhalten.«

Frau Witt liefen Tränen über ihr kleines, faltiges Gesicht. »Du glaubst nicht, was für eine Freude du mir damit machst. Ich kann es gar nicht in Worte fassen.« Sie legte tief berührt und dankbar ihre Hände in den Schoß und sah gedankenverloren auf sie hinunter. »Ohne eigene Kinder oder Enkel ist es nicht so einfach, jemanden zu finden, dem auch etwas an diesem Haus liegt. Im Grunde ist es fast unmöglich. Ich hatte schon ein paar Urlaubsgäste angesprochen. Natürlich nur welche, die immer mal wiederkamen und die mir auch sympathisch sind. Eine Familie hatte sogar Interesse, aber dann wurde doch nichts daraus.« Sie zuckte mit den Schultern und sah sich um. »Mich hiervon, von meiner Heimat, meinem Zuhause zu verabschieden, das hat mir fast das Herz gebrochen. Die letzten Monate konnte ich kaum noch schlafen, und als dann deine Mutter kam und sagte, sie bereite eine kleine Reise für dich vor, da hatte ich plötzlich Hoffnung. Ich dachte, das wäre doch eine schöne Lösung. Wenn du«, sie sah wieder hoch, Mo direkt in die Augen, »es übernehmen würdest. Na ja, das war natürlich nur eine kleine letzte Hoffnung. Aber dass es jetzt wirklich wahr wird«, sie zog ein kleines weißes Stofftaschentuch aus der Rocktasche und wischte sich die Tränen ab, »das hätte ich wirklich nicht gedacht. Damit habe ich überhaupt nicht gerechnet.«

»Ich auch nicht«, stellte Mo fest, und beide Frauen mussten loslachen.

Frau Witt steckte das Tuch wieder weg und schenkte noch einmal von dem Likör nach, der wunderbar karamellig schmeckte.

»Mir fällt ein Stein vom Herzen, Mo.«

»Mir auch! Ich bin noch nie so schnell Rad gefahren«, sagte Mo lachend. »Vermutlich habe ich dreitausend Kalorien in der halben Stunde verbraucht. Oder mehr.« Sie sah sich in Ruhe um. »Ich würde natürlich das eine oder andere gern verändern oder renovieren wollen …«

»Natürlich! Das versteht sich von selbst. Da mach dir mal keine Gedanken. Schließlich ist es dann dein Haus. Du kannst tun und lassen, was du willst. Ich bin doch nur froh, dass hier nicht sonst was für ein Komplex hingebaut wird. Oder jemand einzieht, der mir gar nicht liegt, irgendetwas verspricht und nachher nicht hält. Man weiß ja nie.«

»Ich verspreche Ihnen, dass dieses Haus für Sie immer offen steht.«

»Ach Mo, da kommen mir ja gleich wieder die Tränen«, meinte die alte Dame gerührt, und Mo sah ihr an, wie sehr sie sich bemühte, ihre Gefühle unter Kontrolle zu halten.

»Ein bisschen verrückt ist es ja schon. Und aufregend«, musste Mo zugeben. »Aber es fühlt sich gut an. Richtig gut. Ich glaube, es ist das Beste, was ich in den letzten Jahren gemacht habe. Ja. Das ist es.« Sie fühlte einen leichten Schwindel und war sich nicht sicher, ob der wirklich von den zwei kleinen Gläsern Likör kam oder doch eher von der Tatsache, dass dies gerade ein Wendepunkt in ihrem Leben war. Auch, wenn sie es immer noch nicht ganz fassen konnte. Es gab keinen Plan. Es gab einfach dieses Haus. Und es würde ihr Haus sein.

»Wir müssen über ein paar Fakten sprechen, Frau Witt. Sonst bin ich diejenige, die heute Nacht nicht schlafen kann«, sagte Mo und zog eine Grimasse.

»Komm, wir setzen uns raus in den Garten. Da ist es viel schöner. Das kriegen wir schon hin.«

Als die ersten Gäste von ihren Strandbesuchen zurückkamen, vollbepackt mit Taschen, Körben, Sonne im Gesicht und Salz in den noch leicht nassen Haaren, stellte Frau Witt die Wassergläser und den Teller mit den selbst gebackenen Keksen auf das runde alte Tablett zurück und stand langsam auf.

»Ich werde heute Nacht das erste Mal seit langer Zeit wieder schlafen wie ein Stein. Das weiß ich jetzt schon.«

Sie hatten darüber gesprochen, was Mo mit dem Haus machen könne, Ideen ausgetauscht. Mo hatte von ihrem Wunsch gesprochen, die eine oder andere nicht tragende Wand rauszunehmen, die Fenster bodentief zu machen, mehr Licht in das Haus zu lassen und einen Ort zu schaffen, an den sie immer wieder gerne kommen wollte. Wenn Berlin ihr zu laut wurde. Wenn sie eine Auszeit brauchte. Und Frau Witt hatte sich angeboten, in der Zwischenzeit nach dem Rechten zu sehen, Pflanzen zu gießen und bei Bedarf einen Gärtner zu engagieren, falls sie es nicht mehr schaffen sollte. Sie waren sich einig. Auch über den Preis, der Mo zu gering vorkam, obwohl sie sich nicht über den Immobilienmarkt auf Föhr erkundigt hatte. Es war eher ein Gefühl. Aber sie nahm die Summe gerne an, denn sie wusste, warum Frau Witt ihr so entgegenkam. Sie waren beide glücklich. Und darum ging es doch.

Mo kam der Gedanke, Hilde davon zu erzählen, denn ohne sie wäre es ja nie dazu gekommen. Doch sie schob den Gedanken beiseite. Natürlich würde Hilde davon erfahren. Nur nicht sofort. Mo hatte absolut keine Lust, dass ihre Mutter am Ende vor ihr stand und erwartete, dass sie sich bei ihr bedankte. Danach war ihr gerade nicht.

»Ich lasse jetzt erst in Ruhe alles sacken und freue mich auf alles, was noch kommt. Ich bleibe noch ein paar Tage. Wir setzen uns einfach noch mal zusammen und besprechen alles in Ruhe. Okay?«

»Ja, meine Liebe, so wird's gemacht.« Frau Witt nickte glücklich. »Ich kann jetzt in Ruhe durchatmen und den Vermietern in Nieblum sagen, dass ich die Wohnung gerne hätte, sofern sie noch frei ist. Nun freue ich mich sogar darauf. Bisher war es eher mit nicht so schönen Gefühlen verbunden, muss ich zugeben. Aber jetzt … jetzt sehe ich das mit ganz anderen Augen.«

Die beiden nahmen sich noch einmal in den Arm. Einen langen Moment. Es war mehr als nur eine Umarmung. Sie waren Verbündete. Das spürte Mo. Und es war ein gutes Gefühl.

18.

Völlig beseelt fuhr sie die Landstraße von Alkersum nach Nieblum zurück. Mit Liebling im Fahrradkorb und einem Gefühl im Herzen, das neu war.

Föhr war nicht mehr nur der Lieblingsferienort ihrer Kindheit. Während sie an den Feldern, Pferden und Häusern vorbeifuhr, ließ sie ihren Blick weit über die Wiesen schweifen und fühlte etwas anderes. Etwas, das sie glücklich machte, das in ihr eine Ruhe und gleichzeitig angenehme Aufregung produzierte. Sie war keine Urlauberin mehr. Sie war jetzt Insulanerin. Teilzeit-Insulanerin, dachte sie und musste bei dem Gedanken schmunzeln.

Nieblum näherte sich langsam. Mo hielt im Ort an, stieg vom Rad, ließ Liebling aus dem Korb und schob. Sie betrachtete die alten Kapitänshäuser, die Allee, die Menschen nun mit einem anderen Blick. *Ich bin eine Frau mit einer zweiten Heimat. Und einer Schwester.*

Mo war hin- und hergerissen. Sie war voller Emotionen. Es passte kaum noch etwas in ihren Kopf, und doch spürte sie den Drang, zu Marie zu fahren. Da war der Wunsch, mit ihr zu sprechen und auch wieder nicht. Es einfach so zu lassen, wie es war. Aber konnte sie das wirklich? Es war doch sowieso nichts mehr, wie es war, seit sie den Zettel ihrer Mutter in der Hand gehalten und gelesen hatte.

Mo stand an der Kreuzung. Links ging es zurück nach Wyk, rechts zum Teeladen.

Liebling fing an zu kläffen, was er sonst nicht tat. Mo war irritiert. Hatte er Hunger? Durst?

Er bellte noch einmal. Es klang eindringlicher als beim ersten Mal. So, als wolle er ihr etwas sagen.

Mo seufzte. »Die Liste der Dinge, die ich mache, seit ich hier bin und die ich zuvor nie getan habe, ist lang. Sehr lang. Aber der Punkt *Habe angefangen, die Hundesprache zu sprechen* wird nie darauf stehen. Glaub mir!« Mo schob das Rad über die Straße und ging rechts die Allee runter.

Der kleine Ort war relativ voll. Die Außenbereiche der Cafés waren gefüllt, obwohl es schon später Nachmittag sein musste. Die Urlauberinnen und Urlauber aßen Kuchen, flanierten oder kauften in dem kleinen Supermarkt an der Ecke für das Abendessen ein, suchten Karten für die Verwandtschaft aus oder warteten einfach. Diesen Part übernahmen in erster Linie auffallend viele Männer. Tüten haltend standen sie vor den Geschäften. Mo erwischte sich dabei, alles mit anderen Augen zu sehen. Denn die Menschen hielten nicht nur Tüten, sie hielten fast alle noch etwas anderes in den Händen: ein Handy. Dabei gab es doch so viel Schönes zu sehen. Man musste nur hinschauen, dachte Mo. Im nächsten Moment musste sie über sich selbst lachen. Das sagte ja genau die Richtige, dachte sie amüsiert und schob das Rad weiter bis zu dem vermutlich am schönsten duftenden Laden in ganz Nieblum. Die alte Holztür stand offen, und es sah wieder alles so freundlich und einladend aus wie bei ihrem ersten Besuch. Nichts deutete darauf hin, dass hinter diesen alten Mauern das Schicksal einer jungen Frau ihre Pläne über den Haufen warf.

Mo stellte das Rad ab und band Liebling an die weiße Friesenbank, die links neben dem Eingang stand. »Ich weiß, sie mag dich sehr, aber ich muss mal kurz in Ruhe mit ihr sprechen. Ich komme gleich wieder!«, versprach Mo, streichelte Liebling über den Kopf und ging in den Laden.

Der Raum war leer. Mo sah sich kurz um, aber auch hinter dem Tresen war niemand. Sie betrachtete die bunten Teebecher in dem Regal, die Tüten, Dosen, Geschenke. Gerade als sie überlegte, doch einmal kurz »Hallo?« zu rufen, hörte sie von draußen Maries Stimme. Offensichtlich hatte sie Liebling entdeckt.

»Na, da bist du wieder! Das ist ja eine schöne Überraschung!«

Mo trat nach draußen und entdeckte Marie, die vor Liebling in der Hocke saß und ihn streichelte. Sie trug ihr Haar zu einem Zopf gebunden, ein geringeltes T-Shirt und eine kurze Shorts. Mo wartete einen Augenblick und beobachtete sie. Die sportliche Figur, ihre freundliche Art, wie sie Liebling liebkoste, die gebräunte Haut.

Als Marie sich wieder erhob, erschrak Mo beinahe, weil sie so in Gedanken war, dass sie sich gar nicht überlegt hatte, was sie eigentlich sagen wollte.

»Hi!«, war alles, was ihr in der Sekunde einfiel, als Marie direkt vor ihr stand.

»Hallo. Da bist du ja noch mal. Sorry, ich musste nur kurz etwas wegbringen.«

»Alles bestens. Ich bin gerade erst gekommen.«

»Dann bin ich ja beruhigt. Möchtest du doch etwas Tee? Oder hast du etwas anderes gefunden?« Sie lächelte Mo an und ging an ihr vorbei in den Laden.

»Ja, ich habe etwas gefunden«, murmelte Mo, dachte an den Notizzettel ihrer Mutter und folgte ihr.

Marie blieb stehen und sah sie an. »Das freut mich. Was darf es denn sein?«

»Tja, das ist eine gute Frage. Es ist nicht ganz so einfach. Um ehrlich zu sein, ist es nichts, was man kaufen kann.«

Oje. Sie hörte sich schon an wie ihre eigene Mutter, schoss es Mo durch den Kopf.

Marie sah sie mit großen Augen an. »Aha, das klingt ja spannend.«

»Ja, das ist wohl wahr.«

Marie wartete, während Mos Blick in die Regale flüchtete, suchend, nervös, mit dem Gedanken spielend, doch einfach einen Tee zu kaufen und wieder zu gehen.

Doch jetzt stand sie hier. Vor ihrer Halbschwester. Und ihr fehlten die Worte. Ausgerechnet ihr. Die mit den richtigen Worten ihr Geld verdiente. Aber jetzt, hier, in diesem kleinen Teeladen mitten auf Föhr, suchte sie nach etwas, das ihr weiterhalf. Ein Wort, ein Satz.

»Ich würde dir gerne helfen«, begann sie und fragte sich in der nächsten Sekunde, ob es einfach nur feige oder doch ein guter Weg war, erst einmal eine Beziehung zu Marie aufzubauen. Die Hand reichen statt mit der Tür ins Haus zu fallen. Wobei die fallende Tür so oder so kommen würde. Früher oder später. Was war besser? Gleich ehrlich geraderaus zu sagen, was sie eigentlich wollte, oder doch Schritt für Schritt zu gehen? Von diesen Schritten wiederum gab es viele Varianten, und je länger Mo darüber nachdachte, desto komplizierter wurde es.

Sie war bekannt für ihre Klarheit. Empathie gehörte allerdings nicht unbedingt zu ihrer Kernkompetenz. Leider. Aber sie war hier gefragt. Mehr denn je. Es war vielleicht die größte Herausforderung ihres Lebens. Und sie war nicht vorbereitet.

»Mir helfen? Wie … wie meinst du das?« Marie sah sie verwirrt an.

»Also, fangen wir so an: Ich bin Mo. Eigentlich heiße ich Moira, aber das weiß nur mein Personalausweis. Na ja, und meine Eltern.« *Und da wären wir auch schon beim Thema*, dachte sie und streckte ihr ihre Hand entgegen, die Marie zögernd annahm.

»Marie.«

»Ich hatte den Eindruck, du könntest vielleicht etwas Unterstützung gebrauchen.« Mo sah sich im Laden um.

Marie nickte. »Ja. Das könnte ich wirklich. Aber das geht aktuell nicht. Trotzdem vielen Dank. Das ist wirklich sehr aufmerksam.« Sie drehte sich um und wollte gerade hinter den Tresen gehen, als sie stockte und sich wieder Mo zuwandte. »Aber Sie, ich meine du kannst ja, wenn du willst, deine Nummer hierlassen, und wenn es irgendwann mal passt, dann kann ich mich ja melden.«

Mo nickte. »Ja, gerne. Das ist eine gute Idee. Ich habe allerdings aktuell leider kein Handy. Du kannst aber im Hotel anrufen, für den Fall, dass du in den nächsten Tagen doch noch Unterstützung brauchst. Und für alles andere schreibe ich dir meine Handynummer auf. Ich werde ja bald wieder eins haben. Davon gehe ich zumindest aktuell aus«, erklärte Mo und sah, wie Marie in einer Schublade offensichtlich nach Zettel und Stift suchte. Schließlich legte sie ihr einen karierten kleinen Notizblock und einen Kugelschreiber, auf dem der Name des Teeladens stand, hin.

Eine junge Frau mit einem Kleinkind auf dem Arm kam in den Laden und wollte offenbar etwas bezahlen. Sie hielt mehrere Servietten und Teetüten aus den Körben vor der Tür in der Hand, während ihre kleine Tochter daran zerrte.

Mo nahm Notizblock und Stift, machte Platz vor

dem Tresen und ging raus, um sich zu Liebling auf die Bank zu setzen. Sie streichelte ihm übers Fell und fragte sich, was sie tun sollte. Jetzt war sie diejenige, die dringend einen Coach brauchte. Ihre ganz persönliche Umstrukturierung war schon in vollem Gange, ohne dass sie darum gebeten hatte, aber langsam brauchte es doch einen Plan.

Als die Frau kurze Zeit später aus dem Laden ging, Kind und Einkauf im Kinderwagen verstaute und den Weg Richtung Dorfkern weiterging, blieb Mo sitzen und dachte noch einen Moment nach. Sie konnte nicht einfach wieder reingehen, Marie den Zettel mit ihrer Nummer geben und gehen. Und trotzdem musste sie es irgendwie. Ihr lief die Zeit davon, auch wenn sie sie selbst gerade ein Stück verlängert hatte. Irgendwann musste sie zurück nach Berlin, und bis dahin wollte sie mit Marie gesprochen haben.

Zu ihrer Nummer schrieb sie ihren Vor- und Nachnamen. Dann stockte sie. Nein, Mo musste erst mit ihr reden, bevor sie durch einen Notizzettel erfuhr, wer sie war, oder darauf gestoßen wurde. Das musste sich wirklich nicht wiederholen.

Mo riss den Zettel vom Block, zerknüllte ihn und bekam in dem Moment nicht mit, wie Marie plötzlich neben ihr stand.

»Ich vergesse auch immer wieder meine Nummer oder schreibe eine falsche auf. Jetzt habe ich meine eigene Nummer unter *Ich* im Handy gespeichert. Darf man eigentlich keinem erzählen, aber was soll's.« Marie zuckte mit den Schultern. »Seitdem klappt es.«

»Das ist ja lustig«, sagte Mo und stellte fasziniert fest, wie unterschiedlich sie waren. »Tolle Idee! Ich kann mir Nummern besser merken als Namen. Das kann manchmal auch ganz schön peinlich sein. Ich baue mir, wenn ich einen neuen Namen höre und das Gefühl hochkommt, ihn gleich wieder zu vergessen, Eselsbrücken, um mich daran zu erinnern. Auch ein Trick, wie man durchs Leben kommt.«

»Namen kann ich mir super merken. Und Gesichter. Aber Zahlen … ganz schlimm!« Marie lachte und machte eine wegwerfende Handbewegung. »Da ergänzen wir uns ja ganz gut, fällt mir gerade auf.«

»Ja, stimmt! Ein guter Match.«

Mo freute sich über diesen Hauch von Leichtigkeit und Fröhlichkeit, den sie das letzte Mal nicht gesehen hatte. Obwohl die Freundin von der Surfschule es erwähnt hatte.

»Dann wird es dir bei mir ja nicht schwerfallen, eine Eselsbrücke zu bauen, oder?«, tippte Marie und bückte sich wieder zu Liebling, um ihn zu streicheln.

»Richtig«, sagte Mo und beobachtete die beiden. »Deinen Namen werde ich ganz sicher nicht vergessen. Meine Lieblingsinsel, Meer, Marie. Müsste klappen«, scherzte sie.

Marie drehte sich zu ihr um und lächelte sie an.

Mo schrieb Zimmernummer, Handynummer und

den Namen des Hotels noch einmal auf, dann ihren Vornamen, riss den Zettel ab und gab ihn Marie.

Die begrüßte im nächsten Moment einen Kunden, der den Laden betrat. »Moin Fritz, ich bin gleich da!« Und zu Liebling gewandt, sagte sie: »So, nun muss ich wieder. Tschüss, du kleiner Kerl!«

In der Tür blieb sie noch einmal stehen und hob den Zettel. »Ich melde mich, sobald wir eine Aushilfe suchen. Beziehungsweise sobald es geht.«

»Ja. Mach das gerne!«, nickte Mo ihr zu, hob die Hand zum Gruß und blieb sitzen.

Na prima. Sie war keinen Schritt weiter. Oder doch?

Ein paar Minuten später verließ der ältere Herr den Laden wieder. In der Hand eine weiße Papiertüte, überquerte er die Kopfsteinpflasterstraße. Mo sah ihm gedankenverloren nach. Sie stellte sich vor, es wäre Hans, der dort ging, dachte an das, was er nie hatte erzählen wollen, und an das, was sie erfahren hatte in dieser kurzen Zeit.

»Mir ist gerade eingefallen, du warst doch gerade erst hier und … hattest du da nicht gesagt, du wolltest etwas besprechen? War das gestern? Oder vorgestern? Sorry, ich hab gerade den Kopf so voll, ich kriege es nicht mehr zusammen.«

Marie stand plötzlich wieder neben ihr.

Mo erschrak, stand auf und stammelte: »Ja, ähm, das … Ja, das stimmt.«

»Und was wolltest du genau?«

»Einen Fall lösen«, sagte sie, ohne nachzudenken.

Sie erntete einen fragenden Blick. »Einen Fall? Bist du von der Polizei?«

»Nein, natürlich nicht. Es ist eher ein ganz persönlicher Fall. Ich … ich hätte das gerne mit dir in Ruhe besprochen, ich glaube, das wäre besser.«

»Komm doch mit rein. Es ist heute eh sehr wenig los.«

Mo zögerte. Sie sah Marie an, dann Liebling, dann wieder Marie. »Wann hast du denn Feierabend?«

Marie winkte ab. »Davon kann nicht die Rede sein. Wenn ich den Laden zumache, muss ich zu meiner Mutter und … Ach, egal. Was kann ich denn für dich tun?«

Eigentlich gar nichts, dachte Mo und sagte: »Ich würde gerne etwas für dich tun.«

Marie blickte sie an, als wäre Mo schwer von Begriff. »Ich kann im Moment niemanden einstellen, so gern ich das auch würde. Das geht aus persönlichen Gründen wirklich nicht, ich …«

»So meine ich das nicht«, unterbrach Mo die junge Frau, setzte sich, deutete auf den freien Platz neben sich auf der Friesenbank und zögerte einen Moment.

Dann holte sie tief Luft und begann zu erzählen. Nicht flüssig, so wie sonst, wenn sie vor Mitarbeitern der Firmen sprach oder vor deren Chefinnen.

Das hier war anders. Es war persönlich. Es betraf sie selbst, aber eben nicht nur sie.

Mo berichtete, was sie hier machte, wie es zu der Reise gekommen war und was ihre Mutter sich für sie Lustiges ausgedacht hatte, das sie selbst nicht wirklich lustig fand. Dass sie gerade beschlossen hatte, ein Haus in Nieblum zu übernehmen, in dem sie viele Wochen ihrer Kindheit und Jugend verbracht hatte, und dass sie sich hier eine zweite Heimat aufbauen wolle. Sie erzählte, wie glücklich sie war, trotz des Plans ihrer Mutter, dass sie hiergeblieben und nicht gleich wieder abgefahren war. Denn sonst hätte sie Marie nie getroffen.

Marie sah sie mit großen Augen an. Sie zuckte mit den Schultern und schüttelte leicht den Kopf. »Ich verstehe aber, ehrlich gesagt, noch nicht, was das alles mit mir zu tun hat. Oder hat es das gar nicht? Ich meine, was möchtest du denn für mich tun? Also, warum bist du hier? Ich verstehe es nicht. Sorry.«

Mo sah ihr lange in die Augen.

»Mein Vater«, begann sie vorsichtig und betete innerlich, dass das, was sie jetzt sagen würde, kein Erdbeben auslösen würde. »Mein Vater ist …«

»Ja?«, fragte Marie ungeduldig. »Was ist mit ihm?«

»Er ist auch dein Vater.«

Marie riss ihre Augen weit auf und rückte augenblicklich mit dem Oberkörper von Mo weg. Ein Abstand, der sich für Mo nach Metern anfühlte.

Was hatte sie erwartet? Dass sie ihr um den Hals fallen würde? Dass sie einen Jahrgangs-Sekt aus dem Kühlschrank holen und mit ihr anstoßen würde?

Marie sah sie an, als wäre Mo geisteskrank und als bräuchte sie dringend professionelle Hilfe.

»Ich weiß, das ist…«, versuchte Mo sich zu erklären, doch Marie unterbrach sie.

»Ich habe keinen Vater.« Mo sah dem Mädchen an, dass es den Tränen nahe war. »Ich habe einen Erzeuger. Wie jeder Mensch. Mehr nicht.« Mit diesen Worten stand sie abrupt auf und drehte sich um.

»Ich wollte dir sagen, dass du nicht allein bist«, sagte Mo schnell, um zu verhindern, dass Marie verschwand.

»Das bin ich nicht. Und das war ich nie. Ich habe eine Mutter. Die *immer* da war und die mich jetzt braucht«, erklärte Marie und marschierte in den Laden.

Mist! Verdammter Mist, ärgerte Mo sich. Sie war verzweifelt. Was sollte sie tun? Hinterhergehen? Nein, auf keinen Fall. Warten? Nein, auch keine gute Idee.

Sie hat meinen Kontakt. Sie weiß, wer ich bin. Oder zumindest, wie ich heiße.

Mo sah Liebling an, als erwarte sie tröstende Worte von ihm. Irgendetwas, das sie aufbauen würde. Aber der kleine Kerl legte wie immer nur den Kopf schief und sah sie an.

Sie bückte sich, setzte Liebling in den Korb und schob noch einen Moment das Rad wie ferngesteuert durch den Ort. Sie versuchte, ihre Gedanken, die in ihrem Kopf Hüpfburg spielten, zu sortieren, sich selbst zu beruhigen, und stieg, weil das nicht funktionierte, schließlich aufs Rad und fuhr los. Die Landstraße zurück Richtung Wyk.

Was hatte sie sich nur gedacht? Hätte es nicht doch einen schlaueren Weg gegeben, Marie anzusprechen? Hatte es ausgerechnet so sein müssen?

Mo ärgerte sich, ließ die Vorwürfe zu, die in ihr wuchsen, und trat voller Wut und Verzweiflung so schnell sie konnte in die Pedale.

Aus dem Augenwinkel bemerkte sie einen Wagen, der anstatt an ihr vorbeizufahren langsam neben ihr herfuhr, bis sie schließlich ihren Namen hörte. Sie drehte ihren Kopf nach links und erkannte Janne, der ihr zuwinkte und aus dem geöffneten Beifahrerfenster zu ihr herüberrief, ob sie nicht mitfahren wolle.

Mo schüttelte den Kopf, winkte ab und gab ihm zu verstehen, dass er weiterfahren konnte.

Janne nickte, winkte noch einmal und gab Gas.

Mo sah ihm hinterher. Ihr Herz hüpfte trotz der Gedanken, die schwer auf ihr lagen. Er hatte es doch heute noch zurück auf die Insel geschafft. Das war ein beruhigendes Gefühl.

Mo fuhr weiter, vorbei an Feldern, Schafen, anderen Radfahrern. Atmete ein. Atmete aus. Es war so viel passiert. Sie musste sich den Kopf freistrampeln.

Ein Haus war in ihr Leben gekommen, ein Mensch, den sie mochte, ohne ihn wirklich zu kennen, und eine Halbschwester, die erst mal nichts von ihr wissen wollte. In all den letzten Jahren war in der Summe nicht so viel in ihrem Privatleben passiert wie in den letzten Tagen auf Föhr, resümierte Mo, während sie den leichten Wind genoss.

Janne wartete vor dem Hotel auf sie. Sie erkannte seinen Bus schon von Weitem. Und ihr Herz begann wieder zu tanzen. Er war nicht zu sich nach Hause gefahren.

Sie hielt neben der Fahrertür, deren Fenster geöffnet war.

»Hey, ihr beiden! Da seid ihr ja schon. Ihr habt einen ganz schönen Zahn drauf. Halleluja!«, stellte Janne fest, legte sein Handy auf den Beifahrersitz, beugte sich vor und küsste Mo. »Na, hattet ihr einen schönen Tag?«

»Ja und vielleicht.«

»Huch. Was ist passiert?«, wollte er wissen, schnallte sich ab und stieg aus.

»Ich glaube, ich habe ein Haus gekauft.«

Janne sah sie mit riesengroßen Augen an, dann fing er an zu lachen. Aus vollem Herzen.

»Nicht dein Ernst?! Das ist ein Joke, oder?«, fragte er schließlich, und Mo sah ihm seine kindliche Freude an, aber auch die Angst, es könne doch nur ein Scherz sein.

»Nein. Ich war gerade bei Frau Witt, in letzter Sekunde sozusagen. Der Makler war schon bei ihr.«

»Und dann?«, wollte Janne wissen.

»Dann habe ich gesagt, dass ich das Haus kaufe.«

Janne fing wieder an zu lachen, nein, zu prusten. Es

war so ansteckend, dass Mo nicht anders konnte, als einzustimmen.

»Okay, jetzt brauch ich einen Kurzen. Oder zwei«, meinte er nach einer Weile.

»Geht auch Champagner? Dann mache ich mit.«

Janne kam näher, umfasste mit seinen Händen ihren Kopf und strahlte sie an. »Ich bin echt ein Glückskeks.«

»Ja?«

»Ja, weil ich dich gefunden habe. Im Heu bei meiner Schwester.«

»Fast«, stellte Mo fest.

Janne küsste sie, bis hinter ihnen ein Auto hupte, das nicht vorbeikam. Er hob kurz entschuldigend die Hand, schloss die Wagentür, und Mo schob das Rad auf den Fußgängerweg.

»So, und jetzt erzähl, warum ich den Eindruck nicht loswerde, dass du nicht richtig happy bist«, sagte er.

»Das ist nicht alles. Es ist noch mehr passiert«, murmelte sie, als würde sie etwas beichten.

»Okay. Lass mich raten. Du hast dem Makler einen Antrag gemacht«, meinte Janne schmunzelnd und zwinkerte ihr zu.

»Tatsächlich war es nicht ganz leicht, aber ich konnte mich gerade noch zurückhalten«, beruhigte sie ihn kopfschüttelnd. »Um Gottes willen. Keine Angst! Von Typen in Anzügen habe ich für dieses Leben genug.«

»Na, dann bin ich ja beruhigt. Ich habe nämlich keinen«, sagte Janne amüsiert. »Alles andere kriegen wir hin. Komm, wir gehen hoch, und dann erzählst du mir alles in Ruhe«, schlug er vor, nahm Liebling aus dem Korb und griff nach ihrer Hand.

Champagner tat immer gut. Er war erfrischend, kühl und hatte auf leeren Magen eine angenehm entspannende Wirkung, die sehr schnell einsetzte. Genau das, was sie jetzt brauchte. Nicht gesund, aber effizient.

Janne schenkte ihnen noch zwei Gläser mit Wasser ein und öffnete eine Packung gesalzene Nüsse, die neben der Minibar lag. Dann setzte er sich zu ihr, legte seinen Arm um sie und sah ihr in die Augen. »Ist es das Haus, von dem ich denke, dass es das ist?«

»Ja. Das Haus aus meinen schönen Ferienerinnerungen auf Föhr.« Ein zufriedenes, tief glückliches Lächeln breitete sich auf ihrem Gesicht aus. »Es ist verrückt, aber es beruhigt mich total. Es fühlt sich an wie… endlich angekommen zu sein. Oder zumindest auf dem Weg dahin.« Mo musste den Kopf schütteln. »Verrückt.«

»Aber du willst nicht bleiben, oder?« Janne sah sie nachdenklich von der Seite an. Mo spürte seine Hand, die leicht auf ihrer Schulter lag und sie sanft streichelte, und die Gedanken hinter seiner Frage, die im Raum stand.

»Nein. Nicht für immer. Aber für immer öfter. Ich dachte, wir könnten zusammen hinfahren, und dann zeige ich es dir. Und vielleicht… vielleicht hast du ja Lust, mich beim Planen des Umbaus zu unterstützen.«

»Was für ein Umbau? Machst du Ferienwohnungen daraus …«

»Nein«, fiel sie ihm ins Wort. »Das wird meine zweite Heimat.« Sie strich sich eine der Strähnen ihres Ponys, der dringend nachgeschnitten werden musste, aus der Stirn und setzte sich im Schneidersitz auf das Außensofa.

»Das klingt gut! Da bin ich gerne dabei«, sagte Janne, griff nach den Champagnergläsern, reichte Mo ihres und stieß mit ihr an.

Mo nahm einen Schluck, stellte das Glas wieder ab und erzählte von dem Haus. Von dem aktuellen Zustand, den Ferienwohnungen, die sie auflösen wollte, den Ideen, Wände rauszunehmen, Fenster zu vergrößern, vielleicht auch einen Teil der Decke zu entfernen, um eventuell einen Raum zu haben, von dem aus man bis unters Dach sehen konnte. Sie schwärmte von den alten Fliesen in der Küche, die unbedingt bleiben mussten, dem Garten, der Atmosphäre und kleinen Details, die sie bewahren wollte.

Janne war begeistert und wollte unbedingt zeitnah mit ihr zusammen zu Frau Witt fahren.

Dann erzählte sie von Marie. Janne hörte zu.

Und während sie weitererzählte, es aus ihr raussprudelte, was sie dachte, was sie hoffte und was sie gesagt hatte, worüber sie sich selbst ärgerte, was sie sich fragte, wartete sie auf eine Reaktion, einen Einwand, eine Zwischenfrage.

Aber es kam nichts. Janne ließ sie erzählen, bis alles gesagt war. Bis sie das Gefühl hatte, ihr Kopf war wieder leichter, freier. Die Hüpfburg hatte Feierabend. Es war still. Endlich.

Janne strahlte eine unglaubliche Ruhe aus.

Mo sah ihn nachdenklich an. »Du hast etwas von einem alten, weisen Mann, weißt du das?«

Janne grinste.

»Du musst jetzt irgendetwas Schlaues sagen«, forderte sie ihn auf und zwickte ihm leicht in die Seite.

»Ja?«

»Ja! Das macht man so. Erst sagt der eine etwas, dann der andere. Das nennt man Dialog. Und da ich gerade nicht weiterweiß, musst du jetzt etwas Schlaues sagen, das mir hilft.«

»Lass mich kurz überlegen.«

»Okay.«

Janne sah aus dem Fenster, über das Meer, das heute ruhig vor ihnen lag.

»Wir können den Wind nicht ändern, aber die Segel anders setzen.«

»Hm«, machte Mo nachdenklich.

»So was in der Art?«

»Ja, an so was hatte ich gedacht. Hast du noch einen?«

»Ja, Moment ... Sobald wir die Verwirklichung unserer Träume in Angriff nehmen, entpuppen sich viele Hürden als Illusion. Übrigens von John Strelecky. Ein prima Kerl!«

»Auch nicht schlecht. Wo hast du die her? Sag jetzt nicht, du hast einen Kalender mit Sprüchen in der Küche.«

»Nein. Schlimmer«, gestand er.

»Auf dem Toilettenpapier?«

»Nicht ganz so schlimm.«

»Komm, sag's schon«, hakte Mo neugierig nach.

»Im Wagen. Ich hab ihn von meiner Schwester zu Weihnachten bekommen.«

»Ich mag deine Schwester, aber ich glaube, wir sollten nicht zusammen Weihnachten feiern. Ich hab ein bisschen Angst vor den Geschenken«, stellte Mo lachend fest und fragte sich erneut, wo diese Reise sie hinführen würde. Obwohl sie die Antwort, wenn sie ehrlich war, bereits spürte – ganz tief in sich drin.

19.

Das Klingeln des Telefons, das direkt neben ihrem Kopf auf dem Nachttisch stand, riss Mo aus einem unruhigen Schlaf. Sie brauchte einen Moment, um zu sich zu kommen, dann nahm sie schlaftrunken und mit halb geschlossenen Augen den Hörer ab und fragte sich in der gleichen Sekunde, ob das wirklich schlau war. Sie hatte schließlich gar nicht auf die Nummer gesehen.

»Guten Morgen, Frau Meißner, Milla Sörensen hier von der Rezeption.«

»Guten Morgen«, murmelte Mo und wollte sich schon beschweren, als sie durch ihre kleinen Augenschlitze die Uhrzeit auf dem Display erkannte. Halb zehn.

Sie kam mit dem Oberkörper vor und rieb sich die Augen.

»Frau Anders würde Sie gerne sprechen.«

»Anders?«, hakte Mo nach. Sie kannte niemanden, der so hieß. Sie war nur erleichtert, dass es nicht Hilde war. Oder gab sie sich selbst jetzt einen anderen Namen, um mit ihrer Tochter sprechen zu können? Mo war kurz davor aufzulegen. Aus Reflex.

»Marie Anders«, hörte sie die Stimme der Dame von der Rezeption.

Jetzt war sie wach. Mo schlug die Decke zurück, ließ

ihre Beine aus dem Bett hängen und setzte sich kerzengerade hin.

»Ja, stellen Sie bitte durch«, sagte sie und fragte sich, was ihre Halbschwester wollte. Es konnte alles sein. In Mos Kopf poppten die Möglichkeiten auf wie Seifenblasen. Es wurden sekündlich mehr und mehr.

»Frau Anders ist hier unten und wartet auf Sie.«

»Sie wartet auf mich? Äh, ja klar. Natürlich. Gar kein Problem«, stammelte Mo und sah zur anderen Bettseite, wo Janne langsam zu sich kam und sie fragend aus ebenfalls viel zu kleinen Augen ansah.

»Fünf Minuten! Sagen Sie ihr bitte, ich bin in fünf Minuten unten auf der Terrasse. Sie soll schon mal etwas zu trinken bestellen. Und … für mich auch. Sie weiß, glaube ich, was ich nehme.«

»Das richte ich gerne aus«, hörte sie die Dame sagen und sicher noch andere nette Sachen, aber da hatte Mo schon aufgelegt und war dabei, ihre Nachtwäsche auf dem Weg ins Bad auszuziehen. Unter den irritierten Blicken eines Zwei- und eines Vierbeiners, die ihr nachsahen.

»Alles in Ordnung?«, wollte der Zweibeiner wissen.

»Ja! Marie ist unten und möchte mich sprechen. Ich hab keine Ahnung, was sie mir gleich sagt, aber ich muss sofort runter. Kannst du Liebling kurz rauslassen, falls es länger dauert?«

Jannes Antwort hörte sie nicht mehr, denn das Wasser der Dusche lief ihr bereits über den Rücken.

Als Mo kurze Zeit später mit dem Lift runter in die Lobby fuhr, dachte sie für den Bruchteil einer Sekunde an Hilde. Daran, dass sie hier vielleicht auf sie warten könne. Doch der Gedanke verflog schneller, als er gekommen war, und als sich die Tür des Lifts öffnete, hatte Mo nur noch eines im Kopf. Sie scannte mit ihrem Blick die große, hohe Eingangshalle mit den Blumengebinden, den modernen Sesseln, den riesigen Glasflächen, trat raus auf die Terrasse und entdeckte Marie. Sie hatte ein tintenblaues Blusenkleid an, die Haare zu einem Zopf zusammengebunden, und doch wirbelte der Wind einzelne Strähnen auf. Ihr Blick war weit draußen auf dem Meer. Vor ihr auf dem kleinen Tisch entdeckte Mo, während sie sich ihr näherte, zwei Cappuccini. Auf dem einen lag die Untertasse als Abdeckung.

»Guten Morgen«, begrüßte Mo sie und setzte sich. »Sorry, es ging nicht schneller. Ich hoffe, du hast nicht allzu lange gewartet. Ich glaube, es waren wohl mehr als fünf Minuten«, entschuldigte sie sich. Sie hasste es grundsätzlich, wenn sie zu spät kam. Sie war immer überpünktlich. Wenn andere auf sie warteten, löste das bei ihr körperliche Schmerzen aus. Sie fand es unerträglich unangenehm und respektlos, wenn man die Zeit von anderen auf diese Art beeinflusste oder stahl. In diesem Fall gab es natürlich keine Verabredung und daher auch keine Chance, dass sie sich darauf hätte einstellen können, versuchte sie sich selbst zu beruhigen.

»Guten Morgen!«, grüßte Marie zurück und gab ihr über den Tisch hinweg förmlich die Hand.

Vielleicht täuschte der erste Eindruck, aber sie machte keinen verärgerten Eindruck, stellte Mo erleichtert fest und hoffte, dass sie richtiglag.

Marie zeigte auf die Untertasse, die auf der Tasse lag. »Ich habe sie draufgelegt, damit dein Cappuccino nicht kalt wird. Ich hoffe, du magst Cappuccino?«

»Ja, sehr gerne sogar. Danke, das ist sehr aufmerksam!«

»Ich fand es ja, ehrlich gesagt, lustig, als die Dame von der Rezeption meinte, ich würde wissen, was du trinkst.«

Mo zuckte mit den Schultern. »Ich dachte mir, wir Kaffeetrinkerinnen freuen uns doch morgens über alles, was mit Kaffee zu tun hat. Egal ob Latte Macchiato, Cappuccino oder Filterkaffee.«

»Ja, das stimmt«, sagte Marie.

Mo lächelte sie an. Ja, es war eine Gemeinsamkeit. Und Mo hoffte, davon noch mehr zu entdecken. Sie würde wie eine Detektivin nach Gemeinsamkeiten Ausschau halten, nahm sie sich vor.

»Es tut mir leid, dass ich dich gestern so überfallen habe«, begann Mo schließlich, da sie Marie ansah, dass es ihr nicht leichtfiel, etwas zu sagen oder hier zu sein. »Ich wusste einfach nicht, wie ich es machen sollte. Einen Brief schreiben, vorbeikommen … Ich hatte gerade erst von dir erfahren. Bis vor ein paar Tagen wusste ich von absolut nichts. Nicht, warum meine Eltern sich damals getrennt haben. Nichts von deiner Mutter, nichts von dir. Wirklich! Und als ich es erfahren habe, da … da war ich auch erst geschockt. Ehrlich. Ich hatte tausend Fragen, war wütend auf meine Eltern, auf Hans. Aber ich wollte vor allem eins: Ich wollte unbedingt mit dir sprechen«, sprudelte es aus ihr heraus. »Und weil meine Zeit hier ja leider etwas begrenzt ist, dachte ich, ich fahre einfach zu dir. Ich hatte gestern so einen unglaublichen Energieschub, nachdem ich mich entschlossen hatte, ein Haus in Nieblum zu übernehmen, dass ich danach direkt weiter zu dir gefahren bin. Es ist mir wirklich wichtig, glaube mir das bitte, und ich wollte dir sagen, dass ich dich gern unterstütze. Ohne dich zu kennen oder zu wissen, was bei dir konkret los ist. Es war einfach ein … Impuls.«

Dieses Wort, aus ihrem Mund. Noch etwas Neues, schoss es Mo durch den Kopf. Sie war in der Tat noch nie impulsiv gewesen. Zumindest nicht in den letzten vierundzwanzig Jahren. Davor vielleicht.

»Schon gut. Das ist ja auch ein lieber Gedanke, ich war nur völlig vor den Kopf gestoßen. Im Moment ist es eh alles etwas viel, und dann … dann stehst du da plötzlich.« Marie schüttelte den Kopf. »Ich wusste von dir. Aber dass du auf einmal da bist, darauf war ich einfach nicht vorbereitet.«

»Ja, das verstehe ich«, sagte Mo und dachte über den Satz nach, den Marie gerade gesagt hatte. Sie hatte von ihr gewusst. Dann hatte ihre Mutter ihr von der »anderen Familie« von Hans erzählt?

Zwei Frauen in wunderschönen, bodenlangen Tuniken und mit großen Strandtaschen gingen an ihnen vorbei über die Terrasse zum Wasser. Marie sah ihnen nach, und Mo ahnte, was sie dachte. Wie gerne wäre sie selbst jetzt an den Strand gegangen. Sicher hätte sie gern eine Wahl gehabt.

»Komm, wir trinken den Cappuccino, bevor er kalt ist. Was meinst du?«, schlug Mo vor.

»Gute Idee«, sagte Marie und griff nach ihrer Tasse.

Während Mo sie betrachtete, ihre Bewegungen beobachtete, die feinen Züge, die zarten Finger, die leicht gebräunte Haut, hatte sie das Gefühl, sie würde all das hier nur träumen und jeden Moment aufwachen. Vielleicht schlief sie wirklich noch.

Sie konnte es immer noch nicht fassen. Sie hatte eine Schwester. Seit so vielen Jahren. Was wäre passiert, wenn sie nicht hierher gefahren wäre? Hätten sie sich dann niemals kennengelernt? Was hatte Hans sich dabei nur gedacht? Mo schüttelte gedankenverloren den Kopf.

»Alles gut?«, wollte Marie wissen.

»Ja, alles gut. Ich habe mich einfach nur gefragt, warum wir uns nicht schon früher kennengelernt haben. Ich hätte echt gerne eine Schwester gehabt.«

Marie nickte. »Ja, ich auch. Auf alle Fälle. So allein mit meiner Mutter, das war natürlich auch schön, aber ich war immer irgendwie neidisch auf die ganzen Familien mit ich weiß nicht wie vielen Kindern, die hier Urlaub machten. Als ich klein war, habe ich mir das auch immer gewünscht. Manchmal fand ich es richtig ungerecht. Der Ort war im Sommer immer voll mit Familien, und alle hatten einen Vater, Geschwister … Na ja. Aber dann gab es auch Tage, da war ich froh, Einzelkind zu sein.«

Marie erzählte von der engen Beziehung zu ihrer Mutter, die sehr innig war. Hans, ihren »Erzeuger«, wie sie ihn nannte, hatte sie nur ein, zwei Mal gesehen, als sie noch klein gewesen war. Das letzte Mal, als sie ihn auf Föhr getroffen hatte, war sie in der Grundschule gewesen. Danach war der Kontakt abgebrochen. Umso stärker war das Band zu ihrer Mutter. Sie war ihr Anker, ihr Halt, ihre beste Freundin, erzählte Marie und wurde dabei immer nachdenklicher. Bis ihr schließlich eine Träne über die Wange lief.

»Sie ist krank, oder?«, fragte Mo vorsichtig nach. »Deine Freundin, die ich bei der Surfschule nach dir gefragt habe, sagte so etwas. Dass du nicht von der Insel könntest deshalb.«

»Ja. Sie ist krank.« Marie machte eine Pause. »Und sie wird bald gehen. Mama hat Krebs im Endstadium. Die Ärzte wagen keine Prognosen. Aber länger als drei Monate wird sie nicht mehr da sein. Vielleicht auch kürzer. Die Metastasen sind einfach überall. Sie hat jahrelang gekämpft. Und doch verloren.«

Mo stockte der Atem. Während sie Marie ansah, schoben sich Puzzleteile in ihrem Kopf zusammen, die endlich ein sinnvolles Bild ergaben. Für sie. Das aber nicht gut war für Marie.

Marie würde alles verlieren, was ihr wichtig war. Ihre Verbündete, ihre Mutter.

»Es fühlt sich an, als würde man mir das Herz rausreißen«, flüsterte Marie und wischte sich eine weitere Träne von der Wange. »Ganz langsam.«

»O Gott, das tut mir so leid! Das wusste ich nicht«, sagte Mo und suchte nach tröstenden Worten, die nicht wie Floskeln klangen. Aber ihr fielen keine ein.

»Schon gut, woher denn auch?«

Die beiden schwiegen. Es gab nichts zu sagen. Nichts, das gepasst hätte.

Mo dachte an ihr Verhältnis zu ihrer Mutter. Sie fragte sich, was sie hätte anders machen können, um das freundschaftliche Verhältnis, die Verbundenheit, die es einmal gegeben hatte, aufrechterhalten zu können.

Nach einem langen Augenblick legte Mo ihre Hand auf Maries Arm und sah sie an. »Ich bleibe noch ein bisschen, und du bleibst bei deiner Mutter. Ich will da nichts für haben. Wirklich nicht. Erklär mir euer Kassensystem, und zeig mir, wo was ist.«

»Du bist ja echt lieb. Danke. Aber das kann ich nicht annehmen. Und ich möchte auch nicht, dass du denkst, ich bin deshalb gekommen.«

»Das denke ich überhaupt nicht«, wies Mo diesen

Gedanken weit von sich. »Und das kannst du wirklich gern annehmen. Weißt du, ich habe gestern dieses Haus gekauft, das mir so am Herzen liegt, und wo wir immer in den Ferien waren«, begann sie zu erzählen und dachte parallel, *als mein Vater deine Mutter kennengelernt hat*, schob den Gedanken aber schnell aus ihrem Kopf. »Noch nicht auf dem Papier, aber per Handschlag. Ich werde es umbauen und renovieren und in nächster Zeit sicher öfter auf Föhr sein. Zeig mir also, wie der Teeladen funktioniert und worauf ich achten muss, und dann kriegen wir das schon hin.«

Marie sah sie lange an und schwieg.

»Du bist echt ein Geschenk, weißt du das?«, sagte sie schließlich. »Wer hat dich nur geschickt? Das muss ein Engel gewesen sein.«

»Der Engel heißt Hilde und ist meines Erachtens eher eine echte Nervensäge«, meinte Mo mit einem Augenzwinkern. »Aber wer weiß? Vielleicht habe ich es bisher auch einfach nur falsch eingeschätzt«, überlegte sie laut.

Die Kellnerin trat an den Tisch und fragte, ob sie noch etwas bestellen wollten.

»Nein, danke, ich muss gleich los«, sagte Marie und griff nach ihrem Rucksack.

»Ich nehme noch einen Cappuccino, bitte. Mit Hafermilch, wenn möglich«, bat Mo.

Als die Kellnerin gegangen war, erzählte Marie vom Abend zuvor, nachdem sie nach Hause gekommen war.

Aufgewühlt und müde von allem. »Jedenfalls, was ich sagen wollte…« Marie stockte und versuchte offensichtlich, ihre Gedanken zu sortieren. »Meine Mutter hat sich über deinen Besuch bei mir sehr gefreut. Mehr als ich im ersten Moment, um ehrlich zu sein.« Ihr huschte ein entschuldigendes Lächeln übers Gesicht, dann sah sie auf ihre leere Tasse, als wäre dort irgendwo die Antwort auf alles. »Meine Mutter hat mir gut zugeredet und gesagt, ich solle zu dir gehen und mit dir sprechen. Das wäre doch ein Geschenk, wenn wir uns jetzt kennenlernen würden. Also, das mit dem Geschenk kommt ursprünglich von ihr.«

Das war es, schoss es Mo durch den Kopf. Das war es, was Hilde hier auf der Insel durch Zufall rausbekommen hatte, und weshalb sie unbedingt wollte, dass Mo Marie kennenlernte. Weil ihre Mutter im Sterben lag und sie dann allein wäre. Sie wollte, dass sie sich träfen, damit Marie Hoffnung schöpfen konnte, zu einem Zeitpunkt in ihrem Leben, an dem alles wegzubrechen drohte.

Dieser Gedanke lastete schwer auf Mo. Doch wie schwer war er für Marie? Für sie war es mehr als nur ein Gedanke. Es war ihr Leben.

»Diese Zeit kommt nicht noch einmal, und aufhalten können wir den Lauf der Dinge auch nicht. Also verbringe sie mit ihr«, meinte Mo schließlich und sah Marie direkt in die Augen.

»Ja, das mache ich. Auch wenn ich zugeben muss,

dass es manchmal leichter ist, im Laden zu stehen und sich abzulenken, als an ihrem Bett zu sitzen«, gab sie mit gesenktem Blick zu.

»Das verstehe ich.«

Die Kellnerin kam mit dem Cappuccino und einem kleinen Glas Wasser. Mo bedankte sich und bat darum, alles auf ihr Zimmer zu buchen.

»Danke«, sagte Marie und stand auf. »Für alles. Für dein liebes Angebot und auch dafür, dass du den Mut hattest und zu mir gekommen bist.«

»Total gerne. Und … ich weiß, wir kennen uns kaum, und das ist jetzt mehr als viel, alles insgesamt, aber ich bin wirklich gerne für dich da!«

Die beide nahmen sich in den Arm.

»Ich würde gerne noch bleiben und mit dir sprechen, aber ich muss los, den Laden aufschließen«, sagte Marie. »Komm doch nachher mal vorbei, wenn du Zeit hast. Und Lust. Ich kann aber auch verstehen, wenn nicht, du hast sicher etwas vor heute. Es ist ja schließlich dein Urlaub. Da sollte man nicht irgendwo arbeiten. Und dann auch noch, ohne etwas dafür zu bekommen.«

»Ich habe ja schon etwas bekommen«, erwiderte Mo und bekam ein warmes, freundliches Lächeln geschenkt.

»Ich würde mich freuen, wenn du rumkommst. Egal, wann. Ich habe auch noch so viele Fragen an dich. Aber die kann ich dir sonst auch noch wann anders stellen.«

»Wenn ich Liebling mitbringen kann, komme ich gerne. Wirklich! Ich habe heute überhaupt nichts vor.«

»Urlaub und kein Plan?«

»Der Plan ist es, keinen Plan zu haben«, erklärte Mo. »War eine harte Schule die letzten Tage, aber ich muss sagen, ich bin von hundert auf null gerutscht und fühle mich hier, nach einem wirklich harten Entzug, ganz wohl. Ich könnte mich tatsächlich daran gewöhnen. Aber erzähl das nicht meiner Mutter, wenn du sie mal triffst!« Mo zwinkerte Marie zu.

»Versprochen. Ich schweige«, schwor Marie. »Dann bis nachher!« Sie winkte zum Abschied, ging über die Terrasse zurück zur Lobby und verschwand hinter der Glasfront.

Mo trank ihren Cappuccino und ließ den Blick schweifen. An den anderen Gästen, die sich angeregt unterhielten, vorbei über den Holzsteg, der über die Gräser der Anlage zum Strand führte. Vorbei an den modernen Holzbänken mit hohen Rückenlehnen, über die Promenade, weiter über die weißen, blauen, grünen Strandkörbe hinweg aufs Meer, wo er am Horizont haften blieb. Diesem zarten Strich zwischen Meer und Himmel. Wie viele Abende, wie viele Flaschen Wein würde es dauern, bis sie Dori alles, wirklich alles erzählt hätte? Kisten, dachte Mo. Mehrere Kisten.

Janne war schon geduscht, angezogen und auf dem Sprung ins Büro, als sie zurück ins Zimmer kam. Er musste heute Schreibkram erledigen und danach zu seiner Schwester auf den Hof, die dringend seine Unterstützung brauchte, jetzt in der Hochsaison. Nach einem langen Kuss, der fast wieder im Bett endete, wäre Liebling nicht zwischen sie gehüpft und hätte Janne das Gesicht komplett abgeleckt, verabschiedete er sich schließlich schweren Herzens.

Mo packte ihre Tasche, steckte ein paar Leckerlis für Liebling ein und machte sich auf den Weg nach Nieblum. Sie hatte noch nie in einem Laden gearbeitet und obendrein definitiv absolut keine Ahnung, was sie als Kaffeejunkie den Kunden empfehlen sollte. Aber sie hatte große Lust, genau jetzt dort zu sein und ihr Bestes zu geben, den Tag mit Marie zu verbringen, und dafür auf Sonne, Strand und alles andere zu verzichten wie selten in ihrem Leben auf irgendetwas anderes. Sie war getrieben von dem Willen, Marie zu helfen, sie zu unterstützen, und spürte mehr und mehr eine Freude über diese Begegnung in sich aufkommen. Sie hatte eine Schwester. Eine Halbschwester, okay. Aber das war völlig egal. Es war etwas, das sie sich oft vorgestellt und genau jetzt bekommen hatte.

Und etwas, das sie nie wieder verlieren wollte.

Marie war überrascht, als sie Mo und Liebling zwei Stunden später im Laden stehen sah.

»Na, das ging ja schnell! Schön, dass ihr da seid«, freute sie sich und beugte sich gleich zu Liebling runter, um ihn zu begrüßen.

»Ist es okay, wenn ich ihn mit reinbringe?«

»Ja, klar. Ich hole mal ein Schälchen Wasser, und irgendwo müsste auch eine Decke sein, die können wir ihm neben den Tresen legen«, schlug Marie vor und verschwand in einem kleinen Raum, der direkt an das Teegeschäft angrenzte. Mit einer kleinen weißen Schale Wasser kam sie zurück, stellte sie neben den Tresen und verschwand noch einmal, um im nächsten Moment mit einer bunten Tagesdecke zurückzukommen.

»Du bist definitiv die bessere Hundemutter«, stellte Mo fest, während sie Maries Treiben beobachtete und den wunderbaren Geruch im Laden genoss.

»Ach, das würde ich gar nicht so sagen. Das liegt vermutlich einfach daran, dass ich immer einen Hund haben wollte. Nicht wahr, du kleiner Kerl?«, meinte Marie und strich Liebling über sein strubbeliges Fell.

»Na, dann muss ich mit Hilde sprechen. Die leiht ihn dir bestimmt mal. Trennungsprobleme hat sie jedenfalls nicht, wie man sieht.« Mo musste schmunzeln. »Jetzt musst du nur noch mich versorgen, dann kann es losgehen«, schob sie hinterher und sah sich um.

»Ach, sorry. Magst du auch ein Wasser? Oder lieber einen Kaffee? Ich habe gerade einen aufgesetzt.«

Mo winkte ab. »Nein, danke. So war das gar nicht

gemeint. Ich meinte eher, was ich hier machen kann. Was kann ich dir abnehmen?«

Marie überlegte. »Gestern ist neue Ware gekommen. Wenn du Lust hast, könntest du die auspacken, kontrollieren, ob alles geliefert wurde, und in das Regal in unserem kleinen Lager einsortieren.« Sie drehte sich um und deutete auf den Raum hinter sich. »Ich würde dann ein paar Sachen machen, die gestern liegen geblieben sind. Mails und Online-Bestellungen. Aber mach das bitte nur, wenn du wirklich magst, ich schaffe das sonst auch allein. Wir können uns auch auf die Bank draußen setzen und einen Kaffee trinken.«

»Das glaube ich dir sofort. Aber ich möchte ja lernen, wie der Laden läuft, und da gehört dann eben auch Kartons auspacken dazu«, sagte Mo.

Sie sah sich in dem kleinen Raum um, der als Küche, Lager und Packstation diente. Sie fragte sich, wo sie anfangen sollte, während sie hörte, wie Kunden in den Laden kamen, Marie begrüßten und sich mit ihr über das schöne Wetter unterhielten.

Am liebsten hätte Mo alles rausgetragen, sortiert und wieder eingeräumt. Sie brauchte Ordnung. Und das hier war das Gegenteil. Ein heilloses Durcheinander. Mo drängte sich der Gedanke auf, dass Maries Mutter in den letzten Monaten, als sie hier trotz allem noch gestanden und gearbeitet hatte, völlig überfordert gewesen war. Hier blickte man nicht durch. Aber war das wirklich Mos Aufgabe? War es nicht übergriffig, hier ihre eigene Ordnung reinzubringen? Es war schließlich nicht ihr Laden. Sie hatte lediglich Unterstützung angeboten.

Ihren inneren Drang ignorierend, was definitiv keine leichte Aufgabe war, begann sie, den Karton auszuräumen, hakte alle Produkte ab und sortierte sie in das Regal ein. Unauffällig verschob sie das eine oder andere, in der Hoffnung, dass es für Marie eine Erleichterung bringen würde.

Marie zeigte Mo im Laufe des Tages, wo sie welche Teesorten fand, was die Urlauber am liebsten kauften, wie die Kasse funktionierte und natürlich die Kaffeemaschine – das wichtigste Detail im Teeladen. Als sie irgendwann allein im Laden standen, fragte Mo, ob Marie nicht eine Runde mit Liebling gehen wolle. »Ich weiß ja jetzt, wie alles funktioniert, und wenn ich eine Frage habe, kann ich einfach anrufen«, sagte sie. Es gab schließlich ein Festnetztelefon, und Marie hatte ihr Handy immer dabei. Bei dem Gedanken überkam Mo ein leichtes Gefühl von Panik, wie viele unbeantwortete Nachrichten sie wohl auf ihrem Smartphone erwarteten. WhatsApp, Telegram, Instagram, Facebook, Twitter, Clubhouse …

Und zu ihrer eigenen Überraschung stellte sie fest, dass sie überhaupt nicht wild darauf war, das Handy zeitnah zurückzubekommen.

Marie zögerte noch einen Moment, dann rief sie Liebling, der sich in einer Endlosschleife von Tiefschlafphasen befand, leinte ihn an und ging freudestrahlend mit ihm los.

So hatte Mo sie bisher noch nicht gesehen. So voller Leichtigkeit. *Das haben wir schon mal gut hinbekommen*, dachte sie, während sie den beiden von der Tür aus nachsah.

Der Nachmittag verging wie im Flug. Vier Stunden fühlten sich an wie eine. Es kam ein solcher Schwall an Kundinnen und Kunden rein, dass Mo sich fragte, ob irgendwo eventuell ein Bus gehalten und sie alle hier abgesetzt hatte. Oder ob sie sich alle beim Laden verabredet hatten.

Zu ihrer Freude stand Frieda irgendwann vor ihr und sah sie erstaunt an. Mo erklärte kurz, was sie hier machte, und dass sie sich wohl ab jetzt tatsächlich öfter mal sehen würden, was Frieda ein überglückliches Lächeln ins Gesicht zauberte. Sie nahm Mo lange und so fest in den Arm, als wollte sie ihre Kindheitsfreundin nie wieder loslassen.

Als Frieda schließlich gegangen war, weil die nächsten Urlauber darauf warteten, bedient zu werden, fragte Mo sich, wie man das alles schaffen sollte, und wann Marie, wenn sie hier allein war, eigentlich mal eine Pause machte. Es war schier unmöglich. Davon war sie fest überzeugt.

20.

Mos Magen knurrte, als sie am frühen Abend ihr Rad beim Hotel abschloss. Sie hatte, bis auf ein paar Kekse, total vergessen, etwas zu essen. Und trotzdem war sie völlig entspannt und erfüllt von dem Tag. Dem ersten Tag, den sie mit Marie verbracht hatte, die ihr das Gefühl gab, sie würden sich schon ewig kennen. Es gab kein Fremdeln, keine Distanz. Ganz im Gegenteil. Sie war wie eine alte Freundin, die sie nach vielen Jahren endlich wiedergetroffen hatte. Vertraut und nah.

Mo stellte fest, dass sie auf der Stelle etwas essen musste. Ihr Kreislauf meldete sich und sendete eindeutige Signale. In Gedanken noch bei Marie, ging sie durch die Lobby geradeaus, an der Treppe vorbei, direkt ins Restaurant. Sie würde einfach kurz in die Karte schauen und sich eine Kleinigkeit aufs Zimmer bestellen. Dann könnte sie später noch mit Janne etwas zusammen essen.

»Guten Abend. Haben Sie reserviert?«, begrüßte sie der junge Kellner und sah zu Liebling runter, der aus unerfindlichen Gründen plötzlich anfing zu kläffen und wie wild mit dem Schwanz zu wedeln. Noch bevor Marie eine Chance hatte, auf ihr spontanes Bauchgefühl zu hören, hatte sie den Grund seiner ausufernden Freude schon entdeckt. Hilde! Sie saß allein an einem Tisch an der Fensterfront zur Terrasse. Intuitiv machte Mo einen Schritt rückwärts, obwohl es längst zu spät war.

Hilde hatte sie beide bereits entdeckt, stand auf und lief strahlend und mit ausgebreiteten Armen auf sie zu, als wäre die Mauer gerade geöffnet worden.

Der Schritt nach hinten hatte gereicht, um eine Lawine auszulösen. Mo lief einem Kellner, den sie nicht hatte sehen können, rückwärts in den Arm. Das an sich wäre nicht schlimm gewesen, und er hätte sie sicher auch leicht auffangen können, hätte er die Hände nicht bereits voll gehabt. Voll mit einem großen silbernen Tablett mit dem Fang des Tages. Und das war nicht Mo, auch wenn es jetzt so aussah. Sie landete direkt im Tablett, verlor die Balance und konnte gerade noch die Hundeleine loslassen, um Schlimmeres zu verhindern. Denn sonst hätte es Hund mit Hummersoße gegeben. So gab es Mo mit Soße, was auch nicht schöner war. Alles, aber auch wirklich alles, was gerade noch hübsch drapiert und dekoriert auf dem Tablett gelegen hatte, Böhnchen, junge Kartoffeln, frischer Fisch und die vermutlich über Stunden reduzierte Soße, befanden sich jetzt auf Mo.

Sie wischte sich mit den Fingern die Augen frei. Auf das Stimmengewirr um sie herum achtete sie nicht. Liebling war vermutlich der Einzige, der total happy über die Situation war. Das Frauchen war vergessen, denn er saß in einer Lache aus Fisch und Gemüse und dachte offensichtlich, es wäre eine prima Idee, Mo einfach die Beine abzulecken, während sie langsam aufstand und eine Stoffserviette, die ihr irgendjemand reichte, dankend annahm.

Als sie wieder etwas sehen konnte, entdeckte sie zu ihrem Schreck nicht Hilde, sondern Janne, der versuchte, ein Lachen zu unterdrücken.

»Was hattest du denn vor?«, hörte sie ihn fragen, während er versuchte, alles Mögliche aufzusammeln, das auf dem Boden lag.

»Flüchten«, murmelte Mo so leise, dass es außer ihr keiner hören konnte.

»Liebling«, hörte sie jetzt Hilde und war sich nicht sicher, wen ihre Mutter meinte. »Da bist du ja! Wie konnte das denn passieren?«

»Ich hatte wohl den Rückwärtsgang drin«, erklärte Mo, ohne zu wissen, ob ihre Mutter den kleinen Unfall meinte, oder ob sie sich Sorgen um den wahren Liebling machte. Mo drehte sich zu dem Kellner um, der sich, genau wie Janne, um das kümmerte, was der Erdanziehungskraft nicht hatte widerstehen können. »Sorry! Das tut mir total leid! Ich bin wohl etwas unterzuckert und habe das Gleichgewicht verloren«, entschuldigte sie sich, während sie sich das Gröbste von der Kleidung wischte. Sie musste in die Dusche. Am besten so, wie sie war, mit Klamotten.

Als alles bis auf Mo wieder in etwa so aussah wie vor ihrer Idee, das Restaurant unauffällig wieder zu verlassen, entschuldigte sie sich noch einmal bei dem Kellner, bückte sich, drückte Hilde die Hundeleine in die Hand und bat Janne, etwas zum Essen aufs Zimmer zu bestellen und ihrer Mutter kurz die restlichen Dosen und den Futternapf zu bringen. Sie wollte so schnell es ging nach oben verschwinden.

»Aber jetzt warte doch mal kurz«, rief Hilde. »Ich bin schließlich deinetwegen hier. Warum rennst du denn die ganze Zeit immer weg? Willst du dein Handy gar nicht zurückhaben?«

»Unter anderem, weil ich in Hummersoße eingelegt bin und mich tatsächlich total gerne frisch machen würde!«, erklärte Mo, was eigentlich keiner Erklärung bedurfte. Es sei denn, man hieß Hilde.

»Schatz, bitte. Das meine ich nicht.«

»Ich aber«, entgegnete Mo knapp und wandte sich zum Gehen.

Janne sah Hilde entschuldigend an und versprach, gleich wieder da zu sein.

»Und wer sind Sie, wenn ich fragen darf?«, hörte Mo die viel zu fröhliche Stimme ihrer Mutter hinter sich, stockte und drehte sich zu den beiden um, die sich jetzt die Hände reichten und vorstellten. Sie sah Hilde die Freude und vor allem auch die große Hoffnung an. Es wäre für sie das Schönste, wenn sie ihren Häkelfreundinnen simsen könne, dass ihre Tochter es nun doch endlich geschafft habe. So, als hätte sie eine Goldmedaille bei den Olympischen Spielen geholt.

Hildes Augen sprühten vor Glück, das konnte Mo trotz aller Schmierereien im Gesicht deutlich erkennen. Ihre Mutter lag ihr seit Jahren mit diesem Wunsch in den Ohren. So als wäre ein Schwiegersohn das optimale Weihnachtsgeschenk. Hübsch verpackt unterm Christbaum.

»Janne, ich gehe schon mal vor …«

»Klar! Ich komme gleich nach«, versprach er, winkte ihr aufmunternd zu und gab ihr ein Zeichen, einfach zu gehen. Sein Blick sagte: *Ich krieg das hier schon hin.*

Ob es eine gute Idee war, die beiden jetzt allein zu lassen, stand auf einem anderen Blatt. Aber es nützte nichts. Die Hummermaske fing an zu trocknen.

So gut hatte sich *satt sein* schon lange nicht mehr angefühlt, stellte Mo zufrieden fest, als sie, frisch geduscht, nach dem Essen mit Janne auf der Dachterrasse lag und ihm zuhörte, was er heute gemacht hatte, wie es seinem Vater und Inga ging, was im Heuhotel los war. Sie genoss das Glas kalten Weißwein, während die Sonne den Himmel in die schönsten Farben tauchte und ihren Abschied für heute vorsichtig andeutete. Dabei erwischte Mo sich, dass sie sich instinktiv immer mal wieder nach Liebling umsah, bis ihr wieder einfiel, dass er nicht mehr da war. Irgendwie vermisste sie ihn, stellte sie erstaunt fest. Marie würde sicher auch traurig sein, wenn Mo das nächste Mal ohne Liebling in den Laden kam. Während sie in Jannes Arm lag, überlegte sie, ob sie sich vielleicht auch einen Hund holen sollte. Einen, der Lust hatte, mit ihr Büro und Bett zu teilen. Sofern da noch Platz sein sollte. Denn so, wie sich das hier anfühlte, würde sie in nächster Zeit eher selten allein einschlafen.

»Deine Mutter lässt dich übrigens schön grüßen und würde sich freuen, wenn ihr morgen vielleicht einen gemeinsamen Strandspaziergang machen würdet. Du weißt ja, wo sie ist«, sagte Janne.

Mo schüttelte den Kopf. »Tja, es nützt nichts. Eines Tages muss ich wohl mit ihr reden.«

»Ja, vermutlich führt kein Weg daran vorbei«, stimmte er ihr zu und gab ihr einen Kuss.

»Ich melde mich bei ihr. Morgen. Irgendwann«, murmelte Mo, löste sich aus seiner Umarmung und schenkte ihnen nach. »Es ist einfach zu schön hier«, stellte sie mit Blick auf das Meer fest. »Ich bin so froh, dass ich zu Frau Witt gefahren bin, dass ich noch rechtzeitig angekommen bin, dass ich Marie angesprochen habe, dass sie hergekommen ist, dass wir den Tag zusammen verbracht haben und …«, sie drehte sich zu ihm, »dass ich dich getruffen habe.«

»Getruffen?«

»Ja. Das ist eine Kombination aus ›gefunden‹ und ›getroffen‹«, erklärte Mo lachend, die sich versprochen hatte.

»Ich bin auch froh, dass ich dich getruffen habe! Dass du nicht gleich wieder abgereist bist, dass du Föhr eine zweite Chance gegeben hast und mir eine, und dass du jetzt sogar Insulanerin wirst.«

»Teilzeit-Insulanerin«, korrigierte Mo. Ihr Herz hüpfte. Vor Freude. Vor Erleichterung. Vor Liebe.

»Was für eine Woche. Wahnsinn!«, stellte sie fasziniert fest, während eine Clique Seemöwen laut schreiend über ihre Köpfe auf das offene Meer flog.

»Das glaubt mir meine Freundin nie, wenn ich ihr davon erzähle.«

Mo stand auf, um eine leichte Decke zu holen, in die sie sich einwickelte, dann setzte sie sich zurück zu Janne.

»Wir war es denn heute mit Marie? Erzähl doch mal.« Janne sah sie gespannt an.

Mo lehnte sich zurück, nahm einen Schluck des Föhrer Weißweins, den Janne mitgebracht hatte, und fing an, von ihrem Tag zu erzählen, der ihr so viel bedeutet hatte.

Als die Sonne rechts von ihnen, irgendwo hinter Sylt, unterging und der Himmel in den schönsten Magentatönen eingefärbt war, nahm Janne Mo in den Arm und flüsterte ihr ins Ohr: »Ich habe noch nie eine Frau gesehen, der Hummersoße so gut steht. Hätte ich es nicht schon längst getan, ich hätte mich sofort noch mal in dich verliebt!«

»Sehr lustig«, meinte Mo, die froh war, dass sie inzwischen nach Zitrus roch und nicht mehr nach Dingen, die auf einen Teller gehörten. Dann lehnte sie sich zu ihm hinüber und küsste ihn. Und sie wusste, es war einer von vielen Küssen, die noch folgen würden. Einer von unzähligen.

»Wir bauen dir hier eine zweite Heimat. Die so toll ist, dass du unbedingt immer wieder herkommen möchtest«, schlug Janne vor.

»Wir? Heißt das ... du hilfst mir?«

»Klar! Was denkst du denn? Es soll doch schön werden«, meinte er augenzwinkernd.

Der nächste Tag war nicht halb so schön. Es war windig, wolkig und passte, wie Mo fand, thematisch zu ihrer Stimmung. Sie war mit Hilde an der Strandbar verabredet und wollte mit ihr von dort aus einen Spaziergang machen. Immerhin würde der Wind ihre Worte dann einfach aufs Meer raustragen, wenn sie sich vielleicht doch im Ton vergreifen sollte, dachte sie, während sie warm eingepackt auf Hilde zuging, die bereits mit Liebling auf einer der Bänke saß, eine Zigarette in der Hand hielt und wartete.

Es war kurz nach vier und der Strand trotz des wechselhaften Wetters voll mit optimistischen Urlaubern, die auf alles vorbereitet zu sein schienen, von der Sturmflut bis zum Sonnenbrand.

Mo atmete ein paarmal tief ein und wieder aus, dann hatte sie die Bank erreicht.

»Hi, Mama«, grüßte sie Hilde, die ihre Zigarette ausdrückte, aufstand und ihr um den Hals fiel, als hätte sie ihr verlorenes Kind wiedergewonnen. Vielleicht war es ja auch so, überlegte Mo, während ihre Mutter sie so sehr an sich drückte, dass sie sich wieder mal fragte, wo Hilde eigentlich immer diese ganze Energie hernahm. Himmel, sie bekam fast keine Luft mehr!

Aber das war nicht das Einzige, was sie irritierte. Das hier war definitiv mehr Körperkontakt als in den letzten zehn, nein, zwanzig Jahren zusammen. Vor einer Woche hatte sie Mo, was eher typisch für Hilde war, noch nicht einmal ein Taschentuch gereicht, als sie von dem Schiss der Monstermöwe angegriffen worden war.

Hilde betrachtete sie von oben bis unten, nachdem sie sie endlich losgelassen hatte, als wäre sie in dieser einen Woche gewachsen. Mo erwartete sekündlich ein: »Meine Güte, bist du groß geworden!«

Stattdessen kam die Frage: »Und? Was sagst du?«

Hilde hätte statt all ihrer Kurse, die sie seit Jahren machte, einen einzigen belegen sollen: Kommunikation für Anfänger. Es hätte vieles erleichtert. Aber so blieb es leider, wie es war. Mo musste eine Gegenfrage stellen. »Was meinst du konkret? Zum Wetter? Zum Hotel, in dem ich Gott sei Dank noch ein Zimmer gefunden habe? Oder zu der Tatsache, dass ich eine Schwester habe, von deren Existenz ich auf einem Notizzettel erfahren habe?« Okay, das war jetzt auch nicht richtig einwandfrei, wenn es um das Thema Krisenmanagement ging, aber es musste einfach mal gesagt werden.

Liebling spielte Stimmungsbarometer und sprang an

Mo hoch, als wolle er sagen, *sei doch nicht so. Du kennst sie doch. Sie wird sich nicht mehr ändern.* Mo war über die kleine Unterbrechung dankbar, beugte sich zu ihm runter und streichelte seinen kleinen Kopf. Während sie ihn ansah, fiel ihr etwas auf: Hilde schwieg. Das war neu.

Mo war so irritiert, dass sie wieder hochkam und den Blick ihre Mutter suchte, der über das aufgeregte Meer wanderte, bis er irgendwann den Weg zurück zu ihr fand.

»Komm, wir gehen ein Stück«, schlug Hilde vor und ging langsam los. In ihrem gelben Friesennerz, dem gehäkelten orangefarbenen Halstuch und mit ihren roten Haaren brachte sie richtig Farbe in diesen trüben Tag, stellte Mo fest, während sie ihre Mutter von der Seite betrachtete. Und sie begann zu erzählen. Mo zog den Reißverschluss ihrer Windjacke ein Stück höher und erfuhr, was sie so gerne schon viel früher erfahren hätte. Von dem Leben mit ihrem Vater, der damals schon lange kein Teil der Familie mehr gewesen war. Schon vor der Affäre. Der sein eigenes Leben geführt hatte, parallel zu ihnen. Für sie war ihr Vater gerne mit seiner Kamera unterwegs gewesen. Allein. Mo hatte dahinter aber keinen Fluchtversuch gesehen, keine Parallelwelt. Hilde zeichnete ein Bild ihres Vaters, das ihren Blickwinkel veränderte auf einen Menschen, den sie zu kennen geglaubt hatte. Er wäre nie bei Maries Mutter geblieben. Nicht bei ihr und nicht bei dem gemeinsamen Kind, davon war Hilde überzeugt. Warum hätte er etwas, das er nicht wirklich wollte, aber aus Bequemlichkeit – oder weil ihm einfach der Mut fehlte – nicht änderte, gegen genau das Gleiche eintauschen sollen? Es war nicht seine erste Flucht, es hatte viele davor gegeben. Namen hätten sich geändert, die Landschaft, Möbel. Aber sein innerer Wunsch, die Tatsache, dass er sich selbst völlig genügte, das war geblieben.

»Er führt jetzt allein das Leben, das seiner Natur am ehesten entspricht«, erklärte Hilde und nahm sich eine weitere selbst gedrehte Zigarette aus der kleinen alten Blechdose, während Mo sich eine Notiz in ihrem Kopf machte. Sie musste es Marie sagen. Alles. Dass es nichts mit ihr zu tun hatte, dass Hans nie für sie da gewesen war. Sie wollte ihren Vater damit nicht in Schutz nehmen, ganz sicher nicht. Aber sie musste Marie diese Last nehmen. Kinder dachten so etwas. Sie suchten die Schuld bei sich. Mo wusste das nur zu gut.

»Kannst du mal kurz halten?«, fragte Hilde, streckte Mo die Leine hin und drehte sich dann aus dem Wind, um die Zigarette anzünden zu können.

»Danke«, sagte sie, steckte das Feuerzeug wieder ein und nahm Mo die Leine ab. »Ich bin hierhergekommen, weil ich *Föhrweh* hatte. Ich hatte Lust, mir ein paar Tage Nordseeluft um die Nase wehen zu lassen. Dann war ich beim Bäcker in Nieblum, und vor mir in der Schlange haben sich zwei Frauen unterhalten. Über irgendeinen Teeladen, der wohl zu der Zeit gerade geschlossen war. Ich habe erst gar nicht richtig hingehört, weil ich nach Liebling geschaut habe, der vor der Tür saß und Theater machte, weil ihm was-weiß-ich nicht passte. Aber dann hörte ich den Namen von Maries Mutter, Sabine Anders, und bekam mit, dass sie schwer krank ist. Dass sie Krebs hat und den Laden nicht mehr führen kann. Ich habe mich gefragt, was mit dem Kind ist, wie alt es jetzt wohl ist. Ich bin dann zu Liebling rausgegangen, als ich fertig war, und hab nach dem Teeladen gesucht. So in etwa wusste ich noch, wo er war. Und tatsächlich war er zu. *Aus gesundheitlichen Gründen geschlossen* stand auf dem Schild. Ich habe mich auf die Bank vor dem Laden gesetzt und darüber nachgedacht, was mit dem Kind, mit dem Laden passieren würde.« Sie machte eine kurze Pause, als würde sie ihren Gedanken nachhängen.

»Und dann?«, hakte Mo schließlich nach. Ihre Mutter hatte ja vermutlich nicht den Rest des Urlaubs auf der Bank gesessen. Obwohl sie ihr auch das zutrauen würde.

»Ich habe versucht herauszubekommen, wo Marie war, was sie machte. Das war nicht allzu schwer. Die Insel ist ja recht überschaubar. Hier kennt wirklich jeder jeden.« Wieder machte sie eine Pause, und Mo fragte sich, ob das Taktik war.

»Aha«, machte sie nur kurz, um ein Zeichen zu setzen, dass sie bereit war, mehr zu erfahren.

»Und dann habe ich den Entschluss gefasst, es dir

zu sagen. In der Hoffnung, dass ihr zueinanderfindet und ...«, Hilde blieb stehen und sah Mo an, »du nicht nur sie findest, sondern auch dich.«

Mo sagte nichts.

So dramatisch war ihre Mutter eigentlich selten. Sie gehörte eher zur Kategorie »pragmatisch«. Umso erstaunter war Mo über diesen philosophischen Anflug.

»Ich habe schon sehr lange den Eindruck, dass du dich in deiner Arbeit verloren hast. In deinen ganzen Terminen, Mails, Telefonaten, deinen ständigen Geschäftsreisen. Es ist, als wärst du auf der Flucht. Und ich frage mich immer, wovor?«

Die Firma ist meine Familie. Damit mir das nicht noch einmal passiert, dachte Mo. *Dass ich denke, alles ist in Ordnung, und das ist es nicht. Es geht kaputt. Ohne dass ich etwas ahne. Kein Gewitter, keine Wellen, kein Sturm. Und trotzdem ist meine Heimat, mein Hafen, meine kleine Insel untergegangen. Bei Sonnenschein. An einem traumhaft schönen Tag.*

»Ich weiß es nicht«, sagte sie knapp, ging weiter und musste gegen die Tränen ankämpfen.

»Und warum«, fragte sie nach einer Weile, um das Thema zu wechseln, »musstest du mich hier aussetzen und mir meine Sachen wegnehmen, als wenn ich zehn Jahre alt bin und meine Medienzeit vorbei ist? Hättest du nicht einfach mit mir sprechen können? Warum willst du aus mir etwas machen, das dir besser gefällt? Allein diese Idee mit dem Heuhotel!« Mo blieb stehen und sah Hilde an. »Echt mal! Ganz ehrlich. Wolltest du mich ärgern? Du wusstest ganz genau, dass ich es hassen und im Stehen schlafen würde! Dachtest du, ich wäre dann so sehr mit mir beschäftigt, dass ich mich da irgendwo im Heu wiederfinden würde? Nicht dein Ernst, oder?« Sie sah Hilde an und wartete.

Doch es kam nichts.

Kopfschüttelnd ging sie weiter, ließ Hilde stehen und verlangsamte ihre Schritte auch dann nicht, als sie merkte, dass ihre Mutter nicht gleich hinterherkam.

»Weil ich dachte, es wäre besser, einfach mal zu *resetten*, wie man in deiner Sprache sagt, als im Luxus-Boxspringbett darüber nachzudenken, was wichtig ist. Was dich wirklich glücklich macht. Von Seidenbettwäsche abgesehen«, hörte sie Hilde hinter sich gegen den Wind anschreien.

Mo ging weiter. Das war genau der Punkt, der kommen musste. Der Punkt, der immer kam, der absehbar war, nahezu berechenbar, wenn sie mit ihrer Mutter Zeit verbrachte. Mal schneller, mal langsamer, aber es war Verlass auf ihn. Der Punkt, der in der Vergangenheit dazu geführt hatte, dass sie lieber spätabends noch allein im Büro saß, als sich mit ihrer Mutter zu treffen. Die eh nicht wirklich zuhörte. Die aus ihr eine Tochter machen wollte, die sie einfach nicht war. Punkt.

Die Frage war nur, was jetzt, in diesem Moment, in dem ihr die Haare um die Ohren flogen und die ersten Tropfen ihre Windjacke erreichten, was genau jetzt passieren würde, wo die Luft zwischen ihnen wieder so dick war, dass man sie in Scheiben hätte schneiden können.

Am Telefon war ihre Mutter Königin im Auflegen. Wäre es eine olympische Disziplin, hinge ihre Wohnung voll mit Goldmedaillen. Aber hier? Hier konnte keiner auflegen. Hier wehte ihnen alles um die Ohren. Das Leben, das, was war, das, was sein würde. Mo wollte, dass es aufhörte. Dass es einfach, Gott verdammt noch mal, aufhörte. Dieses schlechte Verhältnis, dieses Theater. Sie war einfach müde. Es musste bitte aufhören. Jetzt.

Sie blieb stehen, ließ den Kopf hängen, schloss die Augen, seufzte, richtete sich wieder auf, öffnete die Augen und drehte sich um.

Hilde stand am gleichen Fleck. Der Nieselregen war stärker geworden, und Liebling sah alles andere als glücklich aus. Er tat ihr leid. Mehr als ihre Mutter.

Mo ging auf beide zu, nahm ihre ganze gute Energie, wie Hilde immer sagte, zusammen und tat etwas, was sie schon lange nicht mehr getan hatte. Vermutlich seit zwei Jahrzehnten nicht.

»Ich habe dich echt lieb, Mama. Wirklich. Aber lass uns das hier beenden. Es ergibt keinen Sinn, und es bringt uns nicht weiter. Ich war glücklich vor Föhr, und ich bin es jetzt. Ja, die Woche hat mir – nach meinem Auszug aus dem Heuhotel – gutgetan, und ja, ich habe mir über vieles Gedanken gemacht. Okay?«

Die schwierigste Sportart der Welt ist es, über den eigenen Schatten zu springen, hatte Mo mal irgendwo gelesen. Und sie war gesprungen.

Hilde lächelte sie mit dem breitesten Lächeln an, das Mo jemals bei ihrer Mutter gesehen hatte. Dann zog sie noch einmal kräftig und auffällig lange an ihrem Zigarettenstummel, warf ihn vor sich auf den nassen Boden und trat ihn aus, als wolle sie ein Statement abgeben.

»Gut!«, erklärte sie, drehte sich um und ging.

Mo sah ihrer Mutter irritiert nach. »Was machst du denn jetzt?!«, brüllte sie Hilde hinterher, die sie wortwörtlich im Regen stehen ließ.

»Wonach sieht es aus? Zurückgehen natürlich. Dieses Wetter braucht kein Mensch. Kommst du jetzt?«, rief Hilde, ohne sich umzudrehen.

Zurück im Hotel ging Hilde schnurstracks wie eine aufgezogene Puppe zur Rezeption, sagte etwas, das Mo nicht verstand, weil sie drei Meter hinter ihr gegangen war, nahm eine Tasche, die ihr über den Tresen gereicht wurde, entgegen und drehte sich zu Mo um.

»Bitte schön«, erklärte sie feierlich und reichte Mo die Tasche wie einen Pokal.

Was war das denn jetzt?

»Nun nimm schon«, sagte Hilde. »Da ist dein Leben drin. Oder das, wovon du denkst, es wäre es.«

»Ach, mein Handy und der Laptop? Sag das doch

gleich«, meinte Mo und nahm ihrer Mutter die Tasche ab.

»Willst du gar nicht reinschauen?«

»Nein. Warum sollte ich? Oder gibt es noch einen Umschlag, der auf mich wartet?«, fragte Mo nach.

»Nein. Du hast alle bekommen.«

»Fein. Dann …«

»Dann lass uns einen Kaffee trinken, und erzähl mir von deiner Woche. Dazu sind wir jetzt durch das Wetter ja gar nicht richtig gekommen«, schlug ihre Mutter vor, öffnete den gelben Friesennerz und ging mit Liebling Richtung Lounge-Bereich. Der kleine Hund drehte sich nach Mo um, als wollte er sagen: *Kommst du?*

Der Regen lief die riesigen Glasflächen hinab und verschleierte den Blick aufs Meer. Gäste kamen rein, stellten ihre Regenschirme ab, gingen triefend vor Nässe an ihnen vorbei und hinterließen Wasserspuren. Andere kamen rausgeputzt und trocken aus den oberen Etagen und setzten sich, um etwas zu bestellen. Irgendwann, nachdem ihre Getränke geliefert worden waren, hörte der Regen auf, als hätte jemand auf einen Schalter gedrückt. Der Himmel riss auf, und die Sonne schien.

Und Mo erzählte. Sie erzählte von ihrer anfänglichen Wut, ihrem Entsetzen, von ihren Versuchen, ein neues, ein richtiges Zimmer zu finden, von ihren Radtouren mit Liebling, ihren Besuchen bei Frau Witt, von dem, was sie gedacht hatte, als sie die Briefe und Umschläge bekommen und geöffnet hatte. Von Marie, ihrer ersten Begegnung. Ihrer Verzweiflung, wie sie sie ansprechen sollte. Von allem. Und obwohl es nicht ihr Plan gewesen war, erzählte sie von dem Haus. Von ihrem Haus.

Hilde sprang vom Stuhl, der hintenüberkippte und nicht nur Liebling aus dem Tiefschlaf riss. In einem Umkreis von mindestens zehn Metern drehten sich alle, aber auch wirklich alle um. Es war, als würde für eine Sekunde die Welt stillstehen. Oder besser, für den Bruchteil einer Sekunde, die Hilde mit einem Freudenschrei beendete. »Meine Tochter! DAS ist meine Tochter! So etwas kannst nur du bringen. O mein Gott! Ich bin so stolz auf dich!«, rief sie, riss die Arme hoch, fing an, sich zu drehen und legte einen Freudentanz hin.

Mo wäre für den Bruchteil einer Sekunde gerne am liebsten unter den Tisch gekrochen, stand dann aber einfach nur auf, um den Stuhl aufzustellen und sich zu vergewissern, dass keine schlimmeren Schäden entstanden waren. Vielleicht, überlegte sie, hätte sie es doch nicht erzählen sollen. Oder nicht hier. Draußen im Regen wäre eventuell auch ein guter Ort dafür gewesen. Sie hätte es wissen müssen. Hilde war einfach eine verrückte Nudel. Natürlich war es peinlich. Aber es war eben Hilde. Und die tanzte gerade, als ginge es darum, einen Preis für die beste Spontan-Performance Ü60 zu gewinnen.

Ein Mann vom Nebentisch, der höchstens Ü40 war, sah Mo mit hochgezogenen Augenbrauen fragend an, dann Hilde, dann wieder sie. So, als wäre sie zuständig für ihre Mutter.

»Ich bin nicht ihr Zivi«, erklärte Mo ihm und setzte sich wieder. »Den braucht sie aber auch gar nicht.«

»Und was ist *das*?«, fragte er pikiert.

»Das? Das ist Freude. Echte. So von innen und so«, sagte Mo und fing an zu lachen.

Ihre Mutter war verrückt. Das ließ sich nicht leugnen. Aber manchmal war das auch ganz gut so. Sonst hätte sie Janne nicht kennengelernt. Sonst wäre sie jetzt keine Teilzeit-Insulanerin. Und sonst hätte sie ihre Schwester nicht getroffen. Und all das machte sie so glücklich, dass auch sie einen Freudentanz vollführte – wenn auch einen innerlichen –, während sie Hilde, die immer noch außer sich vor Freude war, aber immerhin aufgehört hatte zu tanzen, amüsiert beobachtete.

Epilog

»Das ist definitiv eine Marktlücke«, stellte Mo fest, während sie die Ärmel des Blaumanns zum x-ten Mal hochschob und versuchte, die Antwort an den Kunden mit der freien Hand, mit der sie keine tropfende Farbrolle hielt, in ihren Laptop zu tippen.

»Was meinst du?«, hörte sie Janne aus einem der anderen Zimmer rufen. Es hallte, als wäre er in einem Saal. Dabei war es lediglich der hintere Teil des leeren Hauses, aus dem sie in den letzten vier Monaten einen traumhaft schönen, neuen Bereich mit einer sehr hohen Decke gezaubert hatten. Beziehungsweise die Bauarbeiter, die Janne organisiert und die alle gut gelaunt aus dem alten Haus von Frau Witt ein neues altes Haus gebaut hatten. So, wie Mo es sich vorgestellt hatte.

Ohne Janne hätte sie es nie geschafft. Ohne ihn und sein Wissen, seine Kontakte. Statiker, Handwerker, Dachdeckerin – er kannte einfach alle. Und alle kamen gerne her und freuten sich über die Renovierung und den Umbau des Friesenhauses.

»So viel Spaß hatte ich noch nie bei der Arbeit. Das ist mein absolutes Lieblingsprojekt. Und du auch«, hatte Janne ihr ins Ohr geflüstert, als sie wieder mal für ein Wochenende hergekommen war, er sie sehnsüchtig wartend an der Fähre im Hafen von Wyk abgeholt und sie gemeinsam die Tapeten in dem Haus runtergeholt hatten.

Und seit sie seine kleine Wohnung in Wyk kennengelernt hatte, verstand sie noch mehr, warum hier sein neuer Lieblingsort war.

»Ich meinte einen Blaumann in meiner Größe«, rief Mo zurück. »Oder zumindest so was in der Art. Deiner passt jedenfalls nicht sonderlich gut.«

Mo versuchte, sich auf die Mail zu konzentrieren, merkte aber, wie wenig Lust sie hatte. Viel lieber wollte sie die Wand streichen. Die Farbe trocknete langsam an, und das Gästezimmer für Marie, Dori, Hilde und all die anderen aus Berlin, die sich schon als Besuch angemeldet hatten, sollte heute unbedingt noch fertig werden, damit sie morgen die restaurierten Möbel reinstellen konnte.

Hilde, Marie und Liebling waren inzwischen ein eingespieltes Teeladen-Dream-Team.

Marie hatte keine Vorgeschichte mit Mos Mutter und war völlig unvoreingenommen, offen und begeistert von ihr. Sie verstanden sich so gut, dass Mo hin und wieder etwas schlucken musste, wenn sie mitbekam, wie viel die beiden zusammen unternahmen, seit Hilde mehr Zeit auf Föhr verbrachte als zu Hause. Aber diese Gefühle verschwanden schnell wieder. Dann freute sie sich für die zwei. Sie hatte außerdem Janne. Und das war mehr, als sie sich jemals hätte vorstellen können.

Marie nahm Liebling hin und wieder mit nach Hause, zu ihrer Mutter, die sich langsam, von Tag zu Tag, mehr davonschlich. Auch wenn Marie es nicht sehen wollte. Das Einzige, was Sabine tröstete, erzählte Marie, war die Tatsache, dass ihre Tochter jetzt einen neuen Hafen hatte, einen Anker, an dem sie sich festhalten konnte, wenn sie wollte und es brauchte.

Genau das, was Hilde sich gewünscht hatte, traf ein. Für Marie, für Mo, für sie.

»So wird das nie was mit den Möbeln morgen«, meinte Janne, der sich von hinten angeschlichen hatte und sie umarmte. Dann beugte er sich ein Stück vor und klappte Mos Laptop zu.

»Hallo? Was machst du denn da? Ich muss nur noch kurz eine Mail …«, protestierte sie und drehte sich zu ihm um.

»Aha! Da haben wir ihn«, sagte Janne zu ihrer großen Überraschung, ließ sie los und ging in den Flur.

Mo sah ihm kopfschüttelnd hinterher. »Ähm, *was* haben wir?«, fragte sie.

»Den fünften Strich«, erklärte Janne, der in dem Moment mit einer alten, aufklappbaren Schiefertafel in der einen Hand und einem Stück Kreide in der anderen zurückkam.

»Wo hast du die denn her?«, staunte Mo, ging zu dem Tapeziertisch, legte die Farbrolle auf den Deckel des Eimers und wischte sich die Hände an dem Blaumann ab, der schon lange nicht mehr nur blau war.

»Die habe ich auf dem Spitzboden gefunden«, sagte Janne stolz und präsentierte die Tafel, als hätte er alte Goldmünzen entdeckt.

»Aha. Und was, wenn ich fragen darf, machen die Striche da? Ein Strich pro Wand, die in zwölf Akten gestrichen wurde? Zu wenig Kaffee für die Handwerker? Oder zu wenig Küsse für den Bauherrn?«, wollte Mo wissen und sah ihn verschmitzt an.

»Das«, er deutete wie ein Lehrer streng mit dem Stück Kreide auf die Striche, »sind fünf Sätze, die jeweils mit ›Ich muss nur noch kurz eine Mail …‹ begonnen haben!«

»Ups.« Mo legte in gespieltem Entsetzen die Hand vor den Mund. »Und welche Strafe droht mir jetzt?«, wollte sie wissen, schlich sich zu ihm und sah ihm tief in die Augen.

»Du musst mich sofort küssen und – da du eine Wiederholungstäterin bist und es keine Aussicht auf Besserung gibt – für immer bleiben!«

Mo lachte, umarmte ihn und gab ihm einen Kuss.

Einen, der alles sagte.

ENDE

Friesentorte
à la *Kleine Sünden Föhr*

Pflaumenkompott:
600 g Pflaumen (in kleine Stücke schneiden)
300 ml roter Traubensaft
30 g Speisestärke
20 g Zucker
2 große Prisen Zimt
20 ml Amaretto

Im Topf 200 ml Traubensaft mit Zucker und Zimt aufkochen lassen. Den restlichen Saft mit der Speisestärke verrühren und zu einer Creme abbinden. Zum Schluss den Schuss Amaretto hinzufügen und die Pflaumen unterheben. Alles leicht einkochen und danach abkühlen lassen.

Blätterteig:
Den ausgerollten Blätterteig ausstechen (Tipp: immer etwas größer ausstechen, da er sich beim Backen noch zusammenzieht). Mit einer Gabel den Teig etwas einstechen. Den Blätterteig bei 200 Grad (Ober-/Unterhitze) ca. 10 Minuten backen – goldgelb!

Sahne:
Für die Sahne (für eine Torte mit 12 Stücken und 24 cm Durchmesser) ca. einen halben Liter Sahne mit Sahnesteif und Vanillezucker aufschlagen. Dabei empfiehlt sich selbst gemachter Vanillezucker oder eine echte Vanilleschote.

Zusammenbau:
Blätterteig mit reichlich Pflaumenkompott bestreichen und danach die geschlagene Sahne auf der Torte verteilen. Den oberen Blätterteigboden in 12 Stücke schneiden und diese auf der Torte anrichten. Abschließend kommt der Puderzucker – fertig!

DANKE,

liebe Angelika Hesse, du Sonnenschein und Inselkind, für das Lesen meines Manuskripts und deine hilfreichen Hinweise, auch schon bei meinem ersten Inselroman *Labskaus für Anfänger* und nun bei der *Friesentorte für Fortgeschrittene*.

Ein ganz herzliches Dankeschön auch an Hanna Haubold, die Konditormeisterin von *Kleine Sünden Föhr*, für das Rezept der Friesentorte, die es so in dieser Form in dem Wyker Café nicht gibt, dafür aber unzählige andere, mit viel Liebe gezauberte süße Sünden, die man unbedingt probieren sollte, wenn man auf der Insel ist.

Danke auch, liebe Karin Jensen, für deine offene, liebe Art und Unterstützung! Wer einmal im Heu schlafen möchte, der sollte das unbedingt tun. Am besten bei Karin in der *Heuherberge* in Süderende auf Föhr.

Danken möchte ich meiner Agentin Céline Meiner von der Literaturagentur Brauer, die mich durch alle kleinen und großen Wellen des Autorinnenseins manövriert, mein Leuchtturm ist, für mich den Wind dreht und mich mit ihrer professionellen, charmanten und smarten Art immer bestärkt.

Und natürlich bedanke ich mich auch bei Janina Dyballa und ihrem Team bei meinem Heimatverlag Heyne für die gute Zusammenarbeit, sowie bei Steffi Korda, die für mich eine wichtige, wertvolle Wegbegleiterin war und ist und ohne die ich mir ein Buch nicht mehr vorstellen kann. Danke, Steffi!